人民共和國文化與文學叢書

三 編

李 怡 主編

第 5 冊

鄉土小說與鄉村中國（下）

賀 仲 明 著

花木蘭文化出版社

國家圖書館出版品預行編目資料

鄉土小說與鄉村中國（下）／賀仲明 著 — 初版 — 新北市：
花木蘭文化出版社，2016〔民 105〕
目 2+190 面；19×26 公分
（人民共和國文化與文學叢書 三編：第 5 冊）
ISBN 978-986-404-652-2（精裝）
1. 鄉土文學 2. 中國小說 3. 文學評論
820.8   105012607

ISBN-978-986-404-652-2
9 789864 046522

人民共和國文化與文學叢書
三 編 第五冊   ISBN：978-986-404-652-2

鄉土小說與鄉村中國（下）

作　　者　賀仲明
主　　編　李　怡
企　　劃　北京師範大學民國歷史文化與文學研究中心
　　　　　四川大學現代中國文化與文學研究中心
總 編 輯　杜潔祥
副總編輯　楊嘉樂
編　　輯　許郁翎、王　筑　美術編輯　陳逸婷
印　　刷　普羅文化出版廣告事業
出　　版　花木蘭文化出版社
社　　長　高小娟
聯絡地址　235 新北市中和區中安街七二號十三樓
　　　　　電話：02-2923-1455／傳真：02-2923-1452
網　　址　http://www.huamulan.tw 信箱 hml810518@gmail.com
初　　版　2016 年 9 月
全書字數　326728 字
定　　價　三編20冊（精裝）台幣36,000 元
　　　　　　　　　　　　　　　　　　　　版權所有‧請勿翻印

鄉土小說與鄉村中國（下）

賀仲明　著

目

次

「農民文化小說」：鄉村的自審與張望

在 20 世紀中國文學中，以描畫中國農民和農村生活爲內容的鄉村小說是具有貫穿性的。在這些篇軼浩繁的鄉村畫卷中，作家們表現出了各具形態的創作立場和藝術風格。其中，最引人注目、也最具「異相」色彩的，是作者站在各自的鄉村立場來審察和書寫鄉村的創作。在這類創作中，作者們在一定程度上承擔著爲中國農民社會與文化代言的角色，因此，我把它稱爲「農民文化小說」。我以爲，趙樹理、高曉聲、劉震雲是「農民文化小說」創作各個階段最具有代表性的作家，他們的創作，在一定程度上顯示了「農民文化小說」的發展特點與創作軌跡。

一、

趙樹理是「農民文化小說」的開創者。在他之前的中國新文學，雖然早已由魯迅開闢了鄉土題材的小說創作，加年代「鄉土作家群」和 30 年代的葉紫、茅盾、沈從文等又進行了繼承與拓展，然而，這些鄉村小說在創作精神上有一個顯著而共同的基點，那就是作家們持的都是鄉村審視者的立場，是站在鄉村文化外看待和描述鄉村的。

對於魯迅和他的「鄉土作家群」繼承者來說，鄉村小說主要是他們進行文明批判的武器。他們以五四新文化運動代言人的身份，立足於現代文明的啓蒙立場俯察與審視鄉村，其主要的創作目的，是批判與揭示鄉村文化的愚昧，挖掘農民身上所代表的「國民性」民族性格。葉紫和茅盾等人的工具性實質與魯迅等人的完全一樣，不過他們所遵循的是階級鬥爭的原則，文學目的主要是對大眾進行政治啓蒙，所以，他們側重表現的是農民的階級性格，展示他們由受壓迫至反抗的行動過程。

　　另一位鄉村小說大家沈從文，他創作鄉村小說主要是為建構他的「人性小廟」。他的鄉村，在很大程度上是他用以抗擊「城市裏人」文化的心理依恃（其中也不排除有對於城市獵奇心理的迎應）。所以，雖然他為人們描繪了湘西鄉村的自然田園風光，表現了厭棄城市與回歸鄉村的強烈心理願望，但他沒有表現出湘西普通農民大眾生活中的平淡和殘酷，而是把它染上了一層浪漫的色澤，這種「湘西」與湘西民眾的現實生活是有著很大距離的。他的文學成功，不是對農民生活表現的成功，而是浪漫與詩意的成功。

　　應該說，先進的文化思想和高屋建瓴的審視視角，使上述文化和政治啓蒙者的鄉村小說具有自己深刻的價值。他們敏銳地察覺到當時中國社會中鄉村和農民本質的生存狀貌，表現了農民所遭受的政治和經濟壓迫，並冷峻而深刻地解剖了農民的文化缺陷，從而以強烈的現代精神光照了沉悶而黑暗的中國鄉村社會。但是，這種外在於鄉村社會的審視態度在鄉村小說寫作上的不足也是明顯的。它的思想的先導性和意圖的工具性，使創作者們難以真正進入鄉村生活和鄉村文化的深處去體味鄉村，也影響了他們客觀地去表現鄉村（當然其中不排除有個別作家超出這種局限而創作出優秀作品的個例）。

　　趙樹理能夠成為新文學鄉村小說上述傳統的突破者，主要是因於他獨待的生活和文化身份。趙樹理是一個農民的兒子，生活在文化閉塞的山西偏僻鄉村，他的思想文化初步形成的童年和少年時期都是在農民文化影響中度過的。更主要的是，由於家庭的原因，他不但熟悉與熱愛鄉村的藝術文化，而且還受到農民宗教的深深薰陶與影響〔註 1〕。農民的生活與文化，與他構成了深刻而緊密的聯繫。所以他在青年時期最終選擇了農民文化〔註 2〕。這次選擇決定了趙樹理的農民文化身份，也直接影響了趙樹理此後的鄉村小說創作，使他的小說不同於五四新文學的「審視鄉村」傳統，而是以一種自覺的姿態，站在農民自身的立場、以農民代言人的身份來寫鄉村。

　　由於時代的機緣—在他初登文壇的年代，正是農民的革命充分顯示出重要性的時候，革命政權正迫切需要農民社會在經濟和文化上的支持——趙樹理有機會登上了正統文壇。這個原本志在成為一名「文攤文學家」的農民作

〔註 1〕參見戴光中：《趙樹理傳》，北京十月文藝出版社 1987 年版。
〔註 2〕參見李普：《趙樹理印象記》，載黃修己編《趙樹理研究資料》，北嶽文藝出版社 1985 年版。

家，以他獨特的創作立場和文學形式進入了中國鄉村文學創作界，顯示了自己的「異相」與反叛色彩。

具體來說，趙樹理小說的「農民文化」色彩主要體現在以下幾個方面：

首先，是在作家的創作態度和立場上。與以往鄉村小說作家的創作目的不同，趙樹理明確而堅定地表示他為農民寫作的創作宗旨，把做一名「文攤文學家」作為自己的最高追求目標。他每一部作品的創作初衷，都是因為感觸到農民的現實生活困境，是為了解決「在做群眾工作的過程當中，遇到了非解決不可、而又不是輕易能解決得了的問題」〔註3〕；在創作立場上，他更是明確地把農民置於創作的中心，他以質樸而實在的「勸人」作為創作的基本宗旨，把農民能夠欣賞、能夠看懂作為創作的基本立場，可以說，趙樹理的鄉村小說創作，是他替農民「進言」與「說話」的一種方式。他看待和描述鄉村的立場是農民的立場。

立足於這樣的創作態度，趙樹理對於當時社會中農民的生存狀態和內心欲求，就有了更真切全面的展示。這一點，最突出地體現在趙樹理對於翻身農民的現實生活困境及其原因——即各個時期黨的農村工作中存在問題的深入揭示上。與當時一味歌功頌德的作家不同，趙樹理雖然也歌頌時代，但他更關注農村工作中的不足和它對於農民利益的影響。他在 40 年代就以驚人的敏感，發現了黨在農村工作政策中的不足與幹部隊伍不純等問題，在 50 年代的「大躍進」中，他也基本上保持自己思想上的獨立性，對當時的「浮誇」政策大膽表示異議和抗爭——應該說，趙樹理的關注和揭示確實是切中了當時農民問題的要害，是對於農民生存困境和精神欲求的真實反映。

比較魯迅、茅盾等人的創作，雖然趙樹理的理性審視力沒有那麼深刻，批判力沒有那麼強烈，但他所描述鄉村生活的真切，對農民生活和性格展示的全面，以及他在文學內容和形式上與農民生活的融合切近，又是前二者所不能比擬的。可以說，他的文學創作，使中國農民的形象和生活場景第一次以自己的文學形式，以自己的真實面目顯現在文壇上。他為中國的鄉村小說提供了另一種可能性，另一種視角和創作方式。

當然，趙樹理的農民文化立場並不是單一與純粹的。他登上文學舞臺是農民地位與政治需要相契合的時代結果，時代在成就趙樹理的同時，也給予了他相應的限制。例如，他的農民文學形式是經過時代「淨化」了的。尤其

〔註3〕趙樹理：《也算經驗》，《趙樹理文集》第 4 卷，工人出版社 1980 年版。

是在 50 年代的《賣煙葉》、《張來興》等作品中，由於這種因素的強烈影響，他的小說藝術形式已呈現出乾涸和單調的跡象，它不再有農民文學的生動活潑，而是表現出一種努力向時代靠攏而不得的尷尬。

但是，儘管趙樹理有著上述種種的局限，他的意義仍然無法忽略。他的創作在顯示了「農民文化小說」初步意義的同時，也開啓了中國鄉村小說寫作一個新的傳統。

二、

然而，正如我們在前面提到過的，趙樹理是時代政治文化中的一個突出的個例，他的創作原則與新文學的啓蒙傳統是內在地悖反著的。所以，在趙樹理步入文壇後的長時間內，儘管人們對他的評價極高，甚至被冠以「趙樹理方向」，但實際上，他的形象卻是被歪曲了的，他的農民文化代言人的眞實面目被遮蔽。在主流文學中，他始終是一個「異己」和「孤獨者」﹝註4﹞。

所以，進入 50 年代，失去了戰時文化的屏障，趙樹理所遭受的就必然是被閹割和被冷落的命運了。這時候，大一統的政治文化已經完全覆蓋了文學界，「農民文化小說」傳統陷入長期的中斷是必然的結果。

這種局面，一直到「文革」結束才有所改變。在自己的眞實生存狀況和願望被壓制和閹割了二十多年的鄉村社會，有著強烈的傾訴願望，迫切地希望表達出自己的眞實心聲。於是，爲農民代言的「農民文化小說」才艱難地等來了重新發展的契機。

但是，歷史又注定這一代言的聲音是艱難和苦澀的。歷史和時代對「農民文化小說」長期的阻隔，使它已喪失了健康發展的基礎。尤其是對於創作者來說，長期與農民文化相隔閡的歷史，尤其是五四文化傳統的強大影響，使他們很難自覺進入到農民文化中。在這種情況下，新時期初的「農民文化小說」創作必然是不純粹與充滿著強烈自我反諷的，「農民文化小說」作者們也會因內在的文化割裂而陷入深刻的兩難。

高曉聲就是這一兩難情境的典型代表。與趙樹理一樣，高曉聲也是一個農民的兒子，但與趙樹理受深厚農民文化的薰陶不同，高曉聲是生活在知識分子文化較爲發達的江南農村，他的父親是一名具有現代意味的知識

﹝註 4﹞ 趙樹理在晚年曾深有感慨地說過：「事實上我多年來提倡的東西已經因無人響應而歸於消滅了。」參見《趙樹理文集》第 4 卷。

分子，他的早期教育也多是在知識分子文化中完成的，這使他在成長期所受到的鄉村文化影響不是很深，他的鄉村記憶中也沒有特別深的文化內涵，加上後來他又受了現代高等教育，所以，他的文化之「根」不可能同趙樹理一樣，他在青年時代的文化選擇也不可能同趙樹理一樣回歸鄉村而是趨向時務。在正常的情況下，他完全可能與他大多數的同代人一樣，會被改造成為一個現實的歌頌者（事實上他在 50 年代的文學路途就是這樣開始與發展的）。

50 年代的政治風波把高曉聲排除出了「革命者」的隊伍，使他又重新回到了鄉村世界。雖然對於現實生活中的高曉聲來說，這是一次難忘的磨難，但對於作為作家的高曉聲來說，這也許是一樁幸事。苦難鄉村生活的洗禮，使他的靈魂發生了蛻變，使他能夠在新時期初以一個新的形象出現在文壇上，發出不同於自己以往、也區別於同時代其它作家的獨特而深刻的聲音。

二十餘年的鄉村放逐生涯，高曉聲「不僅使自己成為農民」，而且受到了鄉村文化的浸潤：「我的命運和他們一樣……無意識地使他們的生活變成了我的生活。」〔註5〕他像一個普通農民一樣經歷了農村生活的風風雨雨，體味著一個普通農民的得失與悲歡，也自覺不自覺地擁有了農民式的文化與世界觀。這一切，使他在闊別文壇多年之後重新拿起筆來寫作時，很自然地選擇了農村生活來作為他的表現對象，以一種「我寫他們，是寫我心」〔註6〕的創作姿態，代表著農民社會和文化來進行發言，從而成為趙樹理「農民文化小說」自覺不自覺的繼承者。

他的《「漏斗戶」主》和《李順大造屋》就是這一創作的突出代表。新時期伊始，這兩部作品最早從現實農民最關注、也最迫切的「吃」和「住」問題著手，深切地表現了農民們的痛苦歷史和現實願望，並向社會表示了農民式的怨而不怒的抗爭。而且，在審美趣味上，高曉聲也表現出強烈的農民文學特點。作品的故事化和幽默化，都具有著與農民的生活和文化天然的一致性。顯然，生活經歷已經使高曉聲具備了成為一名優秀的「農民文化小說」創作者的潛力，如果能順著這一路途發展下去，他完全能夠成為繼趙樹理之後「農民文化小說」新的代表作家。

〔註 5〕 高曉聲：《曲折的路》，《四川文學》1980 年第 9 期。
〔註 6〕 高曉聲：《也算「經驗」》，《青春》1979 年第 2 期。

　　遺憾的是，高曉聲未能達到這一高度。最根本的原因是在於他未能突破自己原有的文化圍限。正如前所述，對於高曉聲這樣在四五十年代文化氛圍中成長起來的作家來說，他的心靈真正的歸宿是五四文學傳統，因而創作中存在知識分子文化傳統與農民文化間天然的牴牾和衝突。

　　這一情形在高曉聲新時期創作的早期即有所體現。他所創作的《「漏斗戶」主》和《李順大造屋》等作品內容，與他所發表的作品「創作談」之間，表現出強烈的悖反性。他在作品中以農民的立場表現出對農民命運的深刻同情，在「創作談」中卻站立在五四傳統立場上，對作品人物表示激烈的文化批判：「當我探究中國歷史上為什麼會發生這種浩劫時，我不禁想起像李順大這樣的人是否也應該對這一段歷史負一點責任。」〔註7〕

　　《陳奐生上城》更是典型。儘管這一作品實質上還是表現了作者對人物的深切認同，但他對陳奐生形象所作的「阿Q化」處理，對作品所進行的文化闡釋，並明確表示要回覆到五四傳統參與「塑造靈魂」工作的願望〔註8〕，都表現了他由農民立場向五四立場內在轉變（更確切地說是「回歸」）的深入——在這裡，我們不否定高曉聲對農民進行批判的心靈的真誠性，也不否定農民的不覺悟確實是造成農民現實困境的原因之一，但是，我們能夠表示疑問的是，這一批判在高曉聲的重返文壇後出現得如此之早，如此之快。如果高曉聲如他自己所說已經成為了真正農民中的一員，如果他真是以農民的文化立場來看問題的話，那麼，他最起碼也要在充分表現出現實農民的苦難與痛楚之後，畢竟，對當時的農民們來說，最迫切的問題是他們的現實生存而不是其它，高曉聲迫不及待地回到批判「國民性」的五四文學傳統，顯示了至少在文化精神上，他還是在鄉村之外的。

　　在寫完《陳奐生上城》之後，高曉聲對他的文化態度曾有過清醒的自覺，他以自我辯解和懺悔的姿態表示他新時期早期作品創作的基點是感情而非理智〔註9〕。確實，強烈的情感衝破理性的拘禁，是高曉聲在新時期早期能夠進入「農民文化小說」創作的根本原因，而理智與情感、現實與文化的衝突——實質上也就是農民文化外與內立場上的衝突——構成了高曉聲後期創作的基本矛盾。這一矛盾，嚴重影響了高曉聲作品內部的同一性，也限制了高

〔註7〕高曉聲：《〈李順大造屋〉始末》，《雨花》1980年第7期。
〔註8〕高曉聲：《且說陳奐生》，《人民文學》1980年第5期。
〔註9〕高曉聲：《且說陳奐生》，《人民文學》1980年第5期。

曉聲文學創作生命力的進一步揚厲，使他在短暫的高峰期（他的創作幾乎是在新時期一開始就達到了高峰，之後就很快呈下滑趨勢）後迅速陷入低谷，並最終不得不基本停止了小說創作。

在 80 年代中期以後，高曉聲的創作呈現出兩種不同的、幾乎是完全相反的走向，他好似在鄉村與「五四」這兩種與他都有深刻關聯，雖不完全對立卻時有齟齬的文化間猶疑、撕扯。當五四精神一方獲勝時，他就寫下《繩子》、《錢包》等寓言式小說，承擔先進文化「載道者」的任務，對農民的「國民性」意識進行批判；而當鄉村文化一方獲勝時，他又進入《陳奐生轉業》、《「大好人」江坤大》等作品，張示農民在現實生活中的艱辛、尷尬和文化困惑。這種自我分裂和徘徊，決定了高曉聲不能擁有趙樹理式的堅韌和執著，而只能是淺嘗輒止的，他是「農民文化小說」的一個悲劇性的過渡者而不是一個有深入開拓的大家。

高曉聲的困境是時代創作的一個典型，其實，在他同時代的何士光、張一弓等人的作品中也不同程度地存在著同樣的困境。它體現了這一階段「農民文化小說」發展的集體性缺失，也表示著對於創作者心靈自由的一種期待，因為只有在作家們掙脫了外在文化的羈絆，成為真正的自我心靈的表現者，「農民文化小說」才有可能茁壯地成長。

三、

80 年代後期至 90 年代的文化背景較前有了大的變異。西方文化的大量引進，使新的多元文化進入到大眾的視野，使人們對於社會的階層利益和歷史狀況有了更清醒的認識，自我的聲音也表現得更強烈、更清晰。這種文化背景，給「農民文化小說」發展提供了新的基礎，在莫言、賈平凹等青年作家的創作中，都可以看出這一創作傾向。

劉震雲是他們中步子邁得最遠、特色也最為突出的一個。除了時代文化的影響，他的生活經歷也給他的創作打上了深深的印記。劉震雲的童年和少年是在貧瘠的河南鄉村中度過的，當時又正處在中國當代最艱難的歲月，很自然地，他的鄉村記憶在蘊涵著眷戀和探情的同時，也銘刻了深深的創痛與苦難，這使他對於鄉村「母親」的情感是複雜而矛盾的，是「愛」和「恨」的交織。尤其是在他走出鄉村後感受現代文明，更加深了他鄉村情感的複雜性，使他的鄉村記憶呈現出獨特的文化意韻：一方面，他曾明確表示對傳統

「士大夫式」的鄉村小說寫作的反感，宣示過他為農民階級「代言」的文學理想〔註10〕，在創作精神上也表現出對為農民代言的「農民文化小說」傳統的自覺繼承；但另一方面，他立足於鄉村立場對外審視與張望的同時，又是鄉村文化絕望的自審者。

劉震雲的農民文化立場也是逐步發展起來的。在《塔鋪》等早期作品中，他沿襲的是傳統農村題材小說在物質貧困和精神啓蒙的雙重層面上的寫作。苦難和批判，是他鄉村記憶的兩個創作基點。痛苦地探詢鄉村醜惡和愚昧的真正來由，是他早期創作的中心意圖。

也許是為逃避這一探詢深入後的絕望，也許是為了尋找新的精神出路，他曾一度放棄了鄉村小說的創作，將筆觸和希望同時寄予到現代城市文明中。但其實，他對鄉村的「恨」正是愛到深處而無奈的表現，他對城市的希望也只是他「鄉村夢」的繼續。所以，當他的「城市夢」一旦破滅——對於鄉村記憶如此深重的劉震雲來說，這一破滅是必然的——將筆觸重新拉回到鄉村土地上時，他的鄉村苦痛有了更深刻的表現。

他一改以往對鄉村現實生活的描畫，深入到了寬廣的歷史深處，筆調更具思辯色彩，情感也更顯沉重。而更重要的是，在創作立場上，他由以往的曖昧身份轉為明確的農民文化立場，站在農民文化的內部對歷史和歷史觀念進行了重新的審視。

在《溫故一九四二》中，他以農民的視角，重新演繹了抗戰時期的一段歷史，揭示了農民在歷史中被忽視和受迫害的真相。同時，他還重構了「民族」和「戰爭」的內涵，表現了農民的生存觀和歷史觀；在作品裏的農民們看來，所謂的抗日民族戰爭是與他們無多大關涉的事情，因為無論誰成為勝利者，他們都是一樣的受壓迫。比較民族和愛國等問題，他們更關注的是生存。

到晚近的篇幅浩大的「故鄉」系列，這一主題有了更進一步的表現與深化。《故鄉天下黃花》中以權力爭奪史構造中國鄉村歷史，《故鄉相處流傳》將中國幾千年歷史戲擬為幾個人物的爭鬥史。《故鄉面和花朵》所揭示和反諷的面更大，伸展到了整個人類文明世界，整個的歷史、現實乃至未來領域。在這些作品中，作者共同強調的是農民在歷史中永遠扮演的歷史犧牲品與殉葬品角色，是其它階層對農民的利用和掠奪。同時，這些作品還都對歷史進行了農民式的戲謔與嘲弄，所謂歷史的崇高、莊嚴和神聖，所謂偉人、英雄

〔註10〕 劉震雲：《整體的故鄉與故鄉的具體》，《文藝爭鳴》1992 年第 4 期。

和強者，在農民們的視野裏，只不過是無聊遊戲和笑柄，是殘暴和權力的無意義展示。

在這些作品中，劉震雲對人類歷史進行了農民式的重新審視，一方面，他察見了農民在歷史中被損害的眞相，也洞悉了歷史對農民忽略和排斥的實質，但是，另一方面，他又找不到信心和希望所在。他在清楚地看到農民在歷史中的屈辱地位的同時，又明確意識到農民文化與這一歷史的不可分割性，他們被這一世界所壓迫，同時又是這一世界的自覺建設者。因此，他的歷史中既包含著農民文化對正統歷史文化的戲謔和批判，同時也把農民放入了這一歷史河流之中，共同承受著歷史深處的審問和嘲笑，顯示了一種諷刺與反諷相融和的強烈的雜糅。他的歷史世界，不只是農民的屈辱世界，也是農民自己盲目掙扎、沒有希望的世界。絕望與虛無，構成了劉震雲寫作農民文化歷史的根本特徵。

劉震雲的農民歷史視野，充分顯示了他的農民文化創作立場，也表現出對於「農民文化小說」創作的深入與發展。比較趙樹理和高曉聲的側重現實的喜劇和正劇式生活再現，劉震雲滿含絕望的歷史悲劇所體現的農民文化姿態更爲徹底也更爲深刻。可以說，從現實到歷史，從喜劇（正劇）到悲劇，顯示了「農民文化小說」作家對農民生存實質的把握愈顯深刻，對農民社會生活的反映面也愈顯廣闊。

除了視閾和情感態度的不同，在藝術表現上，劉震雲的創作也與趙樹理、高曉聲存在著明顯的差異。比較前二人生動的農民生活畫面和通俗的、竭力迎合農民閱讀審美習慣的文學形式（尤其是趙樹理更爲突出），劉震雲顯示了完全不同的創作特色。雖然在他的某些作品中，也體現出一種農民式的戲謔歷史與將歷史平民化和故事化的創作趨向，並顯示出一種農民式幽默的企圖，但是，總體而言，劉震雲進行的基本上是一種知識分子的寫作方式，在敘述技巧、敘述語言上，他與農民文學的距離是明顯的，並使他的內容與形式顯出了某種割裂。這些與趙樹理和高曉聲的農民式幽默和故事性敘述是完全兩樣的。

四、

對於任何事物的考察，都存在著站在事物內審視（簡稱爲「內視」）與站在事物外審視（簡稱爲「外觀」）角度的差別。這兩種角度（實際上也就代表

了兩種立場），應該說是各有利弊。作為外觀者來說，其優點是因為脫離了直接的利害關係而能具有旁觀者的清醒與冷峻，從外部先進文化去審視對象，使其有可能擁有高屋建瓴的歷史氣度，切中審視對象的主要問題和癥結所在。但是，它也有自己的弱點，最主要是缺乏感同身受而可能影響心靈的投入，影響他與對象真正地融為一體，對審視對象作出全面而深入的洞察。內視者的優缺點與外觀者相反，他最忌諱也是最難避免的缺點是囿限於事物之中，沒有寬闊的視野、胸襟和高度，容易陷入短視和狹隘中。他的優點則是因為有心靈的牽繫，他可能具有自己片面的真實性和獨特的深入性。

作家對生活的審視也具有相同的特點。由於文學表現生活方式的獨特性，內視視角的意義可能比在其它領域更為突出些。一方面，內視者因為有主體心靈的參與，有主體情感的強烈投入，它更切近文學以情感人的特點，並可能會使它具有獨特的深刻性和文學魅力，彌補它思想上的某些不足；另一方面，內視者從事物內部審視的獨特視角，能夠彌補外在視角的缺陷，能夠使我們發現以往所忽略的一些東西，給我們以新的思想啟迪與美感。

除了視角本身的特點外，在進入更全面的多元文化語境中，內視的方法也具有自己特殊的意義和潛力。因為從哲學上來說，深入是超越的前提與基礎，只有建立在深入之上的超越，才是切實的真正的超越，否則只能是無源之水，無本之木；而對事物真正的深入，也必然會產生自我超越的願望——因為任何一種生活和文化的意義都是相對的，在進入了它的深層世界之後，就能察覺其不足，發現它的無限開放性和自我發展潛力。

這樣，內視者不但以其個中人的真切而具有自己獨特的深刻性，而且它還獲得了全面性和超越性的內在潛質。歷史上，幾乎所有優秀的文學作品都是由生活和文化的內部反叛者所創造的。典型如中國的屈原、曹雪芹、蒲松齡，都是各自生存階級的叛逆者和「浪子」，外國如 19 世紀的批判現實主義作家，都是「被資產階級毀滅了的貴族或者是從本階級的窒息人的氛圍裏突破出來的小資產階級子弟」〔註11〕，中國現代文學的高峰魯迅，其最高創作成就也是體現在他作為封建文化的叛逆者對自身所作的深刻解剖上——也許正有感於這一點，魯迅才會有如此深切透闢的論述：「凡是人的靈魂的偉大的審視者，同時也一定是偉大的犯人。審問者在堂上舉劾著他的惡、犯人在階

〔註11〕 （蘇）高爾基：《蘇聯的文學》，見《高爾基論文學》，人民文學出版社 1978 年版。

下陳述他自己的善；審問者在靈魂中揭發污穢，犯人在所揭發的污穢中闡明那埋藏的光耀。這樣，就顯示出靈魂之深。」〔註12〕

從創作實踐看，「農民文化小說」也表現出了自己突出的價值。從文化角度上說，我們可以從中聽到以往爲我們忽略的鄉村自己的聲音，我們能夠更深刻全面地瞭解這一在中國土地上生活最悠久、也最爲沉重的社會階層——其實，對於我們中國這樣一個還有大半隻腳仍踏在農業文明的泥沼裏的社會來說，這實質上也是對我們自己的瞭解。從文學意義上說，作家們心靈的峻切，與鄉村間不可分割的血脈相連的關係，都使它在呈現對鄉村生活描繪具有別致的深度和眞實度的同時，也顯示了自己獨特的、交織著作者心靈和血脈的文學方式，具有切入人的心靈深處的審美感染力。無論是趙樹理的眞正生動的農民式故事和語言，高曉聲的帶淚的微笑，還是劉震雲的無可逃逸的沉重和絕望，都在中國文學中留下了一幕幕獨特的風景。

當然，既有的「農民文化小說」創作，其發展和成就都還是遠非完善的。一方面，其創作隊伍還相當薄弱，眞正對這一創作有自覺和執著追求的還極少，所以，儘管我們在文中勾勒了一條「農民文化小說」的創作軌跡，但這一軌跡其實是相當脆弱和單薄的。另一方面，在作家們的創作實績上，也還沒有達到完熟的地步。即使是我們所論述的三位代表作家，創作上也都存在著各自的缺失。

對於趙樹理和高曉聲來說，正如前面所論述的，他們最大的不足是因爲立場的雜糅而導致的表現的表層性。歷史的縱深感和文化厚重感是他們兩個共同的缺陷。

相比之下，劉震雲的文化自覺精神更強些，立場也更爲明確，但是，在他的創作中，抽象的文化表現掩蓋了豐富生動的生活具象，文化的黑暗遮擋了生命的活力與希望。正是在這裡，顯示了劉震雲生活和文化視閾的不足處，他探入到了農民文化的內部，但顯然還未能具備全面徹底地深入而超越單一文化進入多元文化審視的境界——客觀上來說，中國的農民文化除了絕望，它的堅韌生命力和執著文化精神也是不可忽略的，它是農民文化生存的勇氣所在。所以，他的沉重和絕望固然反映出他的偏激，他仍然圉限在農民文化之中，沒有突破出去、進到一個新的天地。

〔註12〕 魯迅：《集外集〈窮人〉小引》，《魯迅全集》第 7 卷，人民文學出版社 1981
　　　　年版，第 104 頁。

　　在藝術上，「農民文化小說」創作也存在著自己的不足。如果說趙樹理的農民小說形式存在著單調和簡單化的缺點，高曉聲因為遊移而顯出不確定的限制，那麼，劉震雲則體現出沒有與其內容相和諧的形式話語，也缺乏生動具體的生活場景描寫，這些都限制了他文學內容的完全表達。可以說，就迄今出現的「農民文化小說」創作來看，還沒有產生既具有生動真切的生活畫面，深入細緻地再現現實農民生活，又顯示出農民社會和農民文化獨特思想精神的作品。

　　現有「農民文化小說」創作的缺陷反映出作家們各自不同的生活和文化圍限，表現出他們自我精神上的內在不足，同時，這些缺失又是社會文化的產物，折射出歷史和現實文化的原因。

　　首先，中國文化與文學傳統對農民社會的疏離，導致了「農民文化小說」沒有深遠的傳統支持，也使作家們缺乏對於這一創作的充分的信心。在中國的封建傳統文化和文學中，是沒有農民的地位和生存空間的。傳統文學不但在語言形式上完全隔離著農民大眾，文學家們的關注點也完全排除著農民，高高在上的「輕農」心態是始終的——這一傳統的直接表徵是在數千年的中國文學史上幾乎找不到一個真正的農民形象，農民的生活、願望和文化精神更幾乎從來沒有在正統的文學中得到反映。

　　五四文學的新傳統，去除了文學的貴族化形式，使文學第一次接近了農民大眾，魯迅等文學先驅更正式將農民生活場景繪入了新文學中，塑造了農民的人物形象，這在中國文學史上是一個創舉，也為「農民文化小說」走上歷史舞臺奠定了堅實的基礎。但是，由於歷史影響和現實的局限，這一傳統與真正的農民文化和文學還存在著一定的距離，還並沒有完全去除以往束縛在「農民文化小說」寫作者頭上的精神桎梏，站在農民立場上、為農民代言式的寫作依然是被排斥在主流之外的。可以說，中國 20 世紀「農民文化小說」發展的斷斷續續，創作者們內心世界的猶猶疑疑，與中國的文學和文化傳統有著直接的關聯。

　　傳統的影響還體現在它對於農民文學本身的損傷上。由於歷史的原因，農民文學往往只能以自生自滅的、口頭承傳的方式發展繼承下來。這對於農民文學的健康成熟自然是有很大不利的。所以，雖然農民文化與文學在歷史上始終保持著活潑自然的風貌，具有自己無可代替的價值與力量，但它在形式上的不足是顯然的。這一點，對「農民文化小說」創作者們提出了嚴峻的

挑戰：他們既要以鮮活的、與農民審美特徵有內在關聯的方式反映出農民的現實生活，又不能依賴於既有的農民文學形式，必須發展和創造，否則，就有可能陷入純粹的、卻又是不夠成熟的農民文學形式與相對成熟、卻又與農民的生活和審美形成隔閡的知識分子文學形式之間的兩難中（像趙樹理和劉震雲就在上述兩極上不同程度地存在著缺失）。顯然，如何在形式的繼承與創新上取得新的發展，對於「農民文化小說」作家來說，還是一個大的課題。

「農民文化小說」的創作是創作主客體高度融合的創作，其獨特的視角和創作立場是它深遠的意義所在。創作者們突破各種物質和精神圍限，是其進一步發展與完善的前提。而我們的文學史，也只有在以更開放更寬闊的胸懷容納了豐富多彩的、各種文化立場的創作世界之後，才能成就真正完整和客觀的文學史。

「歸去來」的困惑與彷徨——論80年代知青作家的精神與文化困境

一、

　　《歸去來》是80年代知青作家韓少功寫於1984年的一篇短篇小說。作品敘述的故事並不複雜，內蘊卻不無深刻：一個名叫黃治先的老知青在離鄉返城多年之後不自覺地如夢遊般又重入一個鄉村小寨——一個頗似他曾插隊過的山村又有著幾分陌生的地方。在這裡，他被鄉人誤為與鄉村有著密切情感聯繫的另一知青，並因之受到熱情款待，但這也使他常陷入真實自我與被誤認者身份上的尷尬，更與這個被誤認的身份一道經受著心靈的回溯與拷問。最後，黃治先以恐慌的心境逃出了鄉村重返城市，但卻發現自己已深陷在被誤認者的角色位置中難以自拔了。作品問世後，曾引起過評論界廣泛關注。論者大多探求的是作品的超現實意味與形而上色彩。但是我以為，從人物的精神實質及其與創作主體精神關繫上去把握這篇作品也許更為貼切。因為，作品主人公的精神實質上蘊含著豐富的文化內涵，並且這一形象所體現的文化精神與作者主體精神亦有著密切的關係，或者說在形象身上帶著作者強烈的主體投射。

　　黃治先的於不自覺狀態進入鄉村，以及他的並不艱難地進入被誤認者的角色，都不是表面的、偶然的現象，其背後都有深刻的文化心理原因。他與被誤認者的相契合處是很多的，尤其是他與鄉人三阿公的心語交流，與鄉女四妹子的情感糾葛，都已經不能看作是外在於人物的、對他人的情感參與，

而完全是一種與被誤認者內心合一的真實內心流露。顯然，正如黃治先夢遊般闖入的這個山寨在他的記憶中有著頗為熟悉、似曾相識的印象一樣，這個被誤認者的情感、心態其實也可視作是黃治先潛藏於內心的一個隱秘的側面，或者說，被誤認者其實是黃治先的另一個自我，一個被日常生活所壓抑的自我。他的不自覺重入鄉村進入被誤認者的角色，經受著心靈的回溯與拷問，以及他的「走不出」自我的強烈感觸，都反映出鄉村之行實質是他自我心靈的一次失控性遨遊。它真實地顯示出黃治先內心深處的充滿著強烈悖反性的情感與文化世界，也潛在地表現出其內在文化精神隱含著巨大的割裂與痛苦的困惑。

這種割裂與困惑源於他曾有過的知青插隊經歷，源於鄉村與他之間的剪不斷割不絕的複雜情感聯繫和文化糾葛，其實質是他所生身的現代城市文化與插隊生涯所帶給他的鄉村文化〔註1〕。在他心靈中的劇烈交戰，是他在這兩種文化的衝突中無所適從、無所逃逸的文化折射。「歸去來」，作品的標題正形象地表現了主人公內心世界的割裂與兩難困境：已歸卻復去，已去又復來，欲割難捨，欲近又棄。他無從取捨與抉擇。

這種困境當然不只是黃治先個人的，它既是它的創造者韓少功的內在精神世界的體現，也是所有與黃治先、韓少功有著相同現實與精神經歷的知青一代人（當然首先是知青作家）的真實內心觀照。表現在知青文學創作上，是這種「歸去來」的精神困境不但體現於某些時期某些作家的某些創作上，而且還完整性地呈現在整個知青文學的創作歷史中。「歸去來」，既是知青作家文化心態的形象描繪，又可作為知青文學發展軌跡的一個真實的象徵。

鄉村永遠都只是知青作家們的一段客居旅程而不是身體與心靈的安居地，他們的現實與文化的根都是留駐在城市的。他們不但在城市度過了童年與少年時期，接受了城市氛圍的薰陶和城市文明的啟蒙教育，而且，他們的家庭之愛、親情之維繫也緊連著城市。對於他們來說，無論是在先天情感上還是在理性文化上，他們都與城市有著親緣與鄉村有著陌生。

所以，知青們的上山下鄉進入鄉村，實質是進入另一種生活與文化，他們的情感和理性世界都是自然地拒斥著的。他們始終是把鄉村作為暫時的無奈的客居之地，回城是他們心中堅韌的夢想和最終的情感停駐地。同時，正

〔註1〕本文的「鄉村文化」概念意義與一般所言的「民間文化」概念相近，但相比之下，它的內涵更緊密聯繫著中國傳統的鄉村生產方式。

如眾多鄉村人始終都視城市知青為他們傳統領地和生活的客居者甚至侵入者一樣，知青們無論是在插隊當時還是在回城之後，其身心都不可能真正地融入鄉村之中，他們於鄉村的旁觀者、審視者的目光是始終而未曾改變的。

這很自然地直接導致了知青文學在新時期文學初期的明確而普遍的「傷痕」化和對於鄉村插隊生活的怨懟式描寫。這些剛剛脫離漫長而清苦的鄉村生活，重返城市懷抱的城市之子們，一方面強烈感受著時代的控訴與感傷氛圍，並被激發起沉重的被欺騙感和青春失落感，同時，回城後與城市的距離感更加劇著他們的怨憤與失意心態。他們以城市棄子的口吻向城市母親傾訴他們的苦難與傷痕，既用以渲洩心中的失落，又可以掩飾自己與城市現實的距離，還希望借之以博取城市的同情與理解。這種心態使得他們的傾訴往往帶有戲劇化和誇張化的傾向。與這種對鄉村怨懟式描寫相對立的，是「傷痕」期知青文學普遍在這種情境下描塑出的插隊生活和鄉村狀貌，自然是被塗掛上了強烈的情感色彩。在知青作家筆下，鄉村被普遍塑造成為苦難與傷痕、醜惡與痛苦的化身。像王安憶的《繞公社一周》、《廣闊天地的一角》，陳建功的《萱草的眼淚》，竹林的《生活的路》，葉辛的《蹉跎歲月》，孔捷生的《在小河那邊》等等，幾乎此時所有的知青文學作品都是「傷痕」的代名詞，都體現出作者們對於鄉村的拒斥和怨憤情感。在這些作品裏，鄉村不但是營造主人公人生悲劇的場所，其本身亦被淪為了罪惡與醜陋的淵藪。而城市則是知青主人公們的希望和夢幻所在，是他們經受苦難現實生活的精神安慰。理想/觀實，美麗/醜陋，夢想/罪惡，在這裡，城市與鄉村形成著鮮明突出的對比，表現出知青作家們明確的價值和情感取向——這種取向在陳村的一篇名為《我曾經在這裡生活》的作品中表現得頗為典型：罪惡的鄉村埋葬了「我」的青春與愛情，當「我」滿懷著痛苦和怨憤離別鄉村時，「我」的誓言是：「永遠不再踏上這塊土地！」

二、

「傷痕」式的鄉村訴說是普遍而充滿著時代激情的，然而當激情平靜下來，傾訴也告了一個段落之後，知青作家們仍然必須面對他們回城後的現實問題，必須考慮如何面對他們與城市間在闊別多年以後所形成的隔閡和距離。這種隔閡不只是生活上的暫時不適應，更有城市文化於他們的拒斥。因為知青們成長於五六十年代文化中，除了在插隊生涯中受到鄉村文化的影響

外，他們的思想觀念很少感受到新的變異，五六十年代理想文化仍是他們思想文化的主體，這與八十年代正日新月異的城市文化變異顯然有著巨大的鴻溝，並且他們的理想幻滅感，被現實社會忽略感和被拋棄感都加劇著這種鴻溝，使他們很容易陷入對現實文化的茫然的情境中。這時候由於作家背景經歷的差異，曾經在「傷痕」時期呈一致性趨向的知青作家們表現出了不同的創作姿態與價值取向。

那些城市文化背景較深厚的作家選擇的方式是力圖融入城市，克服現實中的困境和情感上的浪漫與懷舊情調，以自身的迎應去彌合他們與城市之間的現實與文化裂痕。這之中王安憶最為典型。由於家庭等原因城市文化淵源頗深的王安憶，在離開「傷痕」進入城市題材以後，她基本上未移易她的「傷痕」期的現實與文化觀，她的《雨，沙沙沙》表達出的城市的親切和諧與她曾經的醜惡的鄉村景貌形成著鮮明對比，表現出王安憶力圖與城市的親近。此後她的《阿蹺傳略》、《麻紡廠春秋》等都是這種心緒的繼續。當然，王安憶的融合企圖並非一蹴而就，她也無法迴避自己在現實與文化上的心靈困惑，但她對於解決這種困惑的方法是明確而積極的，那就是捨棄過去，努力適應城市生活的現實。這一態度典型地體現在她的《本次列車終點》中，作品的主人公陳信離鄉回城後滿懷的希望遇到了城市現實的痛擊，現實的壓力與文化上的不適應感使他陷入了心理的迷惘，並不自覺地追懷起鄉村生活並懷疑自己的人生選擇，但他最終仍是堅決地留在了城市，並嘲弄起自己曾經的猶疑。對於解決自己與城市間的距離與精神困擾，他也是充滿了信心：「然而，他相信，只要到達，就不會埋怨，不會苦惱，不會惘然若失，而是真正找到了歸宿。」——顯然，這一信心也是作者王安憶的信心，是她努力迎應城市的典型心態體現。

在向城市回歸的路上，王安憶走得迅速而堅定（到時間進入90年代，她就已經完全回歸了城市文明的姿態，難以見到鄉村文化的影響痕跡了。但這並不是說王安憶完全沒有受到「歸去來」文化兩難的困擾，她此後的《小鮑莊》與「尋根」之間割不斷的聯繫就是她的心靈也曾陷入過「歸去來」困境的真實表現。顯然，她的回歸城市之路也曾經歷過心靈的曲折），但其它作家則顯然要複雜得多。比如韓少功，他此際創作的《遠方的樹》，就體現出比王安憶更多的心靈煎熬與選擇兩難，儘管主人公田家駒對於自己的回城選擇、對於愛情的失落依然表示了不後悔，但懷念和追悔事實上已對他的心形成著

煎熬與折磨，對於自己以「事業」作爲拋棄昔日愛情的託辭，他自己都表示了深刻的自疑和困惑，結尾處他的對於鄉村大樹的心靈相應，更深刻象徵了他與鄉村生活以及鄉村文化間割不斷的精神聯繫。不論是在城市還是在鄉下，他注定都是痛苦的。

韓少功的鄉村情感與文化困擾在田家駒的身上得到充分的表露。而從當時知青作家創作實踐上證明，困擾韓少功的困境絕非只是對他個人，而是一種存在於知青作家中的普遍性的現象，同時有不少作家更爲關注他們與城市文化上的距離，表露起他們的現實文化疑慮。這就是在「傷痕」知青文學之後興起的、以「回歸」鄉村爲主要特徵的知青文學潮流。在這個曾一度引起眾說紛紜的創作潮流中〔註2〕，知青作家們一改「傷痕」期的怨懟鄉村、視知青生活爲苦難經歷的創作景況，代之以對鄉村的抒情與懷念，甚至還出現過主人公在現實上回歸鄉村的場景描寫。

孔捷生的《南方的岸》和韓靄麗的《田園》是主人公現實回歸傾向體現得最爲明確的兩部作品。作品中的主人公易傑、暮珍（《南方的岸》與葉霞《田園》）都經歷著與《本次列車終點》中陳信同樣的現實與文化困擾（不同的是他們更多文化困繞而陳信更主要是現實困擾），但他們與陳信努力適應城市的選擇卻是截然不同，他們選擇的方向是重新回到知青生活所在地——鄉村去重新生活而毅然背棄了現實的城市生活。借著這種人生的重新選擇，他們平衡了翻騰在他們心中的現實與文化困擾。

與孔捷生、韓靄麗的現實上回歸鄉村傾向相呼應的，是此際以對知青生活進行「理想主義」與「英雄主義」描述而引人注目的梁曉聲。他的《這是一片神奇的土地》、《今夜有暴風雪》等作品，將以往知青作品予以完全否定，並以怨懟情感方式敘寫的知青生活進行了新的解讀，賦之以悲壯、雄奇的壯美與悲劇色彩，表現出一種對昔日知青生活的價值重審與心理回顧。

史鐵生、陳村等人則著力於將插隊生涯與鄉村進行詩意化和溫情化塑造。史鐵生的《我的遙遠的清平灣》、〈插隊的故事〉等以抒情的筆調、感傷懷舊的語態充分賦予知青生活與鄉村世界以美麗溫情和詩情畫意，描畫出一幅幅田園風情畫。在畫裏，雖有貧窮有愚昧，但更引人矚目的是鄉人的勤勞

〔註2〕 董之林：《走出歷史的霧靄》，陝西人民教育出版社 1991 年版；費振剛，方克強《反思・回歸・奮鬥》（載《文學評論》1983 年第 5 期）對此有詳細而精當的論述。

與善良，是鄉村的怡靜與安謐。而曾經在《我曾經在這裡生活》中強烈地表達過對鄉村的詛咒和拒斥的陳村，這時候也一改初衷，寫下了對鄉村充滿著眷戀與溫情的《藍旗》和對昔日青春滿懷自傲色彩的《走通大渡河》。他的短篇小說《兒子》更完全是一首抒情與詩意、溫情與感傷的鄉村田園詩篇。

三、

知青文學在「傷痕」文學之後出現的這種與以前呈強烈悖反色彩的「回歸」潮，透射出知青作家與鄉村的情感牽繫和文化關聯，也是他們內心城鄉文化衝突而導致的「歸去來」矛盾心態的一定表現。但是，就總體來說，這裡所表現的更主要是他們在進入城市過程中面臨城市拒斥時所自然萌生的一種懷舊情感，尚未有明確的文化回歸自覺。他們的英雄主義與「回歸」鄉村並不是真正的對鄉村文化的認同與皈依，而實質是對於另一種城市文化的追念，他們的抒情化鄉村描寫也多是源於現實壓力下的一種情感補償和心靈鬆弛願望。沒有了「傷痕」期與鄉村生活的迫近感，沒有了心尤後怕的心理顧忌而多了幾分矜持與紳士風度，他們的田園式鄉村和鄉村溫情才可能湧現。我們不排除這種情感的真切性，但應明確它更主要只是作者們現實生活中的一種虛構和幻夢，是他們藉以撫慰在重返城市的拼搏中被創傷的心靈的溫柔劑，是他們用以暫時平衡現實文化與他們心理文化的巨大反差的文化工具。它的實質是知青們與城市努力達成和諧過程中的暫時不和諧音。

梁曉聲對於青春的追懷與悲壯化描述是源於現實生活對於他的壓力和他對於現實平庸的失望，他的「英雄主義」和「理想主義」事實上也完全是五六十年代文化於當代社會的迴光返照。他不過是因對一種城市文化（現在）的幻滅而萌生對另一種城市文化（過去）的留戀與幻想而已。

史鐵生等人的鄉村田園畫體現出他們與鄉村的情感聯繫，但也僅此而已。儘管作者們對鄉村溫情脈脈，但其外在審視者的姿態始終明確不移。如陳村在《藍旗》中，儘管主人公對鄉村的理解顯得真誠而充滿悔悟：「這塊曾被我千百次詛咒的土地，竟是這樣美麗」，但他的姿態永遠是一個鄉村漫遊者、一個旁觀者，他的離開鄉村是堅決與毫不猶豫的。史鐵生《插隊的故事》亦然，作品結尾處主人公真誠的感歎明確地揭示了他與鄉村的距離和他對鄉村之愛的「葉公好龍」真相。顯然，距離與超利害關係是鄉村謳歌者們美化鄉村、懷念鄉村的真正實質，正如他們的同行者梁曉聲們的「文化回歸」實

現象部分
「歸去來」的困惑與彷徨──論 80 年代知青作家的精神與文化困境

質上與鄉村文化並無眞正的聯繫一樣。這種文化是虛幻的與具有城市文化實質的，這種情感也是短暫和外在的，它們透現出「回歸」的暫時性與脆弱性的本質。它的存在與現實城市對知青們的拒絕強度和回歸者們融入城市的速度密切相關，一但城市寬容了他們、接納了他們，他們的「鄉村夢」與「回歸夢」就自然煙消雲散了。

所以，孔捷生在寫作拒絕城市的《南方的岸》的同時也創作有堅毅適應城市生活走向的《普通女工》；梁曉聲在稍後的《雪城》中，亦是試圖努力地彌補城市與知青間的裂隙與衝突，爲二者尋求一條和解的途徑，妥協之中，流露出「理想」破滅後濃重的感傷氣息；陳村的完全世俗化的《一天》於他曾經的鄉村夢更是一個結束也是一個反諷。顯然，「回歸」文學潮只是知青文學史上一次短暫的徘徊之旅，是知青作家們「歸去來」困惑的一次淺在表現。

上述分析並不是說知青作家與鄉村和鄉村文化沒有深的維繫，或者說在他們心靈上並不存在城鄉文化間深層的矛盾與困惑。相反，在幾乎所有的知青作家內心中都程度不同地存在著這種與鄉村的情感聯繫與文化困惑，只不過在正常的城市文化背景下它是處於一種壓抑狀態，它正常的表現形態是潛在的與非自覺的。正如《歸去來》中黃治先的「重回鄉村」必須要有夢遊成功是前提一樣，只有在一定的外在契機下，作家們的這種與鄉村的情感與文化聯繫才可能充分而眞切地渲泄、表現出來，他們內在文化的「歸去來」困境才可能有明確的表現。

知青們的鄉村聯繫是毋庸置疑的。因爲知青作家們雖然「根」在城市，但由於他們下鄉前年齡都不大，文化思想尙未成熟與定型，並且，他們在五六十年代特定文化背景下受到的文化教育甚少，他們在下鄉前內心的文化空白待塡充處甚多，當他們進入鄉村，鄉人的純樸，鄉村文化的魅力，給他們的情感和文化留下影響都是必然的（雖然由於時代的影響，在當時文化單一化的中國社會的表層世界中並不存在深厚的鄉村文化，這自然影響了知青們的鄉村文化接受力）。經歷與感悟力決定了他們與鄉村的情感與文化維繫的強度，也大體決定了他們在此後的知青文學創作中多大程度上眞正陷身於「歸去來」的兩難困境。

張承志是知青作家中與鄉村情感與文化聯繫最爲深入的作家，也正因爲這樣，如同王安憶最終從城市文化的側面走出了鄉村文化的影響力，他也從

另一個側面——從鄉村文化深處走出了城鄉兩種文化糾葛的困擾。張承志在有著深厚異族文化魅力的蒙古草原上度過 8 年的歲月,這是張承志在經歷了狂熱而匆促的紅衛兵生涯之後正逐步由清醒而幻滅,並進而對整個城市文明產生深刻懷疑的歲月。在草原生活中,牧民的真誠質樸與城市文明的機詐權謀形成著鮮明對比,亦在情感上撫慰著張承志覺醒的痛苦與困惑;草原文化的粗獷博大,更對張承志文化幻滅後的心靈構成深刻而強大的浸潤和影響力。所以,張承志的創作從一開始就顯示了他的與眾不同,就在別的知青們正紛紛以控訴的筆調詛咒鄉村和知青經歷的時候,他卻在《騎手為什麼歌唱母親》等篇章中清晰地唱出了對於大草原和牧民們的深情熱愛,顯示出他獨特的鄉村情感和文化姿態。

當然,張承志的真正地融入鄉村文化的路途也並不是一蹴而就的,他也經歷了心的磨礪和艱難的蛻變過程。坦率地說,他的《騎手為什麼歌唱母親》的鄉村謳歌與「回歸」文學潮中梁曉聲的「理想」和史鐵生的「懷念」並見不出多少本質區別。只是在經歷了《黑駿馬》、《綠夜》至《黃泥小屋》、《金牧場》等逐步的文化掘進之後,他才真正深入到鄉村文化的內核,完成他的文化蛻變與「新生」。他的《綠夜》是這種心靈蛻變的真實而典型的寫照。主人公起初也只是一個如《南方的岸》中的易傑一般的理想主義者,他的對小奧雲娜的希望與夢想正是一種城市文化的心理投射,所以,他得到的幻滅是必然的。但是,張承志的主人公在經歷了這一幻滅之後不是重新退回城市文化中或是空幻地歡惋,而是讓心靈堅韌地經歷了一次艱難的「洗禮」與蛻變:在經歷了痛苦的思索與理智的自審後,他重新認識和深入理解了奧雲娜的成長和變化,這實質上也就是認同了和接受了草原文化對他的再造。所以「洗禮」之後,他表現了超乎尋常的激動與狂喜:「他感到這顆心從來沒有這樣濕潤、溫柔、豐富和充滿活力。」

這種文化的蛻變是艱難漫長而不無痛苦的,所以跋涉是張承志作品中始終而分明的意象,心靈經受痛苦的考驗與煎熬更是他作品主人公們必修的一門課程。但在經歷了這一蛻變之後,張承志就基本上逐步地擺脫了城市與鄉村在情感文化上的兩難衝突,進入了一種以真正民間的文化、情感和視野來審視生活、認識生活的全新境界。他在 90 年代創作的《心靈史》完全是一種底層文化眼光對於歷史和人生的重寫,是鄉村文化於城市文化的顛覆(當然,張承志的文化姿態也有其不足,但因不在本文研究範圍之內,這裡就存而不

究了）。

張承志經歷了銳變與新生，塑造了一個新的文化與情感風景。但是對於更多的知青作家們來說，也許是他們城市之根太深，也許是他們鄉村淵源太淺，他們或許是不願或許是不能走人張承志的道路。他們的道路更爲曲折，也更充滿了艱難與坎坷。

四、

「回歸」潮經歷了從興起到煙消雲散的歷史，但知青們的現實與文化困境並沒有得到眞正的緩解，而這種困境對於某些經歷的知青作家們來說也許更沉重些，這些知青曾下放到鄉村基層多年，他們所插隊的處所又多是在鄉村地域文化特色濃鬱、文化根基較爲深厚的地域（如韓少功等在楚文化的湖南，李杭育等在越文化的浙江，阿城在大西南，鄭義、李銳在山西，其中都有獨特濃鬱的地方文化），他們受鄉村文化感染和影響也自然較深。所以他們融入城市的過程更爲痛苦，進入與城市的和諧也更爲艱難。最典型的如韓少功，他在「傷痕」期曾有過旺盛的創作力，但之後除了創作出充滿迷茫與痛苦色彩的《遠方的樹》，幾乎再沒有其它作品問世。《遠方的樹》後他的創作更停頓了幾乎整整兩年。顯然是心中的情感與文化糾結在困擾著他，使他在內心城鄉文化的困頓中難以平和地發出自己的聲音。這些未來的「尋根」文學主將們顯然是在期待，他們期待著有朝一日能眞正地驅散心中難以取捨的困惑，尋找到一種情感與文化平衡的方式。

80 年代中期中國思想界的對中國傳統文化的重新評價熱潮，尤其是文學上拉美的魔幻現實主義文學的崛起，對上述正處於心靈困境中的知青作家們來說顯然是一個良好的啓迪，是他們尋盼已久的以求宣泄與解決內心困境的希望和契機。於是就有了「尋根」文學的應運而生──鑒於「尋根」文學的倡導者、宣言者、主要參與者和主要代表作品的作者幾乎全都是知青作家，並且在他們的「尋根」宣言與創作題材等方面都明確體現出知青們的生活與創作特徵，所以，從文學流派意義上講，「尋根」文學應是專屬於知青作家們的一項文學活動，是知青作家們源於內心困惑和解放自覺的文化嘗試；這一活動與 80 年代其它作家（如汪曾祺、鄧友梅、賈平凹等）源於集體性的文化資源空缺而倡導的向傳統母體文化尋求支持的行爲有內在的聯繫，二者之間也有相互的影響和啓迪，但應該對二者作一個明確的區分，不能把「尋根」

文學的範疇作無限的擴大。——知青作家們希望通過「尋根」活動，充分表現出他們潛在的、被長久壓抑的情感與文化眞相，抒發與解決長期困擾著他們心靈的文化困惑。「尋根」，是知青作家們潛在自我的自覺不自覺的一次大釋放。

所以「尋根」文學的興起與其說是源於作家們拯救文學振興文學的現實願望，還不如說是由於他們心靈的強烈自救渴盼，是由於他們潛在心靈被長久壓抑之後帶有強烈自覺性的自由放縱（正如《歸去來》中黃治先的一次成功夢遊）。應該說，在這一「鄉村夢遊」中，知青們的「歸來」的文化心態得到了較充分的展示，就像黃治先的夢遊一旦成功就必然要在鄉村中漫遊一番一樣，知青作家們一旦進入「尋根」，也必然要把他們對鄉村和文化的依戀充分地展現出來（尤其是在剛剛進入「尋根」的初期）。所以，「尋根」者們的文化態度（尤其是在最初）是相當明確而堅定的。以韓少功《文學的「根」》、李杭育《理一理我們的根》等爲理論代表，他們旗幟鮮明地將「尋根」目標定位在了「民族傳統文化」與「非規範」的鄉村文化上。他們對現代城市文化的象徵——五四文學和五四新文化運動進行了激烈的批判，與之相應，他們明確提出重新審視傳統（主要是民間傳統），強調從民間與遠古（事實上在他們的實踐中也只是鄉村）中去尋找新的文化資源。具體創作上，他們也更普遍地進入鄉村，以重寫的姿態對鄉村和鄉村文化進行描述，在這一宣言與重寫裏，知青作家們心中的文化與情感壓力得到了很好的宣泄與緩解。由於作家們的現實行爲與他們內心願望強烈的契合，所以，在進入「尋根」後，許多知青作家的創作力迅速爆發，分別達到了他們個人創作的高峰期。

所以，「尋根」文學所表現出的知青作家的鄉村文化指向性和其與鄉村的情感聯繫（尤其是在文化上）比「回歸」文學更爲明確而深刻，作家們的文化自覺性也更強。但是，知青們的文化困惑並沒有得到根本的解決，在「尋根」文學中，雖然他們久被壓抑的鄉村文化情感得到了較充分的發泄，但同時，他們的城市情感與城市文化又必然會來困擾他們：正如「歸」對於「去」同樣是一種反動和困繞一樣。所以，在「尋根」裏，知青作家們的情感與文化始終未能獲得眞正的平靜與安寧。這一點，在實質上與之前的「回歸」潮並沒有根本的區別，只是在「尋根」裏，作家們的鄉村情感與文化表現得更爲充分與強烈，相應的，他們的內在矛盾也就越深，他們文化上的悖論也就表現得更爲突出罷了。「歸去來」的情感與文化糾葛如同知青作家們擺不脫的

宿命，使「尋根」文學存在著先天的不足，或者說，「尋根」失敗的內傷原就寓含在它的起始之中。事實證明，「尋根」文學不但未能給知青作家們提供走出困境、解決困境的方法與途徑，相反，它對知青作家們的文化內傷作了一次徹底的大暴露，是他們「歸去來」文化困境的總體性體現。

所以，雖然「尋根」文學是一次有旗幟有宣言、有理論有實踐的文學運動，但從它一開始，一種自戕式的內在悖反就與它緊相伴隨，並且還貫穿著它的始終〔註3〕，成為它擺之不脫、驅之不去的致命傷口。

這種悖反最突出地體現在「尋根」作家們的理論宣言與創作實踐的自相衝突上。從「尋根」者們的宣言看，其拒斥城市文化（現代文明）認同鄉村文化（民間文化）的基本精神是堅定而明確的。然而他們的創作實踐卻遠非這麼確定，雖然他們創作的主體部分是對於傳統與鄉村文化的認同與尋找，但也出現過與之相對立的對傳統和鄉村文化持審視與批判態度的作品。像鄭義的《遠村》和《老井》，主體精神就仍未脫離對鄉村文化進行批判和審視的五四文化傳統立場。同時，更重要的，即在所謂積極「尋根」的作品（其中包括「尋根」文學的代表作家與作品）中，內在的矛盾也相當突出。這些作品，題旨往往模稜兩可，經常是批判與讚美雜糅，揭露與欣賞並存，作者的真實意圖含混不清，難以明確。像韓少功的《爸爸爸》、王安憶的《小鮑莊》，評論界對它們有著各種各樣、甚至是完全相反的解讀。事實上，這些作品對敘述對象到底是正面描述還是反諷性敘述，是批判還是讚美，也許連作者本人都難以確定。因為這種現象的產生並非由於創作客體的原因，而是源於創造主體內部精神的猶疑與自我矛盾。

這種悖反自然是嚴重地損傷了「尋根」的力量，甚至使人難以辨清「尋根」者們的意圖真相。而同時普遍地，「尋根」作家們顯示出其文學形象上的匱乏和創作底氣上的嚴重不足。「尋根」作品幾乎共同的一個特點是文學形象性不強，寓言意味濃鬱。像《爸爸爸》、《女女女》、《小鮑莊》及阿城的「三王」，李杭育的《最後一個漁佬兒》，都不同程度地存在著這一傾向。至於鄭義的《遠村》和《老井》，為了對其客觀描寫上的鄉村批判傾向進行彌補，更是明顯人為地加上了一些靈怪色彩與象徵物，顯得頗為牽強。此外，「尋根」作家們的創作底氣也顯得後勁不足，像王安憶的「尋根」，只是偶而為之，並未真正深入（姑且不論其意義本身的曖昧）；韓少功、鄭義在各推出兩篇代表

〔註3〕參見王一川：《傳統性與現代性的危機》，載《文學評論》1995 年第 4 期。

作之後，再無力作問世；阿城和李杭育應是「尋根」作家中宣言和創作實踐最為合一者，立場也最為堅定，但他們除了「三王」和《最後一個漁佬兒》等少數作品外，後來的作品就失去了文化力度和創新意味。

所以，「尋根」文學在短暫的高潮之後很快就偃旗息鼓，作者或迅速轉向，或悄無聲息甚至息聲文壇，呈現出一種沒落的狀貌，同時它所留下的印象和遺產也是那麼支離破碎，嚴重缺乏思想與文化上的統一性。綜觀這一潮流的起落，可以明確地看到文化內在傷痛對於它的嚴重損害，以致對自我的反諷構成它抹不去的突出特徵。

五、

「尋根」的自傷並導致最終的潰敗，其根本原因正是知青作家們的文化困境。正如前所述的，知青作家們的「根」在城市，又與鄉村文化有扯不斷的牽連，這使他們常陷入難以抉擇和取捨的兩難中。其實問題的根本癥結還不在這裡，問題的關鍵是知青作家們的兩種文化根基都不牢固，都沒有深厚的文化底蘊、文化思考為積澱為精神依恃。由於歷史的原因，他們的城市教育相當淺薄和外在，他們的城市之「根」並不深厚；進入鄉村後，在鄉村生活中他們有機會受到鄉村文化的影響，但同樣，由於時代原因以及生活和文化的隔閡，他們也沒有真正進入鄉村生活，沒有真正進入鄉村文化深處。當他們在經歷了知青經歷之後，他們的身體固然是歷受漂泊之苦，給人以一種城市棄子的感覺，他們的心靈更是有如飄萍，在城市文明與鄉村文化這兩種呈對立狀的文化間沒有明確堅定的取向與抉擇，並難以真正進入一種文化，以堅強的文化後盾作為深化自己思想的源泉（也許王安憶與張承志可算是例外），他們注定只能是不停的漂泊，是內在的自我衝突，是無奈的文化自傷。

表現在具體的「尋根」文學運動上，如果說當初他們靈感的觸動、理論的倡導源於他們心底的鄉村文化感觸受到時代氛圍的激發，是一種情感式的靈感進擊的話，那麼，當他們進入具體的創作實踐中，更具理性的城市文化的「根」就會自覺不自覺地跳出來進行干擾和阻擋，迫使他們偏離他們的理論（實即鄉村文化）方向而回到城市文化軌道上來，所以，「尋根」作家們曾高叫要填補上「五四文化造成的斷裂帶」，要「理一理我們的根」，結果許多實踐卻是重新回到了五四文學傳統的老路上。站在城市立場上對鄉村文化進行批判和審視，乃構成眾多「尋根」作品強烈的反諷性特徵。同時，他們的

鄉村生活根基和文化體悟頗有欠缺，可以說，比較而言，傳統的城市文化對鄉村的審視目光和方法於他們也許更為熟悉也更為親近。所以他們的許多作品，在描繪鄉村的貧窮、愚昧，展示其封閉落後時，顯得駕輕就熟、頗為生動，一旦想描繪展示鄉村文化的內涵與魅力，他們就多顯得力不從心。他們的許多作品，除了一些外在的民間風俗以及一些人為的傳說及象徵物描述之外，鄉村文化的根本其實距他們還很遙遠。這顯然是他們不得不頻繁地運用象徵、寓言等藝術手法來表現他們的「尋根」夢的原因，也是他們集體性的缺乏創作後續力的根本病症。

此外，知青作家們「尋根」運動的強調從相對虛幻的文化著手而不是注重吸取厚實的民間文學養料，除了「文化熱」的語境外，他們對鄉村文化（文學）真正的認識與情感隔閡也是重要原因。同時，也不可排除「文化操作」正是在他們心理中成為深層「焦慮」的五四文化運動的慣常工具，它與作家們潛在的城市文化之「根」有著內在的牽連。事實上，這種「尋根」方式也是導致「尋根」運動失敗的一個重要原因。

導致「尋根」運動失敗的餘傷到 90 年代韓少功的《馬橋詞典》仍可見出。《馬橋詞典》在某種程度上可以視作是「尋根」文學於 90 年代的餘響。比較「尋根」時期，10 餘年之後的韓少功顯然對自己有了較大的突破，不但作品的形象性較《爸爸爸》有了很大的提高，而且，他的鄉村文化體悟亦有了相當的深度。然而，不可否認，作品中仍然存在著一些對鄉村生活的誤讀和距離；使其在沉靜之中尚顯出幾分外氣〔註4〕。由此顯見知青作家文化困境影響的深遠。

六、

但是，我們仍然應該肯定「尋根」文學的不可忽略的意義。其中的優秀作品，確實是體現出了鄉村文化的幾許精髓，顯現了它的獨特魅力。比如阿城的《棋王》，雖然「道」的尋覓可溯為古代文化，但作品中表現的「道」卻顯然是民間之「道」，是鄉村文化的一支。作品以民間文化來觀照知青生活和整個社會，顯示了獨到的意表與魅力，平添了文學史上的幾分風流。但是，「尋根」中更多的作品的意義卻是凸顯在其文化意義上，《歸去來》中的委婉心曲，

〔註4〕90 年代文學界對《馬橋詞典》眾說紛紜，但卻缺乏對作品內在文化精神進行深入分析的批評文章，這顯然是一個大的遺憾。

《爸爸爸》的隱晦曲折，是一代知青的眞實心態折射，也透示出這文化背景獨特的一代作家的無可言說的心靈之痛。

城市文化是現代文明的方向，它的取代物和否定物正是鄉村文明。相比之下，鄉村文明與民族傳統文化有著較深的聯繫，並以靜止、保守爲主要特徵，二者的優劣對於社會學家也許毋庸置疑，但對於文學家們則要複雜得多。古往今來的文學家們，在這兩種文化的衝突上，曾經展現過多姿多彩的風景狀貌，呈現過意態紛紜的委婉心曲。在中國現代文學史上，即既有廢名、沈從文的鄉村立場對鄉村溫情的謳歌和對城市虛僞的抨擊，也有批判現實主義鄉土小說家們對鄉村文化的揭露與批判和對現代文明的嚮往與憧憬。其中沈從文，也曾經受過城市與鄉村兩種文化的撕扯與煎熬，並表現出一定的自我割裂景致。但是，像知青作家這樣群體性的、并且是長時期的陷入這兩種文化的困境當中，從而使他們的創作深深刻上了這種文化困境的影響痕跡的文學現象，應該是文學史上所罕見的。它也給城市文化與鄉村文化衝突史的研究者們提供了一個獨特的範例。「歸去來」的困境嚴重影響了知青作家們的文學創作成就，更使他們集體性的成爲了新時期文壇上一道璀璨卻短暫的風景。

「尋根」之後，許多知青作家創作生命力已呈萎縮狀態，進入 90 年代，除了王安憶，張承志以及韓少功等極少數作家之外，大部分 80 年代知青作家更已幾乎無聲無息，他們作爲一個有影響的作家群體的活動已是昔日的曇花。對此，歷史顯然應該承擔它的主要責任。因爲知青作爲特定政治時代的產物，他們被割裂的現實生活和文化經歷，都是他們無可迴避的歷史宿命，而這，正是導致他們在情感上和文化上常處於飄遊狀態和陷入「歸去來」困境的根本原因。然而，從另一方面來說，知青們也應該承擔自己的一定的責任，因爲對於一個作家來說，知青們的這種經歷其實也並非全是壞事，脫出一種文化的圍限，接受另一種新的文化的蕩滌，未嘗不是一樁幸事，因爲它不但能開闊我們的文化視野，也能使我們在文化的裂隙中進行自審與冷察，從而深化自己的思想深度。王安憶和張承志在某種程度上就是得益於這種獨特的文化背景，90 年代韓少功的日趨成熟與之也不無關係。所以，陷身於某種文化困境本身也許並非不幸，不幸的是長久的陷身其中而不能自拔甚至被這種困境所淹沒所吞噬。這是 80 年代知青文學的情感與文化軌跡變遷所能帶給我們的啓迪。

堅持的迷茫與守望的尷尬——論小說家對「文革」後鄉村改革的書寫

　　20 世紀 80 年代以來，中國鄉村社會進行了以土地承包責任制爲中心的一系列改革。這是中國當代鄉村歷史上一次大的轉換，雖然它不像新中國初期的土改運動對土地進行重新分配，造成了人們社會地位的顛覆性改變，但一則它是在中國農村社會持續了多年的集體制度之後進行的個體制變革，與以前的制度和文化形成了相當顯著的反差；二則這一改革持續的時間長，還聯繫著整個中國社會全方位的政治、經濟和文化變革，鄉村生活和文化觀念的變異全面而深刻，甚至可以說，這一鄉村改革對鄉村社會影響的深刻度和廣闊度是前所未有的。幾乎與這一改革相同步，小說家們對它進行了豐富的表現，與以往不一樣的是，這時期的文學創作環境已經變得相對自由寬鬆，作家們能夠比較自如地表達出他們的眞實精神世界，當他們表現鄉村改革場景和生活時，個人的價值觀念和文化心態也折射得更加細緻和眞實。這些鄉村改革小說，既是對改革現實的描摹，也傳達了作家們的心靈世界。

一、

　　經歷了五六十年代的劫難和長期貧困，中國鄉村走向改革可以說是歷史的必然。正因爲這樣，在「文革」結束後出現的幾乎所有鄉村題材作品，都在傾訴鄉村歷史或現實的苦難，在或明或暗地期待、呼喚著鄉村的變化。像張一弓的《犯人李銅鐘的故事》、張弦的《被愛情遺忘的角落》、張賢亮的《邢老漢和狗的故事》等作品，將筆觸伸向剛剛過去的歷史，演示了集體制度下

鄉村的極度貧窮和生活悲劇。而高曉聲的《李順大造屋》、白樺的《銀杏村的早晨》等，則針砭了鄉村現實的困境，直接表達了現實鄉村的變革願望。如《銀杏村的早晨》，故事的背景已是「文革」結束之後，但鄉村依然籠罩在貧困的陰影中，時序正是深秋，農民們卻連一件禦寒的棉衣都沒有，被寒冷和疲憊所煎迫著的農民們所唯一嚮往的，是像鄰村一樣進行改革。作品在嘲諷那些頑固堅持集體主義的鄉村官僚的同時，更傳達出對改革的急切願望和滿懷信心。

改革是鄉村社會的大勢所趨，在這一趨勢面前，即使是昔日的集體制度著名謳歌者浩然，也在一篇叫《機靈鬼》的小說中表現出對鄉村變革必然性的預感。一個綽號叫「機靈鬼」的村民利用才智開始個人致富，敘述者的態度自然是不贊同的，但在他呼喚「機靈鬼「回歸集體的聲音中，無奈的預感已經代替了昔日的自信。

在這種情況下，當改革一旦在鄉村變為現實，作家們對它進行謳歌是自然而然的事情了。何士光的《鄉場上》和高曉聲的《「漏斗戶」主》率先表達了這一情感，它們描述了改革對農民生活的影響，這影響既是物質上的富足，更是精神上的自信和覺醒，是情緒上的喜悅和興奮。在此基礎上，還有一些作家表達了改革後農民對未來的進一步期望和設想，預設了改革的美好前景，像張一弓的《黑娃照相》、李叔德的《賠你一隻金鳳凰》、鄒志安的《喜悅》等作品都是如此。在所有這些作品中，作家們都自覺地將改革前後的農民生活進行了比較，當中蘊涵著作家們對改革的急切期盼和充分認可。葉文玲的《小溪九道灣》最有代表性：改革前，農村姑娘葛金秋為生活所迫背井離鄉到城裏當保姆，備受欺凌。正在她走投無路之時，家鄉實行了改革新政，她毅然回到家鄉，在喜悅和歡樂中開始了新的生活。

也有一些作品側重表現改革所遇到的艱難和阻力，在對改革者和保守者明確的褒貶中，作家們表示了對改革的堅定支持態度。最著名的如張一弓的《趙鑥頭的遺囑》，作品正面描寫了鄉村改革中的艱難鬥爭，主人公趙鑥頭為了維護改革，與反對派進行了艱難的抗爭，最後犧牲了自己的生命。勇敢的精神品格使他的行為充滿了悲壯，對未來的希望則給他的犧牲注入了光彩。此外，王東滿的《柳大翠的故事》、魯彥周的《彩虹坪》、蔣子龍的《燕趙悲歌》也都敘述了改革中遇到的阻力與艱難，也都表現了對改革的支持態度。這其中，陳夢白的《這條路能走——宋老定自述》很有意思，作品續寫了李

準於 50 年代創作的主張集體制的著名小說《不能走那條路》，卻表達了與李準原作完全不一樣的立場，是改革潮流對昔日集體主義的嘲諷和告別；此外，趙本夫的《賣驢》將改革過程中的複雜性深入到農民內心世界中，在對農民主人公內心擔憂、痛苦和疑懼複雜心態的曲折展現中，既揭示了改革的艱難，更傳達出改革的現實必要性。

鄉村改革對鄉村的影響是全方位的，它既涉及到土地所有制和勞動分配方式，也涉及農民的精神世界，涉及他們的榮譽觀、價值觀甚至基本的生活道德。相比物質方面的變革，精神方面的變化要緩慢一些，因此，作家們對鄉村文化的書寫經歷了更複雜的過程。

最早出現的是對文化改革的期待。這一主題深刻地契合了以魯迅的《阿Q正傳》為代表的中國新文學對鄉村文化的批判和啓蒙傳統。像何士光的《鄉場上》、蔣子龍的《燕趙悲歌》、張一弓《黑娃照相》等在對鄉村現實改革的認可和期待中，就融入了非常明確的文化改革立場，作品所批判或歌頌的，不只是現實體制，也有深刻的文化內容。最有代表性的是高曉聲的《陳奐生上城》。作品中的農民陳奐生已經生活在改革後的鄉村，並初步擺脫了物質貧困，但他在精神上卻依然愚昧，需要文化上的改造和療救。此外，矯健的《老霜的苦悶》、喬典運的《滿票》、孫德才的《焦大輪子》等作品從另一角度表現了對傳統農民思想進行批判和改造的願望，只是它們針砭的主要是農民落後的現實觀念，而不是單純的文化觀念。

但這一主題在 80 年代初的改革小說中並沒有得到進一步的張揚，隨著改革進程的深入，它漸漸淡出了作家們的視野，並很快出現了與這一主題不太和諧的聲音。它所表現的也是鄉村的文化變遷，但作家們的態度卻不是積極地迎應，而是憂慮和擔心。

比如韓少功《風吹嗩吶聲》的故事：村民德成憑藉自己的刻薄和能幹富裕起來了，但他在道德上卻變得自私、冷漠，與村人、家人的關係都疏淡了。作者以憂慮的態度看待著這一變遷；同樣，喬典運的《村魂》敘述了一個文化悲劇故事，村民張老七是村子裏唯一堅守誠信的人，但他的作為卻被所有人嘲弄，最後只能鬱鬱而終。此外，張一弓的《掛匾》和王兆軍的《她從畫中走出來》也表達了類似主題。

不過這些作品儘管有憂慮，但總體而言，它們還是保持著比較樂觀的態度，對鄉村文化回歸往昔的平靜充滿著期待。《風吹嗩吶聲》中，德成的行為

受到了村民們的一致批評和諷刺，而德成也開始感到失落並反省和轉變自己的行為（「他在人們平靜的目光下，是否感到心慌？——但願世界上到處充滿這樣的眼光！」）。《村魂》中的張老七雖然委屈而死了，但他的死亡卻感染了村民，也改變了村民，他最後被村民們譽為「村魂」。《掛匾》和《她從畫中走出來》同樣讓主人公經歷了靈魂的顫慄，表達了自新的願望。

更有一些作家在試圖建構一種新式的鄉村道德，希望在改革所帶來的文化衝突中尋找到新的支點，達到一種平衡和妥協——這不是簡單的回歸，而是在實現了物質豐盈之後對一種新道德文化的尋求。鄧剛的《漁眼》很有代表意義。捕魚高手「漁眼」脫離集體後富裕了，但他並未感到幸福，相反，因為失去了集體勞動的環境，他感到巨大的失落，最終，他決定回到集體中，希望帶著大家一起共同致富。高曉聲的《崔全成》，也表達了對改革後鄉村中新的風氣的期待和肯定，並將這一風氣與現實制度改革相聯繫起來：「這可是責任制能不能持續發展的關鍵呀！」同樣，石定的《公路從門前過》和張宇的《境界》有著類似的意蘊，前者在表達村人對富裕平和生活嚮往的同時，也表達了對和睦鄉鄰關係的期待；後者則通過對一個堅持傳統美德的優秀黨員的讚頌，針砭了現實中的不良風氣，表達了文化建設的理想。

但是，總的來說，與對現實領域作家們堅定的支持聲音比較起來，文化方面要顯得低沉得多，甚至可以說作家們的信心其實很弱。這些作品往往通過設計「從迷惘到回歸」的故事模式，但這些安排往往都顯得突然和生硬，作家們似乎是在通過這些故事來說服讀者，也在試圖說服自己。

二、

而即使是這種微弱的自信，也並不是在所有作家筆下都能夠看到，這些作家所表現的，是在新的文化變異中的無所適從，作家們的心情充滿著困惑和懷疑。王潤滋的《魯班的子孫》是其中最有代表性的作品。父子之間在道德文化上的尖銳衝突，作者是明確站在父親黃老亮一邊的，黃老亮對現實文化變異的不滿和恐懼，未嘗不可以看作是作者自己的憂慮：「……這幾年，世道翻了好幾個個兒。翻得又叫莊稼人高興，又叫莊稼人擔心。」同樣，張煒的《一潭清水》和周克芹的《晚霞》也表達了類似的迷惘和惆悵，背後蘊涵的是對文化變異同樣的困惑和迷茫。

對改革的現實肯定和文化上的困惑交織在一起，成為上世紀 80 年代初鄉

村改革小說的主體特色。這顯然是由於在現實物質的變革渴望和文化上的代價之間，作家們很難找到一個平衡點，確立自己清晰的價值立場。在這方面，賈平凹創作於 80 年代初期至中期的「商州系列」作品很有代表意義。他的《臘月‧正月》、《小月前本》、《雞窩窪的人家》集中地表現了作家情感與理性的分離。如果說《臘月‧正月》在對保守者韓玄子和對暴發戶王才之間至少還保持了理性上的清醒的話，那麼，《小月前本》和《雞窩窪的人家》就已經看不到立場，只有在傳統和現代之間難以取捨的兩難。《遠山野情》和《古堡》的價值觀念表達得更為明確，前者主人公的願望——擺脫貧窮但又不想要太富裕，擔心太多的錢會帶來災禍，顯然代表了作者的想法，而《古堡》中的張老大則將《遠山野情》主人公的擔心變成了現實：由於對金錢追求的不知節制，他和他的親人最終都走上了悲劇道路。

在 80 年代初期，作家們對現實改革基本上肯定，但當中也並非沒有例外。一些作家通過對集體制度的懷念，含蓄地傳達了這一思想。如金河的《不僅僅是留戀》，作品表達了與其它作品不一樣的現實態度，支部書記鞏大明對責任制表示出反感和疑慮，儘管作者對此有所否定，但又對鞏大明對農民的關心和對集體的留戀有明確的認同，當中寄託了作者對鄉村現實制度巨變的冷峻思考。趙本夫的《祖先的墳》也表達了同樣的主題，老支書在改革後感到痛苦和失落並最終走向死亡，作者充滿著同情，並發出感歎：「每一個人，每一個時代，不都有自己的局限性嗎？歷史的鏈條是一環一環接下來的。誰敢說，我們今天的社會主義大廈下，沒有那一輩人鋪下的基石呢？」周克芹的《山月不知心裏事》則從文化方面表達了這一情緒，含蓄地表達了對改革後文化場景的憂慮。鄉村姑娘容容對改革後的鄉村文化感到落寞和陌生，並對集體生活的熱鬧和歡快充滿懷念之情。

王東滿的《夜走祭子嶺》等作品則直接對現實改革表達了不同聲音。作品將現實與過去進行對比，對鄉村中出現的貧富分化和不公正現象表示了強烈不滿，認為：「富？上哪兒富？富了的有幾家？」並通過主人公黑嫂之口表示：「人生在世，總得互相幫襯著活。雖說如今聽不見喊共產主義、集體主義好了，我看他誰也不能說集體主義臭，自私自利香！」雖然作品沒有背離肯定改革的基調，但已經含蓄地傳達了批評態度。左建民的《新翻的土地》、石定的《搶劫即將發生》、祝興義的《劉青其人其事》等作品，則開始關注改革中的現實問題。前者寫土地承包後出現的重新調整土地分配問題，對鄉村改

革進行了冷靜的關注；《搶劫即將發生》通過一件化肥分配的事件，揭示了改革中鄉村基層幹部存在的問題，對幹群關係問題進行了檢討；《劉青其人其事》則敘述了一個借改革發達的無賴的故事，揭示了改革的陰暗面，對改革中的問題進行了思索。

這一態勢在 80 年代中期以後得到進一步的發展。張煒的《秋天的憤怒》和《秋天的思索》最有影響，兩部作品通過對李芒、老得等普通農民與村幹部蕭萬昌、王三江之間的矛盾和鬥爭，正面展示了改革中的腐敗和權力問題。矯健的《老人倉》也異曲同工，作品中的田仲亭、汪得伍等腐敗鄉村幹部，以及他們利用權力，借改革之機謀取私利、欺壓百姓的行為，與蕭萬昌等基本一樣。

還有一些作品更具體深入地展現了具體而複雜的問題現象，展示了農民的生活艱難。周克芹的《秋之惑》寫了鄉村改革中一個很嚴峻的現實問題，改革後，果園承包者通過勞動致富了，但村民們出於嫉妒心理哄搶了果園，只留下一片狼藉。嚴峻的現實背後蘊涵著對改革深層問題的思考。張平的《血魂》同樣表達的是改革致富者與普通農民的矛盾問題，只是角度相反。作品中的改革專業戶借助於在金錢腐蝕下已經癱瘓和變質的鄉村權力，恃強凌弱，最後與其它村民之間發生了血腥的衝突。莫言的《憤怒的蒜薹》則以山東農村的真實事件為背景，敘述了一件現代版「官逼民反」故事，對鄉村改革中的問題作了直接而深刻的揭露。此外，田中禾的《五月》也是有深度的作品，它通過出身鄉村的知識分子香雨的眼光看改革後的鄉村，既展現了農民生活的艱辛，更寫了權力的肆虐和強烈的不平等。

從 80 年代初到 1987 年，近 10 年的農村改革歷程充分顯示了複雜和艱辛，作為第一部全面反映現實鄉村改革的有影響的長篇小說，賈平凹的《浮躁》也確實集合了這一時期同類題材作品的基本特徵。作品以「浮躁」命名，原因在於作家自己的困惑：「我想怎樣才能把握目前這個時代，這個時代到底是個啥，你可以說是生氣勃勃的，也可以說是很混亂的，說是摸著石頭過河的，你可以有多種說法，如果你站在歷史這個場合中，你如果往後站，你再回過頭來看這段時間，我覺得這段時間只能用『浮躁』這兩個字來概括。」〔註 1〕事實上，作品對改革的多個方面進行了展示，但到底如何評價改革，作品的態度依然很模糊。批判與期待，認同與拒絕，幾乎同樣醒目地並存於作品中。顯然，對於賈平凹以及和他一樣關注鄉村改革的小說家們來說，這還不是他

〔註 1〕王愚、賈平凹：《長篇小說〈浮躁〉縱橫談》，《創作評譚》1988 年第 1 期。

們充分表白自己態度的時機。改革的進程還在發展，改革的內涵還在變異，作家們的立場和敘述也還處在遊移當中。

三、

90 年代後，鄉村改革進入到更深的階段，雖然它的進程不再像改革初期那樣顯著，但政治的、社會的變化越顯劇烈。尤其是這時期的中國城市也進行了大幅度的改革，市場經濟以及與之相伴隨的商業文化成為社會的主流，並以其巨大的滲透力，影響到中國社會的每一個角落。反映在鄉村生活上的一個顯著標誌是走向城市的農民日益增多，「農民工」成為農民身份一個醒目的變化。另一方面是鄉村文化的變化更為劇烈，如果說在 80 年代鄉村文化還只是出現了一些裂隙的話，那麼現在，鄉村文化已經走向了崩潰，商業文化逐漸成為鄉村文化的主體，傳統寧靜和諧的鄉村場景基本上從現實生活中撤離。在這種背景下，作家們對鄉村改革的描述也發生了相應的變化。

（一）書寫角度有較大變化，一些新的改革情勢進入小說視野

80 年代寫改革的文學基本上是直接展現改革的過程，但 90 年代後，這樣的作品越來越少，作家們更著力於關注改革中鄉村社會的多元狀況，書寫改革中人的命運和對社會文化帶來的影響。

這當然與改革本身的進程變化有關，但在作家們的書寫中還是可以看出一些新的改革情勢。如何申的《窮鄉》《村民組長》、劉醒龍的《分享艱難》、關仁山的《大雪無鄉》等作品就展示了改革中的鄉村幹部問題和鄉鎮企業發展問題；關仁山的《九月還鄉》、尤鳳偉的《泥鰍》、殷惠芬的《民工》等敘述了徘徊在鄉村和城市之間的農民工的生存困境；賈平凹的《土門》、關仁山的《天壤》、趙德發的《繾綣與決絕》等則揭示了改革對土地和環境問題的影響。這些都是 90 年代以來鄉村改革小說描述的新現象，80 年代改革小說較少或基本上沒有涉及到。

這當中，反映鄉村政治改革——也就是鄉村選舉的作品很值得關注。這一題材在 80 年代初期就有作家涉獵，發表於 1981 年的莫應豐的《村裏的笑聲》最早以諷刺的筆調描繪了一次鄉村選舉，對其中的形式主義進行了揭露。但此後，這一題材基本上被作家們所淡忘，只有孫春平的《支書下臺唱大戲》間接地涉及到這一問題。90 年代末，隨著鄉村政治改革的開展，關注這一題材的作品也較為集中。如張繼的《鄉選》，敘述了一個鄉村暴發戶想操縱鄉選，

最終被人識破、走向失敗的過程，作品表現了村民的覺悟，與現實鄉村改革的進程有明確的呼應。喬典運的《問天》則通過一個耐人尋味的農民在給予選舉權利以後放棄權利的故事，將體制改革與文化改革結合起來，具有發人深省的效果。星竹的《北村懷舊》則將選舉與文化和生活方式問題結合起來。村民們本來想選一個改革的村長，但最後選出來的竟然是曾被人唾棄和遺忘的集體制時代的老村長，頗為尷尬的結局背後，蘊涵的農民們對現實的憂慮和對過去生活的懷念。「那時窮是窮，卻沒有少了歡樂。這些年不行，這些年錢把人壓得沉重了，鬧致富原來是個沒完沒了的事情，鬧上了就騎驢般下不來。」

（二）作家們的創作態度更為複雜和多元

這首先是在現實態度上，作家們不再像 80 年代那樣有比較明確的支持或批評態度，而是更為含混合曖昧。比較普遍的情況是，作家們盡量將價值評判隱藏在對事件和人物的敘述中，不直接對改革本身表達態度。

這一態度體現得最充分的是 90 年代中期出現的「現實主義衝擊波」創作。何申、劉醒龍、關仁山、王祥夫等作家在《窮縣》、《分享艱難》、《九月還鄉》等作品中，對鄉村改革進行了多方位的揭示。其中的某些作品，如劉醒龍的《挑擔茶葉上北京》、《黃昏放牛》，寫了改革後鄉村農民的艱難，苛捐雜稅和各種腐敗對農民生活的巨大壓力，但更多的作品持的是調和的態度。如何申的「窮鄉」系列作品，寫改革中的鄉村幹部生活，雖然也揭示了部分矛盾，但作品沒有發掘這些矛盾的源頭，而是為每一方去尋找可以寬宥的理由。所以，有批評家指出，正如劉醒龍的《分享艱難》的標題所象徵的，作家們表現的是對改革矛盾的迴避。

與現實態度形成對比的是，作家們表現出更為強烈和明確的文化批判態度，對傳統鄉村文化表現出強烈的守望姿態。其中許多作家已經從文化態度上升為對整個鄉村改革的否定。張煒的《家族》、《柏慧》、《外省書》表達的是對改革的整體批評，它們既揭示了改革對現實環境和公正等問題的傷害，更將之與鄉村文化傳統的毀滅直接聯繫起來。同樣，賈平凹的《土門》、《高老莊》、《秦腔》等作品，也從精神層面表達了對土地關係的依戀和對商業文化的尖銳批評。這些批判，構成了 90 年代鄉村改革小說最強烈的文化聲音，也使這些創作承擔了鄉村文化守望者的角色。

值得特別提出的是，90 年代以來出現了一些具有新的文化意味的作品，

它們表達出對鄉村改革進行歷史和人性化書寫的趨勢。如劉玉堂的《溫暖的冬天》、《最後一個生產隊》等作品，以比較平和、超越政治功利的色彩去寫集體制度，它們不是簡單的政治化理解，而是換了心理的、人性的角度，使我們看到了一些以往政治視角下難以看到的複雜的精神世界，也間接促進了我們對改革問題的思考。此外，屬於更年輕一代的劉玉棟創作了《我們分到了土地》，作品拋棄了宏大的主題，從充分個人化的角度來寫鄉村改革，但在那個不諳世事的少年眼中的鄉村改革，呈現的是與以往創作完全不一樣的意蘊，很值得我們思索。

四、

縱觀小說家們對「文革」後鄉村改革的書寫，其最大的特點是前後之間巨大而明顯的變異。雖然只有 20 多年時間，但無論是文學場景還是作家立場，都發生了巨大的變遷，這一變遷的基本方向，則是從堅持到懷疑，從現實認同到文化守望。這一點在幾乎每一個作家的創作歷史上都有明顯的體現。如賈平凹、張煒，是始終將筆觸放在鄉村改革題材上的為數不多的作家，在創作之初，他們都寫過歌頌改革的作品，但後來都走上了從懷疑到批評和否定的歷程，其前後差異非常顯著。他們的道路代表了改革小說的基本軌跡，也體現了這一題材小說的內在精神特徵。

這一變遷與改革的進程和改革本身的複雜性有直接關係。「文革」後的鄉村改革是一個複雜的過程，與鄉村本身的關係也很複雜。在改革初期，鄉村經歷的變化最大，農民們也普遍從中得到實惠；到了 80 年代中期以後，改革的負面開始顯現，鄉村改革出現不少問題，農民生活的變化不再那麼明顯；到了 80 年代後期和 90 年代，改革的負面效應表現得更明顯，農民對改革的態度也有直接的變化。作家們對鄉村改革現實態度的變化基本上與改革現實直接照應，它也間接表現出「文革」後鄉村改革存在的許多問題，對鄉村改革具有警示意義。

但更重要的原因還是在作家方面，與作家的精神、情感和文化有深刻的關係。因為改革小說最大的變異還是在文化上，作家創作態度的變化也主要體現在文化和感情方面。無論是 80 年代初王潤滋、周克芹在父與子的理性與情感衝突中難以取捨，還是 80 年代中期賈平凹在《雞窩窪的人家》中對兩對夫婦的選擇難以平衡，以及 90 年代劉玉堂在《最後一個生產隊》中的結尾：

「現在這個生產隊仍然存在著，不少人還是單幹的時候想集體，集體的時候想單幹，這麼出來進去進去出來地循環著，看樣子還要這麼無休止地循環下去，怪有意思的。」鄉村文化的變異是作家們始終的關注點，文化上的矛盾是作家思想難以擺脫的精神衝突，情感則是這些衝突的內蘊力。可以說，現代與傳統，經濟與道德，懷鄉與離鄉……這些構成改革小說最集中的矛盾點都凝聚著作家們的文化態度，也牽繫著他們的情感世界。

這些情感和文化關係給作家們的創作帶來了顯著的特點。就優點而言，是社會歷史與心靈史的交織，既可以看到現實，也能看到創作者的精神世界，這使它們能夠具有獨特的藝術感染力。尤其是那些關注改革中人物命運的作品，更是如此。像路遙的《平凡的世界》雖然只是片段地寫了鄉村改革進程中的農民的掙扎和命運，但由於作家滲透進了很深厚的感情，因此，作品表現出了很強的感染力。再如莫言的《憤怒的蒜薹》，以鄉村之子的身份寫鄉村改革中的「暴動」，情感的深摯和立場的獨特，使它展現了有滲透力的真實，表露了農民的真實心聲。

然而它們的缺點也同樣突出。最主要的，是缺乏冷靜客觀而又深刻細緻的思想滲透。無論是對改革的堅持者還是對改革的懷疑和批判者，都很少有自己獨立深刻的思想，對改革作出自己獨立清醒的認識。比如對改革的歌頌者，往往是跟在改革後面人云亦云，很少有站在改革前面對改革起前導作用的，尤其是 80 年代初期更是單純的讚歌掩蓋了內在的複雜，有強烈的政治呼應因素；同樣，90 年代的一些「現實主義衝擊波」作品也受到「服務」的局限，沒有揭示出鄉村改革的真實和複雜，尤其是對鄉村政治體制中的弊端缺乏足夠清醒的批判。同樣，對改革進行文化批判，對鄉村文化持守望態度的作家也沒有表現出自己的獨立和深刻。當然，比較對改革的簡單讚美，這種文化守望要更有意義。因為確實，當前的鄉村改革具有單純經濟利益的缺陷，在政治體制和文化上都有嚴重不足。作家們對鄉村改革，尤其是對其文化現實的批判，確實相當的切中肯綮，也因其文化的沉痛和哀怨擁有情感的魅力。但是，文化批判不應該是簡單的文化回歸和文化守望，而應該是新的文化建設。事實上，在改革的大潮面前，已經不可能回歸，也無法守望。這決定了文化守望者只能是唱出文化的哀歌和輓歌，並隨著改革的深入，最後走向文化退卻。

究其原因，顯然是因為作家們與鄉村文化的牽繫太深，使他們在劇烈的

文化轉型面前難以擺脫閒擾，形成自己獨立而清醒的思想。「也許是由於血統和感情的原因，我總是看他們（指農民）長處多，短處少。有時看到了，也不忍心批評。就像對自己的父母老人，他們養育了你，你成人了，能反過臉來對他們挑鼻子挑眼嗎？俗話說：狗不嫌家貧，兒不嫌母醜。……就是懷著這樣的感情，我寫農民。我歌頌他們，很少批評。……他們沒有出人意外的新思想，卻有傳統美德的閃光。」〔註2〕王潤滋的話雖然是說於 80 年代初，但對於 90 年代許多作家依然有代表性。也正是這樣，賈平凹在《秦腔》的創作中充滿迷茫和困惑：「我在寫的過程中一直是矛盾、痛苦的，不知道該怎麼辦，是歌頌，還是批判？是光明，還是陰暗？以前的觀念沒有辦法再套用。我並不覺得我能站得更高來俯視生活，解釋生活，我完全沒有這個能力了。」〔註3〕對於一個創作者來說，不能比生活站得更高，顯然是不可能真正展現出生活的真實，不可能思考得比生活更深遠的。

其次，是藝術上的局促和浮躁。作家情感和文化的糾結，往往容易導致視野的狹窄。我們看到，在整個農村改革小說作品中，很少有宏觀深遠的敘述，而是多局限於某一地域，與外在社會沒有建立充分必要的聯繫，也缺乏與整個社會發展相聯繫的思想。雖然近年來出現了劉玉堂的《鄉村溫柔》、李一清的《農民》、關仁山的《天高地厚》、趙德發的《繾綣與決絕》等作品，試圖全方位地回顧鄉村改革歷史，然而，就目前來看，作家們做得還很不夠。而且，在藝術表現上，很少看到真正沉靜的作品，思想的匆促和藝術的簡單交織在一起。這一創作的總體藝術特徵就如同賈平凹小說《浮躁》的標題一樣，缺乏真正的高屋建瓴和客觀冷靜。

迄今為止，中國的農村改革依然在艱難卻是不可阻擋地進行著，這一改革所產生的影響會在未來社會有更明確的顯現。作為一個與改革生活於同一時代的作家來說，如何真實地記錄現實，又如何獨立地超越現實，是最大的任務，也是他所從事的文學的意義所在。我們希望，在這樣一個演出了許多驚心動魄的故事，經歷了漩渦與激蕩的改革時代，能夠產生真正的文學巨著。

〔註2〕王潤滋：《願生活美好》，《人民文學》1981 年第 4 期。

〔註3〕郜元寶、賈平凹：《〈秦腔〉痛苦創作和鄉土文學的未來》，《文匯報》2005 年 4 月 28 日。

懷舊・成長・發展——關於「70 後作家」的鄉土小說

　　與前幾代作家比較起來，出生於 1970 年之後（俗稱「70 後」，以下沿用此簡稱。）的這代作家對鄉村的書寫大大地減少了，他們的創作中，以城市和自我生活為背景的明顯更多。但是，所謂一代人有一代人的眼光，70 後作家的鄉土小說創作數量雖然不多，卻也呈現出它們獨特的個性。其中既包括這一代作家個性化的敘述視野、敘述方式和敘事態度，也包括他們獨立的思想和審美取向，還曲折地隱含著曾經的生活和精神世界對他們的影響。無論是就創作本身看，還是從鄉土小說發展歷史看，它們的意義都不可忽略，值得認真而深入地探究。

一、懷舊
　　閱讀 70 後作家的鄉土小說創作，感受最深的是其強烈的懷舊色彩。這一特點表現在多個方面：
　　其一，它表現在其創作題材頗多對往日生活的回憶，而這些回憶的落腳點多在對鄉村倫理的懷戀上。雖然按年齡來說，即使是出生於 1970 年的作家，在今天也才不過 40 歲出頭，在他們於 1990 年代末或新世紀初開始創作時則都不過 30 歲左右，還遠遠不到懷舊的年齡，但是，他們所描畫的鄉土世界卻大多是 1980 年代之前（也就是鄉村變革之前）的鄉村，較之直接描畫現實鄉村的要突出得多。
　　比如劉玉棟的幾乎所有鄉土小說都是執著於鄉村回憶《我們分到了土地》、《給馬蘭姑姑押車》是代表作品；魯敏的絕大多數作品以對故鄉生活的

回憶爲背景構成了「東壩系列」；魏微雖然寫作範圍要廣一些，但其重要作品《大老鄭的女人》、《流年》等也是關注鄉村往事；徐則臣的作品分爲「京漂」和「花街」兩個系列，後者的內容都是鄉村往事追憶。女作家魏微曾經表達過自己較多地沉溺於往事追憶的原因：「我想記述的是那些沉澱在時間深處的日常生活，它們是那樣的生動活潑，它們具有某種強大的眞實……它們曾經和生命共浮沉，生命消亡了，它們脫離了出來，附身於新的生命，重新開始。」〔註1〕顯然，魏微所表達的不只是她個人，而是他們這一代許多作家的共同心態。

　　與懷舊題材相一致，70後作家書寫的昔日鄉村生活主要不在物質層面，而是在倫理層面，傳達出的不是當時的現實狀況，而是他們對往昔鄉村倫理世界的懷戀和溫情感受。如劉玉棟的鄉土小說集《我們分到了土地》，整個都是回憶式書寫，充滿了對往昔鄉村世界的眷戀以及對鄉村美好情感的追憶。同樣，徐則臣的《花街》等作品，以充滿詩意的筆法書寫花街上的妓女生活，甚至亂倫之戀，賦予了它們以美好的愛情色彩，體現了理解和讚美的態度。他的《最後一個獵人》、《失聲》等作品，更是充分展現鄉村的仁厚道德，表現出對鄉村傳統倫理態度的讚美之情〔註2〕。魏微的《流年》、《大老鄭的女人》、《鄉村、窮親戚和愛情》等作品，也以自己的方式展現了獨特的鄉村理想和鄉村道德，同情和理解中不無認同態度。其中，《流年》是一首充滿著愛和溫情的鄉村懷舊讚歌，作品中的故鄉是充溢著夢想的世外桃園。《鄉村、窮親戚和愛情》中的鄉村守望者陳平子，固守傳統生活方式，抗拒生活的變遷。雖然那個城市女孩的所謂「愛情」本質上是虛幻和短暫的，或者說，它只能滿足鄉村回憶者的一個遙遠的夢想而已，但敘述者顯然對他身上寄託著對傳統生活方式的某些留戀。魯敏的「東壩系列」作品，也基本上是以溫情和懷戀爲敘述基調，通過眾多普通百姓的日常情感生活「表達出以美德爲標誌，以寬厚爲底色，以和諧爲主調的人間至善。善，是這些小說要共同表達的核心主題。」〔註3〕

　　其二，它體現在作家們書寫現實和回憶世界時強烈的情感對比上。70後鄉土作家當然不只是寫過去，他們也會觸及到現實鄉村生活。只是在書寫現

〔註1〕魏微：《流年》，花山文藝出版社2002年，第12頁。
〔註2〕翟文鋮：《70後一代如何表述鄉土——關於徐則臣的「故鄉」系列小說》，《南方文壇》2012年第5期。
〔註3〕閻晶明：《在「故鄉」的畫布上描摹「善」》，《小說評論》2008年第5期。

實時，他們普遍表現的是強烈的拒絕和批判態度，與他們回憶類作品的敘述態度形成強烈對比。批判和懷戀態度差異的背後，隱藏的顯然是對傳統鄉村文化「懷舊」的基本態度。

作家們的現實書寫主要採用兩種方式，一種是直接敘述現實鄉村世界的。70後作家直面現實的作品很少，李師江《福壽春》、張學東的《妙音山》、畀愚《田園詩》是其中不多的幾部。這些作品，幾乎無一例外都是對鄉村現實持激烈批判態度。如李師江的《福壽春》，展現現實鄉村倫理的劇烈變化，父親保持傳統的倫理態度，擁有對土地的熱愛之情，兒子則完全不一樣，對土地和鄉村生活充滿拒絕和仇恨。敘述者的態度明確地站在父親一面。而且，作品還借人物之口來批判現實：「如今人變得厲害了，一個個爛了心肝的膽子大胃口，恨不得把天咬下來吃」（《福壽春》，第 267 頁）《妙音山》也一樣。它以虛構的方式表現了一個村莊人們生活的苦難，目的在於展現社會現實的病相，表達出對現實鄉村世界的強烈批判。作品所寫的表面上看似乎是天災，實質上則是人禍──一種物質利益欲刺激下人性私欲的膨脹，一種社會病態的毀滅性發展。《田園詩》則是一篇強烈反諷色彩的作品，它通過一個青年農民在城市文化誘惑下的墮落過程，表達對現實鄉村的憂慮和否定情感，借之以表達對「遠逝的田園」的追憶和懷戀（作者為作品所寫的創作談就題為「遠逝的田園」）。

另一種方式則是「游子還鄉」的敘述方式。這類作品側重於敘述者自身感受的表達，很少對現實生活的直接描摹，但所蘊含的敘述態度卻也都是對現實鄉村的批判。徐則臣的《還鄉記》，寫的是遠離故鄉的「我」的一次回鄉之旅。在敘述者看來，農村世界已經完全「禮崩樂壞」，成了墮落和罪惡的淵藪。畀愚的《田園詩》與之頗為類似，它對鄉村現實面貌的描述更直接也更富象徵色彩：「鄉村就像養老院一樣沐浴在陽光下，熠熠生輝卻再也不是那些河濱與綠野。河濱大多已經乾枯，綠野中到處沾滿著塵土，遠遠看去就像一個個斑禿的腦袋，有種說不出來的怪異，而風中漫捲的也不再是泥土與稻草的氣息，卻是那些褪色殘破的薄膜包裝袋。」〔註4〕

無論是直接敘述現實，還是「游子還鄉」作品，它們在批判現實之餘，經常會將現實鄉村與往昔鄉村生活進行比照，傳達出對往昔鄉村的懷戀之情。《福壽春》、《田園詩》都有類似場景。最典型的則是李浩的《如歸旅店》，

〔註 4〕畀愚：《遠逝的田園》，《中篇小說選刊》2009 年第 3 期。

它將夢想和追憶明確放置在昔日的鄉村世界，直接對鄉村現實表示拒絕和否定：「我有著自己的固執，我一想起家鄉首先想到的是那棵老槐樹，然後是我們家的老房子，如歸旅」「我想的家鄉只有那麼小的一點兒，彷彿在我們家的房子之外，在這棵老槐樹略遠一點的地方便不再是家鄉。」

其三，體現在敘述情感上的強烈感傷和抒情色彩，以及敘述方式上的詩化特徵。70 後作家的鄉土小說在藝術表現上頗多共同特點。一是強烈的感傷和抒情氣息。這最典型地體現在他們的回憶類作品上，這些作品大都採用第一人稱的兒童或少年視角敘述，在強烈的追憶性敘述中，融入了很強的懷舊情緒，個人青春的懷戀和對往事的感傷融為一體，形成了細膩委婉的抒情風格，具有沉靜中淡淡感傷的藝術效果。現實類作品同樣具有較強的情緒化色彩，只是表現方式不一樣，它主要體現為激烈的現實批判背後內在精神的感傷和迷惘。這些作品不滿現實、批判現實，但又都蘊含無路可走的迷惘，懷舊不過是這種迷惘情緒的表現方式之一。李浩的《如歸旅店》典型地充滿著強烈的迷茫、悵惘和自我懷疑氣息。徐則臣、劉玉棟、魏微的作品也都具有類似藝術特點。二是詩化的敘述方式。這一特點主要體現在回憶類作品中，敘述者從兒童的眼光來打量鄉村的習俗風情，賦予個人情感色彩的同時，也習慣性地採用細膩的詩化的敘述，個人成長感受與鄉村的童話化美麗融合在一起，構成了與現實具有一定差異的詩意化特徵。如徐則臣的「花街系列」、魯敏的「東壩系列」，以及劉玉棟《我們分到了土地》、魏微《流年》等作品，它們所描繪的鄉村世界都呈現類似的特徵。

二、成長

廚川白村曾經說過：「一個人疲倦於都市生活後，不由對幼少年時的田園風光或純樸的生活，興起懷念和嚮往之情，是屬於一種『思鄉病』」〔註 5〕。在這個方面說，70 後作家耽於懷舊的原因，既可以看做作為鄉村游子的鄉土作家的一種精神共像，又與他們獨特的生活經驗有密切關係。

這首先與中國鄉土作家的身份和創作傳統有關。由於農村的生活和文化環境等原因，中國的鄉土小說作家很少有真正的農民，他們都是有過或長或短的鄉村經歷，然後都離開了鄉村，再開始鄉村書寫。正像魯迅當年概括 1920年代的鄉土作家為「僑寓文學」一樣，鄉土作家們雖然離開了鄉村，但他們

〔註 5〕〔日〕廚川白村：《西洋近代文藝思潮》，陳曉南譯，志文出版社 1985 年，第 57 頁。

的心靈與鄉村有著難以割斷的聯繫，其鄉村書寫中也自然折射出這種情感關係。無論是站在現代文明立場上對鄉村的批判性否定，還是借鄉村文化表達出現代文明批判的文化守望者，以及鄉村現實生活的寫實者，都不同程度地蘊含有揮之不去的鄉村眷戀，以及對鄉村的美好想像（包括像魯迅這樣致力於批判鄉村國民性、開創了阿Q文學典型的作家，也曾經營造出《故鄉》這樣的詩化世界）。鄉村文明的寧靜自然，始終是遠離故鄉的游子心靈的最大慰藉和精神回歸之地，懷鄉，是中國鄉土文學一個始終的母題。

其次，它與近年來中國鄉村社會的巨大變異有關。1980 年代之前的中國鄉村世界儘管經歷了複雜的政治變革和政權更替，也有貧窮與富裕的不同程度差別，但鄉村的文化形態基本上沒有大的變化，鄉村倫理也始終以穩定的溫馨面貌存在。這使那些離開鄉村的游子們在提起筆來描畫鄉村時困難不是太大，他們記憶中所熟悉的生產勞作方式、生活風習與現實沒有什麼大的差池，他們完全可以沿著記憶的慣性來想像和書寫現實中的鄉村生活。但是，這種情況在 1980 年代後有了改變。土地承包責任制開始緩慢地改變（或者說恢復）鄉村的土地擁有和生產勞作方式，與之伴隨的是鄉村逐漸脫離貧窮，與城市生活距離的一步步靠近，現代生活方式開始逐漸地影響和極大地改變鄉村社會。特別是在 1990 年代後，市場經濟的實施，大批農民離開鄉村進入城市打工，城市生活觀念直接而強烈地衝擊到鄉村社會，鄉村傳統倫理迅速坍塌。短短的幾年間，鄉村的文化面貌與傳統有了實質型的變化。

在這種情況下，1990 年代後的鄉土小說普遍升起濃鬱的懷舊情緒。這可以看作是面臨毀滅命運的鄉村文化一種自然的反應，因為在一定程度上，鄉土小說作家可以看作是鄉土文化的某種代言者和守望者。70 後作家創作的懷舊色彩背後自然也蘊含著這種時代文化變遷的因素。然而，獨特的代際經歷，使 70 後作家擁有自己與鄉村之間的複雜關係，也決定他們的創作具有自己的顯著個性。

與前輩作家相比，70 年後作家不再擁有深刻而牢固的傳統鄉村記憶。對於他們來說，鄉村記憶是不穩定的，是模糊的。因為他們的成長過程，剛好是鄉村發生巨大變化的過程，也可以說，他們的生活直接而清晰地感受到鄉村的變化，他們就是變化中的一員。他們擁有最初鄉村記憶的年代是 1970 和 1980 年代，那是傳統的、還沒有很大變化的鄉村（至少是在倫理文化上），但是，當他們長大以後，重新回（來）到鄉村時，面臨的已經是另一種鄉村，

是與他們的記憶和經歷完全不一樣的鄉村。它或者已經開始變得繁華，但肯定不再有傳統的倫理景象，不再擁有傳統生活方式下的緩慢、寧靜和溫情。無論從現實還是從情感角度，這樣的鄉村都是作家們不熟悉和不習慣的。於是，作家們的鄉村記憶變成了脫節和不完整的。他們的童年或少年記憶與成年後的現實鄉村形成了尖銳而巨大的反差，決定了他們心靈中的鄉村世界不可能是完整和穩定的。鄉村的變遷，記憶的不穩定，既使他們受到的鄉村文化影響不是那麼深刻，也使他們在書寫鄉村時，不可能那麼輕車熟路地進入鄉村世界，對鄉村現實生活簡單地作出描畫。

於是，他們只能選擇回憶，只能尋找他們記憶中的鄉村世界。而在他們的記憶中，最深刻的，以及與現實之間反差最大的，無疑是鄉村的倫理世界。伴隨著他們童年記憶的鄉村生活本身就含有溫馨的因素，更何況是在這一文化嚴重變異的背景之下。因此，他們敏銳地感受著鄉村的倫理變化，為之觸動，並將筆觸集中於此，是很自然的事了。這一點，李駿虎的表述很有代表性：「這幾年，可能正是一次又一次的回鄉讓我魂魄有動，我對鄉土的傳統情懷越來越珍重了，那來自蘇北平原的貧瘠、圓通、謙卑、悲憫，那麼弱小又那麼寬大，如影隨形，讓我無法擺脫……」〔註6〕「每次回鄉，一路上鄉村的土地就感覺到非常踏實。從村口步行回家，走在村巷裏與曬太陽的老漢、抱娃娃的婦女簡單打個招呼，就能給我一種力量，心裏特別溫暖。為什麼我要把鄉村寫得那麼詩意、那麼美好？是因為在我的心裏，鄉村就是一個精神歸宿。」〔註7〕

70後獨特的鄉村生活記憶和時代文化特徵，除了賦予他們創作題材上的個性，還給予他們創作特徵上的顯著影響，就是將鄉村主題與成長主題相融會。因為他們的成長時代伴隨著鄉村的變遷，他們的鄉村記憶中會自然伴隨著他們的成長經驗，融入他們的個人情感和生命體驗。而且，作為一種從青年時期開始的創作，他們文學發展的過程也是一種他們心靈和思想成長的過程，其中伴隨著視野的不斷拓展，思想的不斷深化，對鄉村生活的認識也進一步加深。他們的鄉村寫作也是他們成長和發展的一部分。正是這些方面，賦予了70後作家們鄉村書寫無可替代的獨特性。具體說，它主要體現在這樣兩個方面：

〔註6〕魯敏：《我是東壩的孩子》，《文藝報》2007年11月15日。
〔註7〕趙興紅：《精神向度決定作品高度》，《文藝報》2012年8月10日。

　　首先，它提供了獨特的審視鄉村的方式。

　　這典型地體現在城鄉對立的主題方面。由於鄉村和城市之間長期以來形成的複雜政治、經濟和文化關係，在鄉土小說歷史中，二者大多呈現對立的姿態。特別是在近年來鄉村社會面臨傾圮之際，文化的對立更造就了對城市和鄉村之間的不同書寫態度。70 後鄉土作家們並沒有完全背離這一模式，他們的作品也多有對鄉村倫理的懷戀和追憶，但是他們還是以自己的方式賦予了它一些新的內涵。

　　也許是源於他們與鄉村文化關係不是那麼緊密，他們能夠更清晰地意識到傳統的不完美，認識到過去是不可能真正回去的。所以，他們會經常陷入迷茫和矛盾之中，但不可能像賈平凹等前輩作家那樣沉溺於傳統追懷之中不能自拔，在城鄉文化之間也沒有那麼截然的選擇。他們的小說懷戀往昔的鄉村倫理，但卻不是對鄉村無條件的眷顧和讚美，其中也對鄉村的陰暗面有所揭示。同樣，對於鄉村現實倫理的頹敗他們普遍持否定態度，但卻並不因此而簡單地否定整個城市文化。他們既有融入城市、與現實進行和解的努力，也有對城市文化的某些認同和追求。他們沒有深厚的鄉村牽繫，也就免除了被文化束縛，成為鄉村文化的殉葬者和輓歌作者的可能性。

　　正因為這樣，70 後作家們對鄉村文化的態度不是單向度而是複雜多元的，他們既建構，同時也解構。比如李駿虎的《前面就是麥季》，通過農村姑娘秀娟以蘊藏著愛的內心世界，淡然對待身邊的一切困擾，表達了對鄉村詩意和美好的建構。李浩的《鄉村詩人札記》，通過少年的視角寫鄉村教師的父親，表達了對父親一代人的批判態度，揭示了他們嚴肅外表背後的平庸和無能為力，對傳統鄉村文化予以解構。魏微的《異鄉》則表達了對鄉村與城市文化之間的兩難。女主人公因為感覺自己難以融入城市，於是在懷鄉之情的感召下回到故鄉，試圖找到心靈慰藉，但是她最終發現，自己也已經不適應鄉村。對鄉村懷戀的懷疑和拒絕，已經蘊含著更深的理性，顯示了回到城市的新的可能性。

　　它提供了另一種表達鄉村的方式。比較起前輩作家，70 後鄉土作家更少文化的沉重，因此，他們普遍選擇更個人化的方式來看待和書寫鄉村。在他們的筆下，少了大的政治和文化追問，卻多了個人經驗的追憶，多了對鄉村情趣的描述，更多純粹審美的意味。比如徐則臣的《棄嬰》、《奔馬》、魏微的《流年》、劉玉棟的《給馬蘭姑姑押車》等作品，就都撇開了文化意識形態話

語，完全立足於個體生活經歷，從個人生命感受和情趣角度來展現生活的豐富色彩。

這種個人化的書寫，自然會提供對事物理解的獨特角度和方式。比如劉玉棟的《我們分到了土地》，寫的是 1980 年代初的土地責任制，但其側重點與一般的政治化書寫完全不同，它是將鄉村改革放在個人感受下來敘述。在作品中那個不諳世事的少年眼睛看來，改革所分配的土地並沒有給他和他的家人帶來應有的歡欣和喜悅，而是死亡和悲痛。它凝結著的是自己個人生命的一個重要印記。再如魏微的《大老鄭的女人》，以少年懷舊的眼光，敘述了一個特殊的賣春婦女的生活和情態，既折射出時代倫理的變遷，也洋溢著成長小說特有的矛盾感。較之同類題材的傳統寫法，這種書寫的態度更含混，更富個人性，卻也更富生活的質感和本真色彩。

70 年後作家鄉村表達方式的特點還體現在敘述情感的表達上。情感本質上是個人的，但在強大的意識形態主題下，它也容易被影響甚至被左右，成為意識形態的附屬品。70 後作家較少意識形態願望，其情感表現也更自然。較之前幾代作家，70 後作家們在情感表現上更直接坦率，更單純，也更少顧慮和遮掩。他們的鄉村懷戀融合著自己的童年和少年歲月，他們的鄉村書寫也寄託著自己的人生感悟，因此，他們的感情中有感傷，有痛楚，有迷惘，有幻滅，但很少有虛假和造作，很少有為了某種政治或文化目的去偽飾自己，偽飾鄉村的形象。所以，我們在 70 後鄉土小說中感受到的情感也許會局促一些，但卻更真切細緻，更能夠體會到作家的心靈和生命氣息，感受到一種真實情感的流動。

三、發展

當然，從總體來說，70 後作家的鄉土小說創作成就還不夠高，缺陷也比較明顯。我以為，當前的 70 後作家鄉土小說主要存在著這幾方面的不足：

首先，也是最明顯的，就是缺乏較大思想建構的作家和作品。也許是因為缺乏深刻而豐富的鄉村經驗，70 後鄉土作家似乎普遍沒有形成獨立而穩定的文化思想，沒有將這種思想貫注到他們的鄉土小說創作中。大多數作家的創作還停留在對他們往日鄉村記憶的書寫基礎上，缺乏對個人生活和感情的昇華。因此，他們的作品雖然具有突出的優點，如感情真摯，強烈的個人成長色彩，以及別樣的鄉村認知方式。但也僅此而已。它們缺乏整體的文化高

度，沒有形成系統的思想，也未具備更深遠的關注，匱乏深厚的歷史感。在他們的作品中，我們看不到對時代精神的揭示，也看不到個人之外的大的沉痛，沒有大的歷史含量和深的歷史思考。從作家層面看，也普遍沒有形成自己穩定而成熟的創作風格，更缺乏有顯著個性思想的大作家。這一缺點直接影響到他們創作體裁的選擇。70後作家的鄉土小說創作多局限於中短篇小說，很少有內容和思想含量豐富的長篇小說。這自然也對他們的成就有所影響。

其次，缺乏在鄉土小說這一領域耕耘的持續性。總覽70後作家的鄉土小說創作，其數量已經嚴重偏少，並且發展趨勢是越來越少。越來越多的作家正離開鄉土生活領域，轉到城市或情感題材上。這當然與現實環境有關，隨著鄉村社會的衰敗，越來越多的農民離開鄉村，作家與鄉村的關係也越來越遙遠。70後作家也一樣。這種狀況有現實背景，但從鄉土小說發展來說卻絕對是一個損失。而且從文學來說，這種狀況也存在較大的不足。因為作為一個正處於轉型期的鄉土國家，中國鄉村這塊土地上所發生的事情太多太多，很值得作家們書寫和記取。對於70後作家來說，這種放棄也許意味著某些失職，也意味著機會的失去。

70後作家還年輕，他們的創作路途還很長，他們的發展在一定程度上寄託著鄉土小說的未來。我以為，對於70後鄉土小說作家來說，最重要的，是在鄉土小說這一領域上堅持。正如前所述，在這麼一個劇烈轉型的時代，鄉土小說創作是有豐富價值的；而且，70後作家的鄉村經驗雖然有所匱乏，但畢竟有自己的記憶和真實感受，較之比他們更年輕的80後、90後作家，他們的鄉村經驗算很豐富了。他們若能真正賦予鄉村書寫以自己的獨特經驗和個性，從中挖掘出更豐富的內涵，相信能夠為鄉土小說歷史書寫上自己濃彩重墨的一筆。要做到這一點，需要作家們艱難的精神持守，需要對鄉土責任的堅持，以及擁有對文學的真正熱愛。因為在商業化的時代，寫鄉村是很難贏得市場的，稍有懈怠，將很快被市場、欲望等多種力量所裹挾，成為鄉村夢想的背叛者。

當然，這中間還存在著一個如何寫的問題。即作家們如何對待自己的鄉村記憶，如何對既有的創作進行超越和昇華。對此，已經有批評家有所針砭，認為70後作家迫切需要深化自己與鄉村的關係，強化自己的鄉村生活積累。但我的看法不大一樣。我以為，70後這種建立在回憶基礎上的創作有一定的

必然性。社會的發展，使他們已經不可能擁有以往前輩作家那麼豐富的鄉村經驗，也不可能擁有那麼深厚的鄉村感情和文化聯繫——正如前所述，這種情況既是缺陷也同時是優點。而且，在現有情況下，要求作家去「深入生活」，要求他們直面現實，確實有些強人所難，也有趕鴨子上架之嫌。70 後作家不可能、也沒有必要再循著前人的路徑去寫鄉村，他們有自己的特點，應該發揮自己的長處，克服自己的不足。有青年學者對魏微的評述很有道理，對這一代人的創作發展也有啓迪意義：「中國傳統鄉土在這一代人的知識文化結構體系中的意義和價值，其實一直是被懸置的。因爲一方面我們無法獲得像前輩作家那樣和鄉土之間的血肉親情，無法在身心兩個方面與傳統發生實質性的聯繫，……同時另一方面，深植於農業文化轉型中的『我』，無疑又時時置身於鄉土貧窮、凋敝和醜陋的現狀中。」〔註8〕

　　同時，對鄉村的懷舊式書寫並不一定就是局限。直面現實是一種鄉土文學，書寫記憶也是一種鄉土文學，它們都可以寫得很好，關鍵在於如何書寫。從文學史上看，並不乏以懷舊爲中心的作家。沈從文、福克納是這樣的作家，普魯斯特更是這樣的作家，他們賦予了自己的記憶以深厚而卓越的精神高度，抵達了文學的本質。

　　所以，70 後作家們最需要的，也許對自己的記憶世界進行有效的超越，而不是局限和滿足其中，不能停留在個人記憶基礎上。這種超越大致可以從兩個方面來實現：其一，將自己的鄉村記憶往細緻和寬廣兩方面拓展，既滲透以更豐厚的個人生命感受，又使之與現實的鄉土社會變遷相關聯。正如有哲學家所分析的：「懷舊不僅是個人的焦慮，而且也是一種公眾的擔心，它揭示出現代性的種種矛盾，帶有一種更大的政治意義。」〔註9〕作家可以在懷舊中寄託更眞切的個人生命感受，也能夠傳達出更鮮活的現實時代色彩，使這種記憶書寫既充滿個人生命的印記，也成爲時代和更廣大大眾（農民）命運的某種寫照，融個人心靈史與時代精神嬗變史爲一體；其二，賦予懷舊以更豐富的哲學內涵和理性深度。懷舊，不僅是「懷鄉」，更應該是「思家」，是文化的反思與哲學的深入。換言之，由於作家們的懷舊記憶深連著鄉土文化，因此，它很自然地會與更寬泛的文化命運相關聯，在這種文化命運變遷的書

〔註 8〕 簡艾：《魏微的小說創作——一個時代的早熟者》，《文藝報》2011 年 9 月 26 日。
〔註 9〕 （美）斯維特蘭娜·博伊姆：《懷舊的未來》，楊德友譯，譯林出版社 2010 年，第 5 頁。

寫中，讓個人懷舊得到文化的提升，進入文化反思的更高層面。正如有學者對「懷舊」有這樣的闡釋：「與平庸的、凡俗的、瑣碎的現實生活相比，它帶有濃烈的詩意化的傾向；與眞實發生的、面面俱到的現實生活相比，它又經過了主體的選擇和過濾，帶有虛構和創造的意味。」〔註10〕懷舊不只是回望過去，它完全可以矚望未來，可以成爲參與現實和未來的重要方式。

　　這兩個方面雖然還是以懷舊爲中心，但是卻完全可能擁有更博大深邃的開拓空間，能夠在懷舊世界中包容更豐富的思想和精神內涵，可以使作家們的創作在不失去自己獨特個性的同時，更有效地超越和發展自己。如果能夠做到這一點，70 後作家的鄉土書寫也許能夠給予文學史以更大的奉獻，能夠既呈現出他們獨特的文學審美價值，也提供出對這個時代嶄新的思考。那也許會是鄉土小説一次新的發展，甚至飛躍。

〔註10〕趙靜蓉：《懷舊：永恒的文化鄉愁》，商務印書館 2009 年，第 43 頁。

論 1990 年代以來鄉土小說的新趨向

在中國長期的社會歷史中，鄉村一直以沉靜穩定的形象存在著。在鄉土小說創作中，鄉村也一直承擔著以溫情和寧靜撫慰那些在現代文明中掙扎者的精神使命。然而，1990 年代以來，中國鄉村社會的政治、經濟和文化發生了巨大變化。許多人離開鄉村，改變了傳統農民與土地之間的緊密關係：現代物質文化對鄉村的衝擊，則使傳統道德徹底失去了它在鄉村中曾經有過的主導地位。總之，與中國傳統鄉村的寧靜和安祥相比，90 年代鄉村呈現出的是凋敝與繁榮、保守與喧囂並存的「萬花筒」式的複雜場景。這種情形，直接促動了鄉土小說創作的新變化。

一、懷鄉和代言姿態的彰顯

1990 年代以來鄉土小說一個突出的特點，是以文化懷戀姿態和鄉村代言姿態書寫鄉村的作品迅速增多。

以文化懷戀姿態寫鄉村在中國有悠久的歷史。在中國古代文學中，就不乏身居官場之醜惡，卻羨慕與懷戀鄉村的純樸的田園詩人，留下了許多謳歌鄉村田園風光、讚美鄉人熱情淳厚的田園詩歌。到了現代，廢名、沈從文、汪曾祺等人也曾執著地以抒情眼光打量和描畫鄉村世界，充滿著對鄉村文化的眷戀。只是懷鄉題材的詩歌在中國古典詩歌中從來都不佔據主流，抒情風格在 20 世紀中國鄉土小說中也一直處於邊緣位置。

90 年代以來，文化懷戀的鄉土小說有了大的發展。在鄉村文化面臨商業文化毀滅性衝擊的時候，許多作家選擇了謳歌鄉村美和善的書寫方式，表達出對鄉村文化的哀惋和對商業文化的拒絕。像賈平凹的《土門》、《高老莊》、《懷念狼》，張煒的《家族》、《柏慧》、《外省書》，遲子建的「北極村」系列，

張宇的《鄉村情感》、李佩甫的《黑蜻蜓》、田中禾的《姐姐的村莊》、劉慶邦的《鞋》、劉玉堂的《最後一個生產隊》等，都明確地體現出這一創作姿態。

在對鄉村美和善進行深情懷念方面，遲子建表現得最為突出。她在《親親土豆》、《秧歌》等作品中，以童年視角再現了東北的自然美景和平靜生活，塑造了遠離現實塵埃、充溢著美善和幻想的「北極村」意象，散發著溫情和平靜沖淡的生活和藝術氣息。作品中的寬容、憂鬱，以及與現實的距離感，與沈從文的「邊城」系列作品有著精神上的明確繼承。

在文化態度上，賈平凹和張煒表現得最為明確、徹底。他們的作品都特別著意於鄉村文化與現代文明的關係，明確地表示出對現代文明的否定與詛咒，和對鄉村文化的守望與懷戀。賈平凹小說中的「高老莊」和「狼」等意象，張煒小說中的「葡萄園」意象，都指代著在現代文明擠壓下潰退和沒落的鄉村精神。對這種精神，作家們既意識到其沒落的命運，又表達著懷念的立場。錯綜的矛盾中，彌漫著濃鬱的絕望和頹廢情緒。

與懷戀型作品一樣興盛的，是立足於鄉村自我立場，代表鄉村發言的創作。在一定程度上，作家繼承的是 20 世紀 40 年代趙樹理的創作精神——趙樹理曾經以自覺的「文攤文學家」立場，表達出了解放區農民的許多現實心聲——只是他們比趙樹理的文化自覺態度更強，而現實問題意識要弱一些。

這之中最有代表性的是劉震雲和莫言。早在 80 年代末和 90 年代初，劉震雲就對那些站在鄉村外書寫鄉村的創作姿態表示過批評〔註1〕，期間創作的《溫故一九四二》、《故鄉天下黃花》等作品，以農民立場重新闡釋了「歷史」、「民族」、「權力」等概念。其後的《故鄉相處流傳》、《故鄉面和花朵》，更進一步深化和拓展著這一立場，將中國的鄉村社會描述成一條充滿著苦難泥沼和權力漩渦的漫長河流。莫言在 80 年代曾創作過「紅高粱」系列，張揚農民文化中的民間精神，《天堂蒜薹之歌》更站在農民的立場上，大膽揭示現實生活中農民的困境，以清晰而堅定的姿態代表農民進行發言（作品結尾處那位出身於農村的軍人的發言，不只是具有具體的代言意義，還具有更強的象徵意義）。新世紀初，莫言更明確提出「作為老百姓寫作」，拒絕和否定了傳統的「為老百姓寫作」立場〔註2〕。他 2000 年出版的《檀香刑》，充分地實踐了

〔註 1〕劉震雲：《整體的故鄉與故鄉的具體》，《文藝爭鳴》1992 年第 1 期。
〔註 2〕莫言：《作為老百姓寫作》，林建法、徐連源：《中國當代作家面面觀》，春風文藝出版社 2003 年版，第 7 頁。

這一思想理念。無論在形式還是在內容上，《檀香刑》都自覺承擔著鄉村人的說話立場，展現了以農民爲中心的歷史和人文話語。劉震雲和莫言之外，閻連科、鬼子等人的部分作品也呈現出同樣的創作姿態。

鄉村代言姿態的立足點是鄉村內部，文化懷戀姿態則是站立在鄉村之外，在中國現代鄉土小說創作歷史中，這兩種創作很少有融合的時候。但自 90 年代以來，這兩種創作姿態表現出一定的共通性，許多作品體現出兩種創作立場的交叉。像陳忠實的《白鹿原》、張承志的《心靈史》，承擔的是鄉村文化的建構使命，以傳統儒家文化或宗教文化來重新構築與解說歷史，其中既融注了對鄉村文化的追懷和肯定，也部分地表現出鄉村的自我立場。可以說，他們的姿態中既包含「文化懷戀」的精神內涵，也代表著鄉村自我在進行發言。像這種情況的，還有趙德發的《繾綣與決絕》、劉玉堂的《鄉村溫柔》、閻連科的《受活》等作品。

文化懷戀和鄉村代言創作姿態的彰顯，是 90 年代以來社會文化開放和鄉村文化變異的結果。正是因爲作家們有了脫離大一統政治話語的可能，正是因爲鄉村現實的變異使作家們難以在鄉村中再找到前輩曾經找到過的夢，他們才能夠去尋找對鄉村文化立場的承擔，表達對於非現代的傳統文明的懷念和嚮往。兩種創作姿態的和諧與合流，更顯示了鄉村文化在 90 年代商業文化衝擊下的命運，不只是得到傳統「尋夢者」們的關注，也成了原來一直更執著於鄉村現實的鄉村子弟們的心靈之痛。

如果不對它們做簡單的政治歷史否定，從文學角度來說，這些創作姿態至少顯示了鄉土小說精神內涵的豐富性和多元性。其中作爲鄉村主體立場的發言姿態，能夠促使我們對鄉村的歷史文化和生活現狀作出更深刻的思考：其中對現代化的抵禦和拒絕，也能促進我們反思現代性的弊端和限度問題。

然而，就目前的創作看，這兩種創作都還存在著有待克服的缺點。文化懷戀立場的創作，普遍存在著理性思考欠深刻、情緒化太強的缺陷，其中甚至出現了許多依賴和歌頌傳統封建文化的情況〔註3〕。而鄉村代言立場的作品中，則存在著過於關注鄉村文化和鄉村歷史，對鄉村現實大眾和現實生活有所忽略的缺陷。

〔註 3〕 張光芒：《天堂的塵落——對張煒小說道德精神的總批判》，《南方文壇》2002 年第 4 期。

二、觀念、題材和藝術的新特徵

創作姿態只是變化的一個方面，1990 年代以來的鄉土小說在創作觀念、創作題材和藝術表現上，也都發生了變化，呈現出許多新特徵。

（一）觀念的多元和思路的深入

自魯迅在 1920 年開創中國現代鄉土小說創作歷史以來，除了廢名、沈從文、汪曾祺以及趙樹理等屈指可數的幾個作家態度比較複雜外，大多數鄉土小說作家秉持的是文化啟蒙與政治啟蒙的創作思想。他們站在鄉村外審視鄉村，以啟蒙和改造作為書寫鄉村的基本姿態是明確而穩定的。然而，90 年代後的鄉土小說作家，普遍失去了他們前輩所具有的明確觀念，態度呈現出曖昧和含混的特徵。

比如 90 年代的「現實主義衝擊波」作家群體，就總體而言，他們表現的是在現實政治上改造與啟蒙的創作理念，具有較明確的政治意識形態色彩，但在具體的創作上卻有相當複雜的表現。其中的許多作品，像劉醒龍的《挑擔茶葉上北京》、張繼的《殺羊》等，所傳達的已遠不是單純的政治意識形態，而是融合了很明確的農民自我觀點，體現出作家和創作對象相平視的精神特點。這兩種立場以張力的方式存在，也體現出更為複雜的思想內涵。再如尤鳳偉的《九月鄉戰》，作品寫的雖然是民族戰爭，但已不是單純傳統政治觀念中的民族戰爭，作者傳達的也不單純是傳統的民族觀念，而是同時夾雜了農民對歷史和戰爭的理解，很難判斷其中的主導意識。

這一點，從許多作家的創作轉換中可以看得更清晰。在 90 年代以來鄉土小說作家中，很少有人始終維持著穩固的創作理念。像上面提到的文化懷戀小說創作，除了遲子建、賈平凹、張煒等少數人外，大多數作家只是偶而為之，在他們的其它創作中，甚至也不乏與文化懷戀立場相對立的作品。像李佩甫，既創作過《紅螞蚱，綠螞蚱》這樣帶著濃烈的抒情和感傷色彩的鄉村文明讚美樂章，也寫過挖掘鄉村的醜惡、表現對鄉村文化憎惡和絕望感情的《畫匠王》、《羊的門》等作品：張宇也一樣，他的《鄉村情感》極力讚美鄉村文化中的愛和道德，《活鬼》又對鄉村文化的陰暗面痛加貶斥。

作家姿態的多元和複雜，體現的是鄉土小說創作的走向成熟和獨立，也體現了鄉村裂變給作家們帶來的多層次影響。而且，它也直接促進了鄉土小說作家們問題思考走向複雜和深刻。像東西的《沒有語言的生活》中表現的村民們對有殘疾的主人公一家人的傷害，已不僅是傳統鄉土小說表現的「國

民性」可以概括，而是體現著對人性惡的反思：周大新的《向上的臺階》中
對「官本位」文化的批判，既聯繫著對鄉村文化和鄉村關係的深層次思考，
對「情」與「理」的精神困境也有深刻的揭示：閻連科的《黑豬毛白豬毛》，
雖然也著力於對鄉民們的愚昧行為進行批判，但正如丁帆所言：「如果拿這
篇作品與《吶喊》的敘述風格及主題相比較，可以清晰地看出一個事實——
魯迅尖銳、憤懣和哀惋的敘述風格，在閻連科筆下逐漸化為以同情與憐憫為
主調、以精神批判為輔調。」〔註 4〕顯然深化了對「國民性」形成原因的思
考。

（二）題材的變異，促進了「鄉土小說」這一概念內涵和外延新的變化

隨著越來越多的鄉村人來到城市謀生，90 年代以來鄉土小說的題材範圍
有明確的拓展和變異，在呈現出更豐富多樣的生活畫面和生活世界的同時，
對傳統「鄉土小說」概念也產生了衝擊。

以城市中的打工族為敘述對象的「打工文學」是一個典型。這其中比較
著名的作品，有鬼子的《瓦城上空的麥田》和《被雨淋濕的河》，尤鳳偉的《泥
鰍》，殷惠芬的《民工》，以及劉慶邦以在煤礦當工人的農民工為題材的系列
作品。此外，一些打工青年也創作了一些作品。由於這些作品的生活場景由
傳統的田野轉到了現代都市，故事裏也就很少有傳統的鄉村生活畫面。正因
為如此，這些作品的鄉土小說身份受到很多人的質疑。可以想像，隨著社會
的發展，進城打工的農民會越來越多，這種現象會越來越多地出現在作家的
筆下〔註 5〕，很有必要對這些創作進行明確的定位。

我們認為，確定這些作品是否屬於鄉土文學，應該以其故事的主要發生
地為判別依據。如果作品的故事內容是鄉村的，那麼，儘管人物的身份已經
不同於傳統農民，它還應該屬於鄉土文學。因為雖然這些人物的身份是漂移
的，但並沒有發生根本性的改變，他們的命運，以及他們身上所投射出的問
題，時時刻刻聯繫著中國的鄉村社會。但如果這些作品的主要故事發生地是
在城市，就很難再限定其為鄉土小說。畢竟，鄉土小說最基本的前提還是「鄉
村」，離開了鄉村背景，也就不能再稱其為鄉土小說。

〔註 4〕丁帆：《論近期小說中鄉土與都市的精神蛻變》，《文學評論》2003 年第 3 期。
〔註 5〕據農業部、勞動保障部等部門估計，2002 年離鄉進城打工的農民人數達到了
9 千多萬。見《關於農民工問題的系列訪談》，《讀書》2003 年第 7 期。

還有一類作品也值得引起注意。這些作品雖然以鄉村生活為背景，但表現的卻是與鄉村無關或關係很小的其它意圖。鄉村承擔的只是思想載體的作用，自身並沒有得到特別的關注和揭示。如王小波的「黃金三部曲」，韓東的《紮根》等，寫的是鄉村故事，但其背後蘊涵的，卻是作者對荒謬政治時代的揭示。這一點，就像 80 年代後期崛起的部分「先鋒小說」，雖然以鄉村為題材，卻只是將鄉村作為他們表達各種理念和實驗各種形式的場所而已。對於這類創作與鄉土小說的關係，還值得進一步思考。

（三）藝術表現上的新變

觀念的變化必然要投射到藝術形式上，90 年代以來的鄉土小說藝術表現的許多方面都呈現出與傳統鄉土小說不同的特徵。

首先，是敘述對於描寫的取代。傳統的鄉土小說創作都把描寫作為最重要的藝術表達形式，但是 90 年代以來，這一方法被鄉土作家們普遍放棄。許多作家的作品，全篇由敘述構成，其中沒有一句人物的直接對話，也沒有任何客觀景物和人物肖像描寫。故事的敘述，構成了這些作品的幾乎所有內容。

其次，生活的凡俗化，人物的非典型化。這一特點在 90 年代初的「新寫實小說」中初步形成，並直接影響到後來幾乎所有的鄉土小說創作。除了《白鹿原》和《心靈史》這樣意圖建構鄉村文化的作品，塑造了像白嘉軒和馬明心這樣的時代英雄形象之外，90 年代作家們普遍地不再像他們五六十年代的前輩一樣，去塑造那種有英雄氣質的人物，也不描寫那種火熱燦爛、充滿激情的生活。在他們的筆下，更多是各種小人物的生存艱難，是普通老百姓的日常尷尬。即使是他們筆下的鄉村管理者——鄉村幹部，也主要是那些掙扎在日常瑣事中的平庸之輩（典型如何申的「窮縣」系列），難以見到閃光的亮點。

第三，民間語言和民間文學形式有了更廣泛的市場，本土化色彩更為明顯。90 年代以來，很多鄉土作家都努力追求故事的傳奇化和民間化，在小說結構更為故事化的同時，力圖染上幾絲民間文化色彩。像張煒的《外省書》、賈平凹的《懷念狼》、閻連科的《受活》等作品，都不同程度地敘述鄉村的傳奇神怪故事，渲染強烈的野性色彩和鬼怪因素，以加強自己的民間文化氣息。劉玉堂、趙德發等作家，則注重民間口語的運用，體現了民間語言的幽默和本色。

最具代表性的，還是劉震雲的《故鄉面和花朵》和莫言的《豐乳肥臀》、《檀香刑》。這些作品充分運用民間文藝的敘述方式，發揮民間語言的張力，

以農民式的幽默和戲謔口吻，完成著對歷史的解構和建造。尤其是《檀香刑》，以高密地方戲「貓腔」的話語聲音穿插於整個作品，採用中國傳統故事結構，在敘述中運用強烈民間色彩的誇張和延宕技巧，傳達出了真正民間藝術的聲音，也體現出了真正本土化的「狂歡」藝術效果。這是90年代以來鄉土小說中藝術本土化特點體現得最充分的作品。

三、苦難的缺席與意蘊的削弱

20世紀90年代以來的鄉土小說創作總的氣象是新的，並表現出向外延伸的勃勃生機。但是，它也存在著一些明顯的缺陷，在一些方面甚至表現出對以前創作上的倒退。

（一）藝術描寫能力的降低

描寫是鄉土小說傳統的藝術表現手法，對於鄉村自然和人文場景的真實描繪，對於鄉村人和鄉村語言的形象再現，都主要是借助於描寫而得到實現。中國現代鄉土小說創作的最閃亮之處，就在很大程度上得惠於這一藝術手法。像沈從文《邊城》、廢名《竹林的故事》中細膩的抒情畫面，《山鄉巨變》、《創業史》質樸自然的鄉村生活場景，《小二黑結婚》、《在其香居茶館裏》的生動口語，以及如閏土、翠翠、三姑娘、二諸葛、梁三老漢、亭麵糊等鄉村人物形象，都是在生動細緻的藝術描寫下得以產生的。甚至可以說，鄉土小說之具有特別的藝術魅力，與對鄉村地方和鄉村人的藝術描繪密不可分。

但90年代以來的鄉土小說展現的是另一幅景象。也許是受現代主義小說觀念的影響，也許是描寫能力的缺乏，作家們普遍拋棄了描寫的藝術手法而採用單純的敘述方式。於是，鄉土作家筆下展現的，大多是各種各樣的鄉村故事，是對敘述技巧的變換，卻很少有精細生動的描寫，很難看到切實生動的鄉村生活畫面和細緻優美的鄉村風景〔註6〕。語言描寫上也一樣，儘管有些作家也在追求本土化和口語化（如劉玉堂等），但很少有傳神之作，更多的作品則充斥著知識分子的敘述腔調，生活氣息很淡漠，與趙樹理、柳青、周立波等作家具有濃鬱地方氣息的生動口語相比，相去甚遠。同樣，心理描寫和人物肖像描寫也正在為鄉土小說作家所普遍忽略，以至於儘管90年代以來鄉土小說數量不少，但卻很難找到能夠給我們留下深刻印象的鮮活的農民形象。

〔註6〕傅元峰：《詩性棲居地的淪陷——解讀90年代小說中的景物描寫》，《文學評論》2001年第2期。

（二）真實和苦難的缺席

缺乏了切實的鄉村生活描寫，鄉村生活的真實面貌也就自然被遮蔽起來。除了在部分作家的作品中（如劉恒《狗日的糧食》、閻連科的「瑤溝人系列」作品、鬼子的《被雨淋濕的河》等）有比較細緻真切的苦難揭示之外，鄉村的苦難和真實生存狀況很少能在 90 年代鄉土小說中看到。其中的不少作品，不但沒有揭示出現實的真實苦難，甚至還起著粉飾現實和遮蔽現實的作用。應該說，90 年代以後，中國的鄉村生活發生了很大變化，但並不意味著在當代鄉村中就已經沒有了觸目驚心的苦難，沒有政治暴力對於鄉民的擠壓，沒有震撼人心的深沉悲劇。相反，這種情況在現實鄉村中依然很普遍，並引起了社會學等多個學科學者們的重視和關注。比較之下，以鄉村為直接描寫對象的鄉土小說卻沒有表現出相應的力量，沒有承擔起相應的使命〔註 7〕。這顯然是這時期鄉土小說一個很大的缺憾，也反映了許多鄉土小說作家對於農村現實的隔膜與疏離，以及在人文精神上的匱乏。

（三）意蘊的削弱

90 年代以來鄉土小說還有一個重要的缺陷，就是在創作內涵上普遍比較膚淺，大多滿足於就事寫事，沒有深入和超越於生活的深遠人文內涵和文化思考。比較現代文學時期魯迅、廢名和沈從文在其作品中寄寓的深層文化精神，90 年代以來鄉土小說思想意蘊的薄弱顯得尤為突出。因為就社會的發展而言，當代鄉土小說面臨的困境比現代文學時期要更為嚴重，當代哲學的思考也更深入，鄉土小說作家不能展現出相應的思想底蘊，難以適應時代對文學的要求，也會嚴重阻滯鄉土小說的深入開拓。

意蘊深度的不足，與作家們對生活的熟悉和關注程度有直接的關聯，也折射著作家們的文化和哲學素養。像我們上面講的部分作家對鄉村苦難的迴避（或者說逃避）與遮掩，就在一定程度上是源於作家們缺乏深切的人道主義關懷，源於作家們缺乏深入生活、關切生活的願望與膽識。而它反過來又影響到文學作品的藝術表現能力。像在情感表現上，正是因為缺乏深刻思想的映照，許多作品的情感就只能局限在狹隘的現實層面，不能達到既蘊涵著文化韻致，又與鄉土生活相和諧的淡泊寧靜，既耐人尋思又結合著深沉美感的藝術境界——就像魯迅的《故鄉》結尾處將心靈世界與思想世界融為一體

〔註 7〕「三農」問題是 90 年代以來知識界討論的熱點，但文學創作界卻沒有相應的反應。這一現象，正引起越來越多文學批評者的關注。

的含蓄深沉，廢名的《竹林的故事》、沈從文的《邊城》中人與自然高度和諧的沖淡平和的意境。再如許多作品對民間文化精神的表現，也多是停留在性、傳奇、浪漫等外在形式上，遠遠沒有進入到民間文化真正的深層內涵處。這一點，在賈平凹、張煒等人的著名作品中都有不同程度的體現。

這裡需要特別提到張煒。張煒是90年代以來鄉土小說作家中明確表示有超現實追求的作家，在散文和創作談中，張煒曾多次表示出對「大地」和「田園」的守望，並試圖以之闡釋出與德國哲學家海德格爾存在主義相類似的哲學理念。應該說，他的這種思維方式是很有意義的，在某些方面也切中了當代中國發展的精神問題。然而遺憾的是，張煒的這種哲學思考並沒有在他的文學創作中相應地表現出來。在他的作品中，謾罵式的浮躁和詛咒式的絕望掩蓋了對土地愛的澄靜的傳達，中國大地的傳統精神始終處於被遮蔽狀態。因此，在張煒的作品中，顯示的只是農民文化的無奈輓歌，而不是有深切底蘊的哲學反思。對於張煒，對於90年代以來鄉土小說，這都是一個很大的缺陷。

正是因為缺乏深沉哲學思想的映照，90年代以來的鄉土小說創作中很難看到對鄉村文明的命運、對人類文明方向具有啓迪和創新意義思想的作品。在新的鄉村變異下，它表現得狂躁、激動，尚缺乏應有的冷靜和深沉。

隨著20世紀的成為歷史，21世紀的中國鄉村社會變化會越來越大，距離傳統的農業文明和農業生產方式會越來越遙遠。我們相信，中國鄉土小說無論是在創作的範圍上，還是在創作理念、藝術表現上，都肯定會發生新的變異。但不管怎樣，鄉土小說都始終會在我們的文學中佔據一席之地，它所具有的獨特美學意蘊，將喚醒我們被都市生活所麻木的心靈。它所映像出來的現實、文化問題，更應該促進我們對文明的發展、社會的進步等問題的進一步思考。我們期待著中國鄉土小說的真正輝煌。

論近年來鄉土小說審美品格的嬗變

　　鄉土小說作爲一種與地域現實關聯密切的文學類型，其審美品格不是固定不變，而是具有一定流動性的，不同的鄉村社會形態和政治、經濟、文化背景，都會對之產生影響。20 世紀 90 年代中期以來，隨著中國社會全方位地進入到城市化進程中，鄉村社會的現實和文化形態都發生了巨大變遷。這些方面，深刻地影響到鄉土小說審美品格的狀貌。具體說，近年來〔註 1〕鄉土小說的審美嬗變主要有以下體現：

　　首先，在審美風貌上，鄉土地域色彩顯著弱化。鄉土地域色彩是鄉土小說最重要的審美品格，周作人當年所強調的「地方色彩」、「鄉土趣味」〔註 2〕，茅盾之「特殊的風土人情」〔註 3〕，以及魯迅《吶喊》所表現出來的「濃厚的地方色彩」，都與之密切相關。《簡明不列顛百科全書》對「鄉土小說」的界定：「它著重描繪某一地區的特色，介紹其方言土語，社會風尚，民間傳說，以及該地區的獨特景色」〔註 4〕，也明確以地域特色爲中心。一般而言，鄉土地域色彩主要包括自然風景、生活場景（特別是勞作場景）和地方方言等幾個方面。近年來鄉土小說中，這幾方面都有明顯弱化的趨勢。

〔註 1〕本文的「近年來」主要指 20 世紀 90 年代中期以來，也就是大致近 20 年。1992 年開始實施市場經濟後，中國的社會文化發生了重大變化，鄉土小說審美品格（包括整個文學面貌）的變化略微滯後，但大體同時。

〔註 2〕周作人：《〈舊夢〉序》，載 1923 年 4 月 12 日《晨報副鐫》，收入《自己的園地》，嶽麓書社 1987 年版；《地方與文藝》，收入《談龍集》，開明書店 1927 年初版，十月文藝出版社 2011 年版。

〔註 3〕茅盾：《關於鄉土文學》，《文學》6 卷 2 號，1936 年，收入《茅盾全集》第 21 卷，人民文學出版社 1984 年版。

〔註 4〕中國大百科全書出版社《簡明不列顛百科全書》編輯部譯編：《簡明不列顛百科全書》第 8 卷，第 540 頁，中國大百科全書出版社 1986 年版。

其一，也是最引人關注的，是鄉土自然風景。風景作為鄉土小說最外在也最醒目的審美風貌，曾經受到眾多鄉土小說作家的青睞。但 20 世紀 90 年代中期以來，也許受社會文化世俗化的影響（「新寫實小說」是這一影響的典型產物），作家們的興趣點普遍轉移到故事性等方面，敘事內容也往社會、政治方面傾斜，「嚴肅的社會主題沖淡了地域色彩的表現」〔註5〕，風景描繪顯著淡化——當然，淡化並不意味著消失。近年來鄉土小說中，還是有一些作家在堅持比較細緻地描畫鄉土自然風情。最突出的是來自西北邊陲地區的作家，如陝西的紅柯、寧夏的石舒清、新疆的劉亮程和黑龍江的遲子建等。然而，從這些執著地展示鄉土風景作家們創作上的變化，也許能夠更充分地呈現出鄉土小說自然風景從豐富到衰微的過程。比如紅柯，從其早期的《美麗奴羊》、《吹牛》，到近年來的《躍馬天山》、《西去的騎手》等作品，可以清晰地看到其創作重心的轉移：對草原風景和人情的細緻描摹，逐步變成了傳奇和曲折的故事。同樣，遲子建雖然一直沒有放棄對鄉村風景細膩溫婉的刻畫，但隨著她將筆觸深入到城鄉之間的生活，如《踏著月光的行板》、《泥霞地》等作品中，風景畫色彩也有明顯削弱。

其二，是鄉村生活場景。生活場景是比自然風景更內在也更深刻的地域個性，農民們的衣食住行、生活習俗，包括他們的日常生產勞作，都具有很典型的地域色彩，更蘊含著獨特的地域文化個性。雖然寬泛說來，鄉土小說只要表現鄉村生活，就自然會表現出一定的鄉村生活場景，但是，真正細緻地將生活場景展現出來，呈現出其充分的地域個性，則需要作家多方面的努力。它需要藝術的錘鍊，更需要豐富的生活細節。在這些方面，近年來鄉土小說都有明顯的匱乏。以鄉村民俗而論，近年來倒不乏表現鄉村民俗的作品，如賈平凹《高老莊》、《秦腔》等對地方碑文、民間戲曲的展現；韓少功《山歌天上來》、蕭江虹《百鳥朝鳳》、關仁山《醉鼓》、劉慶邦《響器》等對鄉村音樂的關注，等等。不過這些作品表達的，主要是對民俗所面臨沒落命運的悲歡，民俗的具體細節往往被情緒色彩所遮蓋，沒有得到充分的顯現。比鄉村民俗更加缺乏的是鄉村勞作場景。勞作是農民日常生活的最基本組成部分，也是鄉村生活世界不可缺少的重要內容，但近年來，除了李伯勇、李一清、羅偉章等少數與現實鄉村關係比較密切的作家作品中，對現實鄉村勞作場景作了一定展現外，絕大多數鄉土小說作品都缺席了這一內容。

〔註5〕丁帆：《中國鄉土小說史》，北京大學出版社 2007 年版，第 345 頁。

其三，是地方方言和人物口語。關於地方方言與文學創作的關係，一直存在著較爲激烈的論爭，而現實中，在越來越規範化的教育背景下，文學創作與地方方言之間的總體趨勢是越來越疏離，這也直接影響到人物口語的呈現。最典型的是，近年來小說創作流行對人物對話的間接敘述，這就自然過濾了人物語言的方言屬性和口語色彩。這一點對於鄉土小說創作的影響是最大的。因爲在鄉村生活中，方言口語最爲豐富多樣，也最能體現鄉土小說的審美魅力。事實上，在近年來小說中，部分城市小說倒呈現了較顯著地域色彩的方言口語敘述（如何頓濃鬱長沙話色彩的小說，以及金宇澄完全用上海方言敘述的《繁花》），反而在鄉土小說領域，很少能看到鮮活生動的人物口語和具有地方氣息的方言，以往鄉土小說中個性化的人物語言和地方方言已經基本絕跡——當然，這裡需要特別指出的是，方言口語不是簡單的人物語言實錄，而應該是將它們融入生活敘述之中。所以，像林白《婦女閒聊錄》這樣完全捨棄作家提煉、沒有與生活敘述相融合的作品，很難進入優秀的鄉土小說之列。

其次，是審美內涵的空心化。所謂空心化，最直觀的表現是在題材內容上。近年來鄉土小說中，以純粹的農民和鄉村生活爲敘述對象的作品已經爲數不多，更多作品展示的是在城鄉之間徘徊遊弋的農民工生活，其中不乏作品甚至完全捨棄了傳統鄉村生活場景、只以城市生活爲背景（關於這些作品是否歸屬於鄉土小說，學術界存在一定爭議，但越來越多的學者已經接納它們進入鄉土小說陣營。有關爭議將在後文論述）。這樣，按照傳統意義的鄉土小說概念來理解，「鄉土」內涵呈現出的自然是「空心」的態勢。不過，審美內涵的「空心化」特徵更內在的表現還在鄉土小說創作上。也就是說，近年來鄉土小說對鄉村的書寫已經呈現出明確的「虛化」和「空洞」特徵。表現之一，是作家們的關注點普遍集中於對鄉村倫理和鄉村文化等精神層面，較少著力於鄉村的現實生活問題。「就中國發展階段而言，鄉土中國及其在之中生存的八億農民仍是最底層的存在，生存問題，身份問題，現代與傳統的衝突問題，社會轉型過程中的擠壓與不公正等等，都是目前中國最重大的問題」〔註6〕，其中的生存、身份、擠壓和不公正等主要關聯現實生活層面，也更與農民們的生活息息相關，但很少有作家們將創作重點定位於此，很少直面鄉

〔註 6〕梁鴻：《現實的超越與回歸——論〈丁莊夢〉兼談鄉土小說審美精神的困境》，《平頂山學院學報》2008 年 6 期。

村現實矛盾和衝突的作品。其中可作代表的，是近年來在鄉土小說中頗為流行文化抒懷和哲學思辨型創作，作家們對鄉土進行抽象的哲理探究，思考自我、鄉土和文化的命運，現實的農民和鄉土被抽象為文化哲學的背景符號；表現之二，是作家們較少致力於刻畫鄉村人物。這並非說作家們完全不寫鄉村人物，而是在書寫這些人物時，作家們的興趣點主要集中在人物身上所發生的故事、在各種傳奇或苦難經歷，卻很少關注他們的心理世界、現實欲求和精神特徵，這樣，我們很難從中見到那種立足於現實鄉村的、個性鮮明的農民形象。對於鄉村來說，現實的日常生活和人（農民）是最基本的內涵，它們的缺席，就使近年來鄉土小說展現的文學世界難以豐富、飽滿，而是顯得虛幻和空洞，呈現空心化的內在特徵。

第三，審美藝術上的情緒化和碎片化。情緒化是近年來鄉土小說一個醒目的藝術特徵。就像我們很少能夠在近年鄉土小說中見到寧靜的鄉村風景圖畫，我們也很少看到平靜客觀的鄉村敘事，作家們多帶著比較激烈的情緒，敘述往往充斥著騷動和不安的色彩。其主要表現在兩個方面：一是感傷乃至虛無的情緒。典型如賈平凹的許多作品都充斥著強烈的頹廢和虛無色彩（當然，近作《帶燈》另當別論）。此外，張煒、遲子建、孫惠芬等作家作品中也常見感傷情緒。魏微、徐則臣、魯敏等「70 後作家」鄉土作品中，更是普遍充滿著對往昔的懷念和對現實的排斥所導致的濃鬱感傷氣息；二是憤激和怨憤的情緒。如羅偉章《我們的路》、鬼子《被雨淋濕的河》、陳應松《馬嘶嶺血案》和《望糧山》、尤鳳偉《泥鰍》、胡學文《一個謎面有幾個謎底》等作品，都通過主人公的苦難遭遇或極端行為，傳達出對現實的強烈不滿，乃至充滿憤激和仇恨，主人公們最終也往往以報復社會或戕害自己的方式來宣泄這種情緒。

碎片化也有兩方面的表現：其一，個人化的、片斷式的敘述方式。除了極個別作品（如李一清的《農民》），作家們很少從整體時空上全局性地把握和書寫鄉村，他們更願意採取個人化的較狹窄視角，融入個人的情緒和感性色彩，描畫個人視野和情感世界中的鄉村。這樣，他們筆下的鄉村自然是局部的而非全面的，碎片的而非整體的；其二，小說文體上，碎片化敘述成為時尚。90 年代韓少功的《馬橋詞典》、王安憶的《姊妹們》算是這種碎片化文體的開端，此後，林白《婦女閒聊錄》對此有所承續。此外，孫慧芬《上塘村》採用的「民族志」形式，劉亮程《虛土》和《鑿空》採用抽象和象徵的

方式，都具有碎片化的特徵——它們最大的共同特徵，就是以零散的、碎片的、外部的書寫方式，以片斷化的故事來建構起他們文學中的鄉村世界。

通常而言，文學審美的變異是一個漸進的過程，而且，作家創作個性的差異使這一變異具有糾纏和頡頑的特點。近年來的鄉土小說審美變異當然也不例外，它也不完全典型地體現在每一個鄉土作家和每一部作品之上。然而，審視近年來鄉土小說的發展軌跡，確實可以發現這種變異的清晰態勢，而且，這種變異呈現出愈演愈烈、加速度般的格局，其時代特徵也越來越顯明。

近年來鄉土小說審美品格發生如此顯著的嬗變，與多方面因素相關，其中既有時代社會整體變化的客觀現實因素，也與作家主體的精神、文化和情感因素，以及文學創作觀念和方法上的變化有密切關係。

從現實層面看，鄉村現實的變異是最直觀的因素。90 年代以來，中國社會開始大規模的城市化進程，大批鄉村、耕地被融入城市當中，更有數量巨大的農民離開鄉村進入城市，成為棲居於城鄉兩地的「農民工」。這極大地影響和改變了鄉村的現實和文化生活。從現實層面說，青壯年農民的大量離鄉，日常鄉村只剩下老人、婦女和兒童，鄉間的農村勞作數量大幅減少，自然不再有以往勞動過程中的喧嘩和熱鬧，甚至使勞作不再成為鄉村生活的重要組成部分。而且，儘管鄉村生活水平總的來說是在改善和提高，但其中也存在著不少問題，比如在城鄉之間輾轉奔波的農民日常生活中的困頓，比如留守在鄉村的婦女、兒童和老人的艱難，比如鄉村政治和經濟生活中的權力侵擾和不公正因素，以及拆遷、醫療、食品安全、環境污染等問題對農民生活的嚴重困擾，等等；從文化層面來說，鄉村現實的變化，特別是隨著城市文化觀念的迅速融入農村，傳統的鄉村價值觀念和倫理文化受到根本性的衝擊。與城市一樣，以物質利益為主體的倫理思想成為主導鄉村世界的基本倫理，甚至由於城鄉之間頗為顯著的貧富差距，以及農民們相對較低的文化教育等因素，鄉村文化的混亂和衰微顯得更為突出。因此，近年來的鄉村不但在現實面貌和生活方式上呈現多層面的雜亂局面，也從根本上失去了傳統鄉村的溫情和寧靜特徵。

鄉村現實的變化直接影響到作家對待鄉村的態度和關係。在中國，絕大部分鄉土小說作家都出自鄉村（除了比較獨特的、有過短暫鄉村生活的知青作家群體之外），都有著密切的鄉村血緣關係和深刻的情感記憶。並且，鄉村對於作家們還有很強的情感撫慰作用。因為他們雖然依靠種種機緣離開鄉村

來到城市生活，但始終懷有對鄉村的關注，美好的鄉村記憶因為時空的距離而顯得更加感人，寧靜的鄉村倫理因為城市的喧鬧而顯得更加溫馨，特別是當他們面對城市紛擾和不公對待時，對鄉村生活的美好回憶，往往成為慰藉他們失意和寂寞的精神滋養。

所以，近年來鄉村現實和文化上的巨大變異，肯定會影響到作家與鄉村的現實關係。比如說，正如賈平凹的自白：「故鄉是以父母的存在而存在的，現在的故鄉對於我越來越成為一種概念。」〔註7〕在鄉村被拉入城市化的發展步調之後，傳統的鄉村氛圍不復存在，留在鄉村的農民越來越少，作家們與鄉村之間的現實聯繫也隨之減少，他們與鄉村現實生活之間也會越來越隔。特別是由於現實社會中鄉村倫理的迅速頹敗，作家們不得不無奈地放棄對鄉村的情感依賴和文化認同感，他們對現實鄉村雖然不乏關懷，卻更多精神上的反感和拒斥。換句話說，作家們對現實的鄉村可能越來越厭惡、拒絕和遠離，但又不可能真正放棄對鄉村的關注。他們更普遍的情感，則是對正在走向沒落和消逝的鄉村倫理的強烈懷念和無奈感傷——在這個意義上說，鄉村現實的變化，並不是真正隔斷了鄉土小說作家與鄉村的關係，他們的關係依然深刻，只是態度和表現方式有所變異而已。

現實與作家關係的複雜變化，推動了鄉土小說審美品格的變異。一方面，無論從所擁有的鄉村現實生活積累，還是遵從自己內心的願望，作家們都難以進入鄉村現實和農民的內部世界，像以往一樣以熟稔和親切的姿態來書寫鄉村，他們只能書寫一些對他們有所觸動的鄉村故事，展現一些與他們心靈相通的文化衰敗狀貌，借鄉村書寫來抒發自己的文化懷念和感傷的悲悼之情。他們最深切的關注點必然放在鄉村文化上，並以強烈的批判姿態來看待這一文化的巨大變化：「應該說，中國的城鄉差距從來沒有現在這麼大，城鄉的交織也從來沒有現在這麼雜而亂，一切人為了生存各盡其能，抗爭，落寞，自卑，憤怒，巨大的失衡和強勁的嫉恨，人的心態在扭曲著，性格在變異著，使這個社會美善著美善，醜惡著醜惡，人性的激活也激活著社會的發展。」〔註8〕這當中尤為突出的，是年輕的、出生於20世紀70年代和80年代後的作家們。由於年齡的關係，他們最初的鄉村記憶還基本保持著傳統倫理的狀態，但現實鄉村已經與這種記憶形成了巨大反差。記憶的溫馨與現實的陌生

〔註7〕賈平凹：《秦腔·後記》，作家出版社2005年版。
〔註8〕賈平凹：《我熟悉阿吉》，《中篇小說選刊》2001年5期。

和冷酷，使這些作家更難熟悉和融入現實鄉村，只能在感傷的回憶中去尋找昔日的鄉村面貌；另一方面，它也決定了作家們難以以平靜的情緒來書寫現實，急切、躁動和迷茫成為他們作品的內在精神特徵。賈平凹的傾訴可以代表許多作家的心聲：「我的寫作充滿了矛盾和痛苦，我不知道該讚歌現實還是詛咒現實，是為棣花街的父老鄉親慶幸還是為他們悲哀。」〔註9〕。因為現實的失落、文化的無所皈依，作家們自然會陷入痛苦、感傷和虛無之中。也有部分作家會以更強烈的情緒來表達他們的現實態度。陳應松的話表現得非常充分：「經過了大量時間的深入生活和田野調查，我抓到的第一手資料讓我時時憤怒，恨不得殺了那些鄉村壞人，當然也有更多的感動」，「這些喚起了你的衝動，引起了你的思索，是裝作沒見到呢，還是決定要把它寫出來？是以平靜的心態寫，還是以激烈的心態寫？以及分寸感的把握等等，這都有鬥爭，這是一個漫長的藝術處理和思想搏鬥的過程，會讓人痛不欲生，會讓人夜不能寐，會讓人心如刀割」〔註10〕。處於這樣的創作準備和創作心態，空心化、情緒化、碎片化成為時代鄉土小說的典型審美品格就自然而然了。

鄉土小說的審美變異，還蘊含著鄉土小說作家的思想發展和創新願望。一方面，劇變著的鄉村社會也期待著新的書寫方式，對作家們提出了新的要求。這一點，就如賈平凹的感慨：「原來我們那個村子，我在的時候很有人氣，民風民俗也特別醇厚，現在『氣』散了，起碼我記憶中的那個故鄉的形狀在現實中沒有了，消亡了。農民離開土地，那和土地聯繫在一起的生活方式，將無法繼續。解放以來，農村的那種基本形態也已經沒有了。解放以來所形成的農村題材的寫法，也不適合了。」〔註11〕另一方面，在 20 世紀 90 年代以來社會文化背景下成長起來的作家，更多獨立意識和自由思想的空間。面對中國鄉土小說雖不乏璀璨卻略欠豐富的創作傳統，許多優秀作家很自然擁有突破傳統創作方式的願望，力圖求變和創新。比如閻連科曾說過：「文學是經過九十年代的各種借鑒、融合之後到了二十一世紀，『鄉土寫作』應該走出魯迅、沈從文之外的『第三條路』來。這『第三條路』是什麼樣子我們不知道。但你必須要一步一步去摸索，去探索，一步一步去思考」，「我們不能擺脫對沈從文和魯迅的喜愛──也無法擺脫他們對我們的影響。每個作家都無

〔註9〕 賈平凹：《秦腔·後記》，作家出版社 2005 年版。
〔註10〕 陳應松：《非文學時代的文學痛苦》，《上海文學》2009 年 2 期。
〔註11〕 賈平凹、郜元寶：《關於〈秦腔〉和鄉土文學的對話》，載郜元寶、張冉冉編：
　　　　《賈平凹研究資料》，第 1 頁，天津人民出版社 2005 年版。

法擺脫文學史對你的影響。但我真的希望看到與他們完全不同的鄉土寫作，看到那種全新的『第三種寫作』〔註12〕。《尋找妻子古茉花》的作者北北也說：「當下生活如此紛紜複雜，即使相同的素材在手，如果想要有另一層面的表述，也必定需要各異的方式來承載」，「『變』是冒險也是進取，少重複多變化的過程，至少有更多的樂趣充斥其中」〔註13〕。作家主體與現實客體的雙重要求，刺激了鄉土小說審美品格的變異。

比如，對於在鄉土小說創作中長期很盛行的現實主義創作方法，許多作家都表達了質疑。閻連科就認為：「真實並不存在於生活之中，更不在火熱的現實之中。真實只存在於某些作家的內心。來自於內心的、靈魂的一切，都是真實的、強大的、現實主義的。」〔註14〕林白也對傳統小說的整體性價值觀有所針貶：「是誰確立了這樣一種價值觀的呢？只有完整的、有頭有尾的、有呼應、有高潮的東西才是好的，整體性高於一切，碎片微不足道」，「在我看來，片段離生活更近。生活已經是碎片，人更是。每個人都有破碎之處，每顆心也如此」〔註15〕。更年輕的「70後」作家在逃離意識形態的大背景下開始創作，自然會尋求更加個人化的表現方式。如魏微就表示：「我喜歡寫日常生活，它代表了小說的細部，小說這東西，說到底還是具體的、可觸摸的，所以細部的描寫就顯得格外重要」，「我只寫我願意看到的『日常』，那就是人物身上的詩性、豐富性、複雜性，它們通過『日常』綻放出光彩」〔註16〕。

作家們創新願望的典型結果，是當前鄉土小說中普遍存在的那種強烈個人色彩的、碎片式的鄉土小說形式。這種形式的產生和盛行，雖然也許與作家們對現實鄉村的瞭解不夠充分、難以支撐他們對鄉村全面完整的書寫有關，但更重要的，是它蘊含著作家們藝術追求上的創新願望，可以看作是對追求完整、全面的傳統現實主義的反叛。審美品格的嬗變，對鄉土小說創作產生了很大影響。一方面，它使近年來的創作呈現出了一些新的氣象和新的風貌，對傳統鄉土小說有所發展和開拓。較突出的有兩個方面：其一，審美上的個人性、豐富性和複雜性，帶來了思想方面的相應深入。近年鄉土小說

〔註12〕 張學昕、閻連科：《現實、存在與現實主義》，《當代作家評論》2008年2期。
〔註13〕 林那北、馬季：《林那北：看似平常也曲摺》，《大家》2008年5期。
〔註14〕 閻連科：《尋找超越主義的現實》，《受活・代後記》，春風文藝出版社2004年版。
〔註15〕 林白：《生命熱情何在——與我創作有關的一些詞》，《當代作家評論》2005年4期。
〔註16〕 《魏微：讓「日常」綻放光彩》，《信息時報》2005年2月28日。

在審美上意蘊上更加豐富，作家們大多立足於個人感知角度來思考和表現鄉村，藝術表現角度和方法更爲多元，這也導致了作品思想內涵更爲複雜和深刻。比如遲子建《額爾古納河右岸》、北北《尋找妻子古榮花》、白連春《拯救父親》、孫慧芬《歇馬山莊的兩個女人》、魏微《大老鄭的女人》等作品，作家們立足於不同的個體身份特徵（包括年齡、性別、生活經歷等）來感知鄉村，在個人的鄉村記憶中傳達對鄉村世界不同的美學理解，也蘊含了對愛、溫情等人性問題和人與自然關係問題的深刻思考，賦予了鄉土小說比「鄉土」本身更豐富的內涵和深度，是傳統鄉土小說所不具備的。再如近年來鄉土小說對「國民性批判」主題的表現，無論是敘述方法還是內涵探索上都有所深入。如東西《沒有語言的生活》、李洱《石榴樹上結櫻桃》、李佩甫《羊的門》、閻連科《黑豬毛白豬毛》等作品，都將國民性問題的思考超越了民族文化層面，與更普泛的人性、制度等問題進行勾連，作家們的立場也不僅僅是對民族性格的簡單否定和批判，而是寄予更複雜的認識和感情，顯然是對此問題的深化和提高。其二，在鄉土小說藝術上有一定發展。近年來鄉土小說不再秉持傳統現實主義手法，而是充分展現出藝術表現上的探索性和多元性，發展和豐富了鄉土小說藝術。典型如閻連科《受活》對寫實手法和寓言手法進行了巧妙嫁接，將荒誕與現實融爲一爐，是對傳統現實主義的明顯突破。賈平凹《秦腔》、《帶燈》等作品，借鑒了中國傳統話本小說的特點，將傳統因素融入現代生活之中；同樣，韓少功《馬橋詞典》、孫慧芬《上塘村》等民俗生活體例小說，對《呼蘭河傳》、《果園城記》的創作傳統有所繼承和發展。特別是在中短篇小說領域，畢飛宇《地球上的王家莊》、李洱《石榴樹上結櫻桃》、北北《尋找妻子古榮花》、白連春《拯救父親》、魏微《大老鄭的女人》、石舒清《清水洗塵》等作品，在立足於個人內心感受的基礎上，對小說的想像力、藝術表現和藝術形式等方面做出了有深度的探索，達到了精緻、深刻而富有創造性的高度。

但是，從另一方面說，近年來鄉土小說審美嬗變背後也隱藏著一定問題，或者說，它潛藏著近年來鄉土小說創作上的某些缺陷，伴生著某些內傷，對鄉土小說的總體成就構成著一定制約，甚至對其現實生存和未來發展構成了嚴重影響。

首先，是作家與鄉村現實的遙遠和隔膜。這一點較集中體現在鄉土小說「空心化」審美特徵背後。雖然很多人（包括一些鄉土小說作家）將鄉土小

說的「空心化」完全歸因於鄉村本身的變遷，但我卻認為，問題並不這麼簡單。在鄉村本身的變異之外，作家與鄉村現實的遙遠和隔膜也應該承擔一定責任。因為一方面，雖然空心化是中國鄉村現實的總體特徵，但並不是一概如此，依然存在較好保持傳統生活形態的鄉村世界；另一方面，也是更重要的，即使是在變化劇烈的、受到城市化嚴重擠壓的鄉村社會，鄉村生活形態並沒有完全消失，它依然存在著一定的豐富性和複雜性。即使是那些進入城市打工的農民，並沒有完全脫離與傳統鄉村生活的聯繫，更沒有真正擺脫鄉村現實帶給他們的困擾。換句話說，現實的鄉村雖然有所凋敝，但並非完全喪失基本生活形態和內在生命力，只不過被扭曲、掩蓋和變形而已。優秀的鄉土小說應該能夠在瑣屑的生活細節中把握鄉村的律動，在農民的日常生計中感受鄉村的沉重，在以不同形態存在的鄉村勞作、鄉村風習中傳達鄉村的生活狀貌，從而實現對當下鄉村社會更充實、具體的把握和表現，而不是僅僅只是展現較「虛」的鄉村文化一面——當然，這絕非說鄉村文化不值得關注，鄉村文化的沒落完全值得作家們深入地歌吟和悲歎，但這卻不能夠成為忽略鄉村「實」的一面的理由，而且，對鄉村文化的表現也需要以實在和具體為基礎。

這當中，特別值得提出鄉村人物問題。近 20 年鄉村變遷，對農民生活和精神的改變絕對是巨大的，也成長出了與傳統農民完全不一樣的新型農民，他們的生活或者依然沉重，或者有大的改變，他們的靈魂或者被污染，也或者在昇華，但他們絕對呈現了豐富的生活活力和新的個性特徵，是值得鄉土小說挖掘的深厚文學資源。對這些方面表現的嚴重匱乏，空心化特徵的普遍存在，不能不說源於作家們與鄉村現實的過於遙遠，以及心靈上的過於隔膜。而這些匱乏，除了影響到鄉土小說表現鄉村的豐富性和全面性，也影響到其真實性和客觀性。當前許多作品（甚至不乏一些獲得好評甚至得獎的作品）存在粗糙編造故事情節、讓讀者倍感虛假的情形，牽強的傳奇故事更是很流行。其中，前面提到的文化抒懷和哲理思辨小說也存在可反思之處。不是說小說只能寫實、不能進入哲學思辨層面，但這種思辨應該是建立在與鄉村大地和農民們切身關聯的基礎上，只有這樣，它才能傳達出鄉村大地的真實聲音和深沉呼吸，否則很容易陷入自我情緒的無病呻吟。

其次，是作家們思想高度的匱乏。這一點典型的表現是鄉土小說的情緒化特徵。對於近年來社會（包括鄉村社會）的劇烈變化，情緒化是普通大眾

的基本反應，然而，如果一名作家也停留在這一層面，則顯然存在較大的不足。它既會局限其作品的思想藝術高度，也會讓讀者對文學感到失望，喪失信賴和信心。好的作家應該具有比一般大眾更高遠、更理性的思想，對社會做出更深邃、更透徹的認識，並以這種思想感動和引領大眾。就當前鄉土小說而言，強烈的情緒化色彩，不只是已經嚴重影響到其思想和藝術高度，甚至出現了一些思想的偏差，可能對大眾思想形成某些誤導。其一是一些作品中存在對極端負面情感和惡俗場景的渲染，某些內容甚至違背社會的普遍倫理和人文道德。比如，不少作品沒有節制地渲染和肯定仇恨和暴力，甚至對報復仇殺行為給予寬容和溢美。尤鳳偉的《泥鰍》、陳應松的《馬嘶嶺血案》等作品不同程度存在這樣的缺陷〔註17〕。還有一些作品在民俗描寫中，對低俗內容予以大力渲染，甚至將變態行為和性描寫作為吸引讀者的噱頭。其二是藝術上缺乏精緻、沉靜和大氣之作。近年來鄉土小說中並非沒有佳作，但為數卻很有限，普遍存在的是低水平作品。其中充滿著粗糙編造乃至虛假的故事情節，卻很少平靜客觀的敘述和理性冷靜的思索，更缺乏思想和精神的超越高度。體現在小說體裁上，是中短篇小說領域優秀作品較多，具有豐富歷史文化含量的長篇小說則很匱乏。其三是在表現內容和敘述方法上存在模式化的缺陷。近年來鄉土小說數量雖豐富，卻頗多雷同感。無論是創作題材、故事類型，還是情感基調、敘述方法，都局限在大體上的幾種模式之內，少見具有創新和創造性的作品。

最後，但也許是更重要的，是地域性審美特徵的淡化，使鄉土小說失去了它最獨特、也最富魅力的審美個性，影響到鄉土小說在當代社會的生存和發展。在這方面，學者們已有所關注，視野主要集中在自然風景方面。這一關注有其道理，因為正如美國學者皮爾斯·劉易斯所說：「我們人類的風景是我們無意為之，卻可觸知可看見的自傳，反映出我們的趣味、我們的價值、我們的渴望乃至我們的恐懼。」〔註18〕對於鄉土小說來說，風景遠不只是意味著風景本身，它還體現著人對自我生活審美層面的發現，一種自我價值的確認，它可以賦予鄉土小說更豐富的內涵特徵。不過我這裡更想強調的不是風景，而是鄉村生活。因為在鄉土小說研究界，一些學者嚴重忽視鄉土生活

〔註17〕 周保欣：《鄉土敘述的「衝突」美學與道德難度》，《人文雜誌》2008 年 5 期。
〔註18〕 轉引自 （美）溫迪·J.達比：《風景與認同》「譯後記」，張箭飛、趙紅英譯，
　　　　 譯林出版社 2011 年版，第 361 頁。

的意義，甚至因此將趙樹理和「十七年」鄉土小說排斥於外。這其實是對鄉土小說本質的嚴重誤解。最直接地說，既然以「鄉土小說」命名，沒有「鄉土」又何以名之？正像海德格爾談到梵高的名畫《鞋》，如果這鞋不屬於鄉村，沒有鄉土的內涵，就難以被賦予那麼深刻豐富的哲學內涵。鄉村生活既蘊含著獨特地方的民風民俗，又像地方方言一樣，浸潤了深厚的文化歷史，與鄉村、大地、泥土之間不可分割，已經成為人們的鄉土記憶和鄉土文化的重要組成部分。在某種意義上，鄉村生活的審美意義甚至比鄉土風景更為重要，因為生活更富有生命氣息，地域的色彩也更內在和全面。

地域個性特徵的淡出，導致鄉土小說的「鄉土」特徵變淡，必然影響到鄉土小說在社會中的形象和影響力，也會影響創作者們對它的信心。比如，近年來就有學者認為，隨著鄉村社會的逐漸城市化，鄉土小說已經喪失了存在的前提，面臨著消亡的命運（生態小說、鄉村小說等概念的出現並產生影響，說明「鄉土小說」正受到巨大的質疑和挑戰）。一些鄉土小說作家也對鄉土小說的前景持悲觀態度，不少作家在逐漸淡出鄉土這一領域，其中不乏成就和影響很大的作家。特別是在年輕的「70 後」和「80 後」作家中，真正堅持在鄉土領域開拓的作家越來越少，許多曾經在鄉土小說創作取得一定影響的青年作家，如徐則臣、魏微、劉玉棟等，都嘗試著在新的都市生活領域中發展。顯然，隨著鄉土小說審美品格的嬗變，鄉土小說創作的萎縮正在成為事實。

鄉土小說的審美變異背後具有某些時代性的必然因素，對此問題，當然不可能完全在文學內部解決，但作為鄉土小說創作者和研究者，卻很有必要嚴肅地對待、思考和探討這一問題。其中，承擔鄉土小說理性思考任務的學者們尤需要進行理論上的深入和拓展。比如關於鄉土小說的概念內涵、審美特徵，我們不應該總是停留在魯迅、周作人和茅盾的思想理念中，在新的時代背景下，鄉土小說理論需要更新和發展。只有建構起更豐富、更科學、更系統的理論，鄉土小說才可望維持自己的完整特徵，才能在新的時代變化中順利地發展。作為鄉土小說創作者們來說，既應該堅持近年來所做出的創新和發展（典型如個人化的方向），也需要根據鄉土小說的內在要求作出適當的調整，特別是增強對鄉土小說的信心，以更積極的姿態投身其中。具體說，我認為，以下兩方面的關係是當前鄉土小說界亟待思考和調整的：

一是鄉土小說概念拓展與基本內涵之間的關係。如前所述，近年來，傳統的、以鄉村生活為基本內容的鄉土小說創作相當衰微，已經難以支撐起鄉

土小說這面旗幟，如果再堅持傳統意義來界定鄉土小說，會導致鄉土小說的萎縮甚至消亡。所以，與時俱進地對鄉土小說內涵予以拓展，爲它補充新鮮血液，勢在必行。正是在這一前提上，我贊同許多學者提出的將部分城市農民工生活題材作品接納到鄉土小說中來。但我以爲，這種拓展和接納不是完全的，而是應該遵循一定的原則，那就是必須葆有部分的鄉村生活內涵。也就是說，至少在目前情況下，「鄉土小說」的範圍不能完全脫離其命名，鄉土生活背景是一部作品被納入「鄉土小說」的重要前提──它必須部分地寫到鄉村、田園、農民，與鄉村沒有完全分割。如果作品完全與鄉村生活無涉，只是書寫在城市中的農民工生活，就不能被看作是鄉土小說。也許有人會認爲這樣的標準太機械、單調，但任何標準都有它的機械性，只有這種必要的限定，才能保證概念的完整和清晰。否則，概念的外延無限擴展，也就失去了概念本身的意義。

　　二是鄉土地域性特徵與鄉土精神之間的關係。地域特徵於鄉土小說的意義前面已經多次闡釋。如果喪失了地域性審美特徵，鄉土小說也許會淪落到只是題材上的差異，也就是說，它的內涵就會與「農村題材」或「鄉村題材」沒有什麼兩樣，也完全可以與工業題材、教育題材並列。這顯然構不成「鄉土小說」作爲獨特文學類型的充分理由。所以，堅持和強化地域性特徵是當前鄉土小說的重要要求。但是，一個不容忽略的現實是，隨著城市化的拓展，鄉村生活肯定會進一步萎縮，鄉土小說的地域性審美品格（特別是日常生活層面的地域性）就很難得到永久的延續，這勢必影響到鄉土小說在未來的生存和發展。在這種情況下，我以爲，作爲一個對未來鄉土小說的延伸性思考，可以考慮引入「鄉土精神」這個概念。所謂鄉土精神，主要內涵是對鄉土的關注和熱愛，對農業文明生活方式和核心價值觀的嚮往與認同，以及對部分具有深遠生命力的鄉土文化價值觀的揭示和展示──其中包括對自然的尊重和熱愛，認同人類質樸的人性和價值，以及對人情、人倫的強調等。鄉土精神不完全是一種題材範圍（當然它在內容上也應該部分地關係到鄉土），主要是在審美上與自然、生命、鄉土文化等因素構成密切聯繫。也許隨著人類社會的不斷往工業化方向發展，鄉土生活會逐漸淡出，但是，正如人類的鄉土夢不會泯滅，鄉土精神也可以永存。鄉土精神將與鄉土風景一道，共同構成未來鄉土小說的獨特審美質素，維持其作爲一種獨特小說類型所必要的基本特徵。

作家作品部分

文化代言者與「根」的意味

　　當從 20 世紀文學史上考察趙樹理時，我們發現，在文學史和文學研究中人們對趙樹理頗多讚譽，但在創作領域，卻沒有任何人真正繼承他的創作立場和方法，甚至沒有人指出他創作最根本的精神特徵。中國的文學界似乎並沒有真正地接受與容納趙樹理，他是被置於「懸空」的狀態，是中國文學中的一個「孤獨者」和「異己者」。這一切，與趙樹理的創作本身有著本質性的聯繫。顯然，對趙樹理的創作意義進行重新的梳理和評價是非常有必要的。

農民文化的代言人

　　趙樹理創作的意義最突出地體現在他作為農民文化的代言人，對農民的生存和文化狀況以及他們的現實願望和文化要求所進行的真實表現上。「農民是沒有歷史的，因而沒有書寫。」〔註1〕在中國這樣一個長期受封建專制統治的農業文明國家，這一點體現得尤為突出。有著悠久歷史的中國的傳統文化（書面的和被正統意識形態認可的），是剝奪了處於社會下層的農民的地位和發言權的文化。文學史也不例外。雖然中國文學的源泉是來自民間的《詩經》，但《詩經》的被刪改命運和作者的無名化正體現著封建主體文化對農民文化的戕害和抹殺。所以，在中國傳統的正統文學史上，是不存在農民文學的真實形象的，農民的生活，農民的文學趣味與觀念，被正統文學家們嗤之以鼻，一直被拒斥於正統文學史之外。

　　五四的新文學一定程度上突破了傳統的藩籬，使農民形象和生活正式進入了文學的視域。但是，由於五四文學所持的文化批判目標，它對農民生活和文化的表現立場是外在於農民文化的，知識分子文化的俯視與批判是它的

〔註 1〕　〔德〕斯賓格勒：《西方的沒落》，商務印書館 1963 年版，第 282 頁。

基本姿態。他們的創作也顯示了與現實農民生活的某種隔膜與疏離。農民為傳統的歷史和文化所拒絕與忽略，然而，這並非意味著農民們沒有自己的生存價值和意義。

在歷史話語中，由於農民們長期處於社會的下層，始終處於歷史旁觀者的位置，所以，他們的歷史審視就具有了獨特的視角意義和批判意義，農民文化對於歷史的世俗化和戲謔化描述（如在鄉村皮影戲和民間傳說中），也具有著其它歷史視角所不具的清醒和冷察。同時，由於農民文化所受正統封建文化直接影響較小，這使它具有更為活潑也更為自由的特徵，而農民文學則更以其質樸清新與自然真誠顯示了自己獨特的文學價值與力量。在漫長的中國封建歷史中，充滿清新與活力的農民文學、民間文學事實上構成著不斷走向枯萎的主流文學的源泉所在。作為一種有廣大民眾基礎和悠遠歷史的文化，農民文化也必然要選擇自己的文化代言人。在不同的歷史條件下，這種代言人可能以顯在的方式（在傳統歷史中它的主要表現形式是「民間藝人」或無名的民間文學創造者），或以隱在的方式（例如中國傳統文學中的部分「憫農詩」）表現出來，它以龐大的讀者大眾表現出其不可忽略的潛在力量。

趙樹理就是農民文化在現代社會所找到的一名代言人。並且，由於趙樹理所處時代背景的特殊性和機遇，使代表著農民文化精神的文學第一次堂而皇之地出現在正統文學的舞臺上。所以，趙樹理創作的意義不只是體現在文學上，也體現在文化上，這種意義也不只是屬於他個人，更是屬於他所代表的農民階級及其歷史。

趙樹理的出現是時代的產物。在他所出現的延安時代，中國農民的價值意義被充分地顯示了出來。為了博得眾多作為農民子弟的軍人和根據地廣大民眾的信任和支持，共產黨政權實施了一系列有利於農民階級的政治經濟和文化政策，對於農民文化的支持和張揚就是其中的一個部分。所以，趙樹理的出現在某種程度上是一種歷史的選擇，體現著一種時代意識形態的需求。

正因為趙樹理是時代意識形態意志的體現，所以，趙樹理的命運也必然與時代政治及政策的變遷密切相關。並且，時代政治在給予趙樹理作為農民文化代表表演機會的同時，也決定了趙樹理的農民文化代表的範圍和程度。在時代意識形態的規範下，趙樹理不可能作為一個純粹的農民文化代表而存在，他的身份必然是雙重的：他既是一個農民作家，為農民文化代言，同時又必須是一個革命者，在他的農民文化代言中必須融入革命的需要，甚至是

為革命而服務的。所以，在趙樹理的創作生涯中，他的個人命運隨時代變遷而變異，他的為農民文化代言的實踐過程也充滿著曲折和遊移。

在趙樹理創作的初期，是時代政治對於農民文化最需要因而也最寬容的時候，同時也是農民階級的現實利益與時代政治最為合拍的時節，兼具兩種文化身份的趙樹理的創作也很自然地表現出自我的和諧與統一性。他的《小二黑結婚》將生活中的悲劇演繹為大團圓結局，將故事和人物的命運解決統歸於黨的領導，《李有才板話》中表現的對於黨的充分信任和依賴，正是當時農民心態和情感的真實反映。文化間的協調，使趙樹理的創作也達到了自然融合的程度，具備了圓潤和諧的特點——所以，這成為趙樹理文學創作成就最高的時期，他也受到時代最高的待遇，他不但受到廣大農民大眾的歡迎和將軍們的支持，而且，主流文學界迫於種種原因，也承認與接受了作為異己文化代表的趙樹理的加入。

但他此後的路途就不是如此的坦蕩了。建國以後，隨著黨的政權的鞏固，社會主要矛盾的轉化，黨的重心移到了城市，農民利益與農民文化命運的自然消落，對於趙樹理來說，則不但要使之經受個人與創作命運的變異，而且，在內心中，還更要經受文化間的劇戰，他的「革命者」和「農民作家」身份上出現了裂隙，他的為革命唱讚歌的政治使命和為農民文化代言的文化使命之間，矛盾也不可彌補。解放後趙樹理的幾次受到批判，尤其是他主編《說說唱唱》時的《金鎖》事件，是趙樹理現實與內心矛盾的充分反映。他創作質量和數量在解放後的急劇下降，更是他內心不得平衡的直接後果。這些，自然影響了趙樹理作為「農民文化代言人」的真實度和力度。

所以，趙樹理的農民文化代言立場也不是絕對一成不變的，它也曾經歷了一個消長過程和強弱之變。但是，從根本上來說，趙樹理的文化精神主體還是農民文化的。如果說趙樹理的創作史可以看作是農民文化與革命文化在他心中的協調史與鬥爭史的話，那麼可以說，農民文化佔據著趙樹理創作的基本與主體，在一定程度上，他的充滿著壓制與沉默的創作史，也可以看作是趙樹理對農民文化的堅守與抗爭史。具體來說，在趙樹理創作中，以下幾點是他始終堅持的農民文化立場的突出表現：

（一）一切以農民為中心的寫作態度

趙樹理為農民而寫作的創作宗旨貫穿了他創作的整個過程。在寫作內容上，他曾自言他寫作是因為「在做群眾工作的過程當中，遇到了非解決不可、

而又不是輕易能解決得了的問題」〔註 2〕（實際上就是農民的問題），在具體的創作過程中，幾乎每一部作品都是為現實而作。可以說，他的文學創作也是他替農民「進言」與「說話」的一種方式。五十年代，儘管他的革命者身份與農民代言人身份發生了劇烈的衝突，使他「代言」的程度和方式受到很大阻滯，但他很少有為了單純革命需要而背棄農民利益的創作，他創作長期的停頓更是對現實無言的抗拒。甚至他為數不多的，因為表現農村集體化和大躍進過程而與現實農民利益有相悖逆處的作品，也主要是因於他對政治的誤解，誤認為它們有益於農民的利益，當他一旦明確真相以後，就不再是認同而是以直言抗爭〔註 3〕。聯繫到學者們對《「鍛鍊鍛鍊」》《三里灣》等作品的潛在層面的挖掘與分析，我們可以說，即使在五十年代，趙樹理的「農民文化代言人」的職責也沒有完全停止，它依然以曲折隱晦的形式頑強而堅韌地表現出來〔註 4〕。

在寫作形式上，他更是堅持「為農民而寫」，以農民的審美習慣為第一原則。他說過：「我每逢寫作的時候，總不會忘記我的作品是寫給農村的讀者讀的。」「我寫的東西，大部分是想寫給農村中的識字人讀，並且想通過他們介紹給不識字的人聽的。」〔註 5〕因此，他的小說理論完全是鄉村文化式的：「凡寫小說的，都想把他自己認為好的人寫得叫人同情，把他自己認為壞的人寫得叫人反對。」〔註 6〕這種寫作原則，是農民文化立場的基本表現。

（二）真實地再現農民的現實生存狀貌和政治文化欲求

趙樹理完全為農民寫作的創作立場，使他對農民現實生活的表現體現出自己獨特的深刻性，使他超越了同時代的其它作家，進入了生活的深層，揭示了生活表層背後的內在生活真相。他既真實地反映了現實民眾的歡樂和喜悅，也深入地反映了他們在喜悅之餘的受到現實壓制的場景，同時，他還表

〔註 2〕 趙樹理：《也算經驗》，《趙樹理文集》第四卷，工人出版社 1980 年版，第 1398 頁。

〔註 3〕 戴光中：《趙樹理傳》，北京十月文藝出版社 1987 年版。趙樹理在明確「大躍進」對農民利益的損害實質後，曾在基層工作中對之進行了大膽的抗爭與糾正，並以書面形式向中央作了反映。

〔註 4〕 （美）馬若芬：《意在故事構成之中，趙樹理的明描隱示》，載《趙樹理研究文集》下卷，中國文聯出版公司，1997 年版；陳思和《民間的浮沉》，《上海文學》1994 年第 1 期。

〔註 5〕 《〈三里灣〉寫作前後》，《文藝報》1955 年第 19 期。

〔註 6〕 《隨〈下鄉集〉寄給農村讀者》，《火花》1964 年 2 月號。

現了農民們潛在的政治文化態度和願望。這一點最突出地表現在他對黨的農村工作問題的特別敏感和批判性揭示上，與當時普遍的純粹現實頌歌不同，趙樹理所主要著眼的是農民生活中的陰暗和不足處，他的批判力和敏感力是大大超越於當時的同類作家的。對此，經歷過同樣時代環境的周揚曾深有感觸：「趙樹理在作品中描繪了農村基層黨組織的嚴重不純，描繪了有些基層幹部是混入黨內的壞分子⋯⋯這是趙樹理同志深入生活的發現，表現了一個作家的卓見和勇敢。」〔註7〕周揚指出了趙樹理能別於他人的特異處，但對趙樹理為什麼能擁有這一特異沒有作出分析。顯然，是農民文化的視野賦予了趙樹理如此的敏感度與深刻性。

同時，它還表現在趙樹理對於農村社會的各種統治者——「官」的拒絕和批判上。中國的農民歷來生活在社會的底層，一直受著社會其它階級的統治和壓迫，他們對於統治者的敵對和反抗是自然的。在趙樹理的創作中，就表現出這一文化傾向。趙樹理的幾乎每一部作品中都出現反面的「官」的形象。對於時代意識形態的敵對者——國民黨軍隊和它的地方統治勢力，趙樹理固然是予以完全的揭露和批判，即是對於社會主流意識形態要求進行歌頌的「翻身幹部」，趙樹理也是大膽地進行了批判和揭露。趙樹理的確是時代社會的一名農民文化的代言人（儘管並不是徹底的）。他在創作中真實地表現了農民的現實欲求，他們的理想願望，他們的愛與恨，表現了他們的單純淳樸與艱難中的幽默等文化性格。尤其是在與政治意識形態有著一定距離的文學形式上，他更是一名優秀的農民文化代表。他表現了農民的審美特徵與文化，把它展現在中國的文學舞臺上，並以與表現對象基本一致的文化姿態在這一舞臺上進行表演。這使他的創作充分顯出了自己的獨特意義。他代表著農民的文化與立場的、具有深厚農民文化意味的文學創作，是在中國的傳統文學中很少見到的，也區別於五四新文化運動的「啟蒙」傳統，區別於中國現代文學所倡導、事實上也是絕大多數作家所遵循的批判農民和教育農民的寫作姿態。

同時，趙樹理的農民文化代言人的創作，深刻地體現了文化與作家創作之間的內在關聯，顯示了作家生活之「根」與文化之「根」對於作家創作的深重意味（詳見後面的分析）；在創作實績上，趙樹理則以範例的形式顯示了農民文化與農民文學的巨大魅力，證明了文學的成功與現實民眾生活與民族

〔註7〕周揚：《〈趙樹理文集〉序》，《趙樹理文集》，工人出版社1980年版。

審美趣味之間的密切聯繫，這些，對於主要脫胎於西方文學觀念的中國新文學來說，是有大的借鑒意義的。在進行上面的分析後，我們也許不難理解中國文學界對於趙樹理始終敬而遠之的內在原因。對於以現代民主與啟蒙思想為方向的中國新文學界來說，代表著農民文化立場的趙樹理始終是一個異己，儘管在時代政治的壓力下它曾不得不接受了他，但二者之間的隔閡與距離是巨大而持久的。

「根」的意味

八十年代文學中曾經有過「文化尋根」的思潮運動，但我們的「根」的概念與之有著較大的差異，我們所指的是作為創作主體的作家內在文化精神。我們認為，任何作家都是一定時代和社會文化的產物，作家的創作動力和思想來源與他所生存的社會、時代和民族文化息息相關。因為，雖然一個作家的思想文化來源是豐富與複雜的，它的組成也同樣具有多樣化的內涵，但是，在他的表面看來紛繁複雜、難以把握的思想和文化的深處，必然有著一項最根本的、決定著他的所有的社會文化價值取向和判斷與取捨事物標準的內在文化精神，而在他的表面看來複雜多樣的文化來源中，也事實上有一項最根本的、也就是直接決定著作家的內在文化精神構成的文化資源——這決定著作家的基本文化觀念和基本創作態度、來源於一定的社會民族文化資源的作家文化精神，就是我們所說的作家的文化之「根」。由於一般作家的成長軌跡和文化道路都是緊密聯繫著他的民族與社會，所以，一般而言，作家的文化之「根」是以作家所生育其中的、本民族與本階級的生活與文化為基礎的，他在以後的文化吸收與更新過程中可以對之進行超越，甚至有可能對之進行徹底的改造或改弦易轍，選擇其它文化來作為他文化精神的安身立命之所，但他很難將之徹底的拋棄。更多的作家則是始終以這一文化資源作為自己文化建構的基礎，將自己的文化之「根」建立在它的身上。作家的「根」的形成主要取決於作家的客觀成長環境和文化背景的影響，「根」是否深厚就直接關聯於以下兩個方面：一是作家成長期或以後——即他的文化之「根」的形成過程——所處的與所汲取的文化資源的客觀情況，這一文化資源是否淵深廣博，成為決定作家思想高度的前提；另一點，也是最關鍵的，就是作家的後天的努力，是否對他的文化資源有深刻的體悟與執著的追求，他與他的文化資源之間是否形成了血脈相連的關係，決定著同一文化經歷中的不同

作家截然不同的文化和文學造詣。只有這二個條件都很好地具備了（尤其是後者），作家才能培植出深厚的文化之「根」，並使他的文學創作成爲深厚文化與個人天才相結合的產物。所以，著名心理學家榮格有名言：「不是歌德創造了《浮士德》，而是《浮士德》創造的歌德」〔註8〕。英國著名的詩人與文學批評家艾略特也對傳統於文學中的作用特別強調，並有「詩歌不是個性的表現，而是個性的脫離」〔註9〕的精彩論斷。

作家汲取文化資源的方式也是多種多樣的。最重要的方式，則是融入直接的現實生活之中，對現實生活進行深刻的認識與體悟，是對現實生活的深重的愛與痛。因爲文化並不是抽象與虛幻的，它不是僵死的典籍，而是鮮活地生活在承延著民族傳統的現實生活之中。

這裡，我們應該特別強調的是，作家在從自己的生活和文化背景中汲取資源、形成自己的文化之「根」的時候，應該是主動的，具批判性的。他不是被動與消極地接受，而應該是以超越和揚棄爲思想基點。同時，我們還認爲，作家的「根」並不是一個靜止的固定的概念，它應該是發展的、始終處於不斷變化與豐富的過程。換句話說，作家只有在自己的創作生涯中不斷豐富自己發展自己，對自己的文化之「根」進行不斷的深化和拓展，他的「根」才可能是淵深與持久的。

作家的文化之「根」深刻地影響著作家的文學創作，但是，在中國二十世紀文學史上，文化之「根」的匱乏與膚淺卻是作家們帶普遍性的問題，它不但直接影響了作家們的文學創作生命力和文學成就，而且還直接導致了中國現當代文學長期缺乏思想和藝術上的重大突破、缺乏眞正經典作品的問世，九十年代文學的步入愈來愈被社會和讀者疏離的頹境也與它有著根本性的關聯。趙樹理體現出獨特而深刻的示範性意義。

在談到趙樹理時，我們從不諱言趙樹理創作的局限。他的作品存在著敘述故事相對的簡單化，人物形象的平面化，對於人物內心世界揭示的欠深入等等突出的缺陷。但是，與之相應，他的優點也同樣鮮明突出。其中最顯著之處就是對於中國農民生活反映的眞實深刻。趙樹理的作品在解放區曾受到廣大農民群眾的熱烈歡迎，作品印數在當時作家中獨樹一幟，這說明了趙樹

〔註8〕（瑞士）榮格：《心理學與文學》，馮川、蘇克譯，三聯書店1987年版，第142～143頁。

〔註9〕（美）艾略特：《文學與個人才能》，《艾略特文學論文集》，李賦寧譯，百花洲文藝出版社1994年版，第7頁。

理的作品確實是切中了時代農民大眾的真實思想和生活真相，這種真切無疑是大大超出了傳統的士大夫文學，較之現代文學史上的眾多知識分子眼中的農民生活也顯示了自己的獨特和深刻處。其次，趙樹理的作品在藝術形式上也有自己突出的特點。他作品的敘述語言與所敘述的生活對象達到了完全合一，不但使敘述對象——農民的生活得到了充足真實的表現，而且也顯示了自己獨特的藝術魅力。同時，趙樹理的創作還表現出了卓越的藝術勇氣，他始終堅持著自己的「問題小說」的寫作原則，表現了生活中的陰暗和缺陷，這種勇氣是建立在他對農民的真誠的基礎之上的。這些都是源自於他的農民文化之「根」。較之一般的農民作家，趙樹理還有著更深的農民文化成長背景和更密切的農民文化聯繫（諳熟農民藝術的父親和虔信宗教的家庭生活對他的影響是巨大的），他熱愛農村和農民，更自覺地進入農民文化之中，把農民文化的表現者和代言人作為自己的最高理想，這一切，不但使他的文學關注點始終扎在農村這塊土地上，而且也使他的創作之「根」與農民文化不可分離。農民文化的深重影響，使他在青年時期經歷艱難的抉擇後，毅然地捨棄了當時時髦與顯赫的五四新文化而堅持了自己的農民文化立場。所以，雖然在此後的革命文化和農民文化的關係中，他的革命者的身份多少影響了他對農民文化的深入度，並影響了他對於農民文化的超越，但他始終保持了基本上只是在政治層面上表現著革命文化（並且，這種表現也主要是建立在革命文化與農民文化的利益一致性上的），在其它的層面上依然持守著農民文化。可以說，趙樹理的創作與他的農民文化之「根」密切相連，他創作上的優長與缺失，都與他所生身之中的、哺育與影響著他的農民文化有著直接而根本性的關係。

中國社會的農民文化，正如前所言，由於農民在歷史中的獨特位置，它具有著完全不同於傳統正史的歷史邊緣者的獨特視野和立場，也具有著它獨特的歷史文化內涵，這對於中國傳統的正統文化不但是一種有意義的補充，而且還以自己的形式對之進行著再造與重寫，它對於我們對中國歷史進行深刻正確的審視是很有裨益的。但是，它文化上的不足也是很突出的。長期的小農經濟限制了中國農民的視域，統治階級長期的愚民統治更促成了農民文化的短視、狹隘等缺點。對於農民文化，我們應該是批判性地繼承與接受。在文學上，中國農民的文學也是優劣參半。一方面，由於它遠離著封建制度的中心，它較多地保留了農民生活的自然真實的面貌，展示了被封建思想所

普遍壓抑的真實人性和對於自由與理想的大膽追求，輕鬆活潑，自然風趣，是它的最大特點，也是它的主要成就，並始終能成為中國主流文學的天然源泉；另一方面，由於長期以來封建社會對它的忽視與壓制，它一直缺乏充分自由成長的機會，這自然嚴重影響了它的發展和成熟。在文學表現技巧上，農民文學更是有所不足，片面地追求故事性與故事結構的單純，人物的平面化與類型化等等，都是它的重大缺失。這些缺失對於農民文化所養育、并始終以農民文化為其安身立命之所的趙樹理顯然有著不可忽視的影響，也是導致他創作上諸多局限的根本原因。

所以，在作家文化「根」的意義上，趙樹理的意義不在於他文化之「根」的能否導致他創作的完美無缺，而在於他的文化之「根」與他的創作的密切關係、對他創作的深刻影響，在於他如何獲得他的文化之「根」，以及他如何得益與受局限於他的文化之「根」。作為典型，不是一個創作上和文化上如何完美的典型，而是代表著一個現象，一個作家文化之「根」與他的創作的必然聯繫的突出代表。

孫犁：鄉村心靈的無聲浸潤

說孫犁是鄉村文化影響主導的作家，可能有人會不認同。人們大多把孫犁看作是受中國傳統文化影響深厚的知識分子（如有學者認為孫犁體現了「體認正統的傳統儒者心理」〔註1〕）。我也曾將孫犁的精神品格概括為「仁者」〔註2〕。但仔細深究，孫犁與一般的傳統知識分子有很大的差別，他的精神品格中帶有非常明確而強烈的鄉村文化氣質，或者說，他的「仁者」之氣的根源主要不是來自於知識分子文化而是鄉村社會（儘管這二者有著密切的聯繫）。說得更細一些，孫犁應該屬於傳統的鄉村知識分子層面，在他的身上有深厚的中國傳統文化影響，但不是主流傳統文化，而是通過鄉村這個「小傳統」過濾後的文化，他的本質精神是鄉村的傳統文化。

一、鄉村知識分子的情感記憶

孫犁與鄉村社會的深切淵源，以及在思想情感上所受到的鄉村文化影響，主要體現在以下幾個方面：

首先是對鄉村深厚而摯切的情感。老一輩評論家鮑昌曾說過，孫犁對「人民（主要是農民）有著深厚的愛。這種愛我懷疑在他的思想中往往超過了他對一般政治問題的思想，從而成為他進行創作的根本契機」〔註3〕，這確非虛話。在孫犁的自述中，多次將農村作為自己心靈的歸宿和情感的所在。比如，

〔註1〕 楊聯芬：《孫犁：革命文學中的「多餘人」》，《中國現代文學研究叢刊》1998年第4期。
〔註2〕 賀仲明：《「仁者」的自得與落拓──論孫犁創作的精神世界》，《天津社會科學》2002年第4期。
〔註3〕 鮑昌：《孫犁──一位有風格的作家》，《河北文學》1980年第7期。

他曾對自己的一生這樣概括：「我出生在河北省農村，我最熟悉、最喜愛的是故鄉的農民，和後來接觸的山區農民。我寫農民的作品最多，包括農民出生的戰士、手工業者、知識分子。我不習慣大城市生活，但命裏注定在這裡生活了幾十年，恐怕要一直到我滅亡。在嘈雜騷亂無秩序的環境裏，我時時刻刻處在一種厭煩和不安的心情中，很想離開這個地方，但又無家可歸。在這個城市，我害病十年，遇到動亂十年，創作很少。城市郊區的農民，我感到和我們那裡的農民也不一樣。關於郊區的農民，我寫了一些散文。」〔註4〕在對自己整個人生進行回顧時，明確地將記憶和情感放置在鄉村之上：「我每天都在思念農村，在那裡，人與人的間隔大，關係會好得多。」〔註5〕「對於我，如果說也有幸福的年代，那就是在農村度過的童年歲月。」〔註6〕

正是這種心態的反映，孫犁自從離開農村來到城市生活，就始終感到不習慣，尤其是晚年，居住在天津的孫犁特別渴望隱居鄉村：「我是在農村長大的，先後在農村生活、工作近三十年。我很愛我的故鄉，雖然它經歷了長期的苦難和貧困，交通不便和文化落後。經歷了頻繁的戰亂和天災，無數農民流離失所。但我一直熱愛它，留戀它，懷念它。直到現在，我已經很老了，還經常不斷地做夢，在它那裡流連忘返。」〔註7〕對城市的拒斥和對鄉村的懷念，不是一般的懷舊情感，而是寓含著深刻的心靈歸宿意識：「我的一生，是最沒有遠見和計劃的。渾渾噩噩，聽天由命而生存。自幼胸無大志，讀書寫作，不過為了謀求衣食。後來竟懷筆從戎，奔走爭戰之地；本來鄉土觀念很重，卻一別數十載，且年老不歸；生長農家，與牛馬羊犬、高粱麥豆為伴侶，現在卻身處大都市，日接繁囂，無處躲避」〔註8〕。「文革」剛剛結束時，孫犁談到離開故土的趙樹理時曾經說過：「其土欲故」，未嘗不是說他自己。

其次，思想行為上表現了濃鬱的鄉村道德精神。孫犁在童年和少年時代受鄉村儒家思想深刻的影響。他的父親是一個鄉村小知識分子，行為儒雅，鄉土文化觀念很重。孫犁的母親同樣以鄉村道德來教導孫犁，母親的啟蒙教導「餓死不做賊，屈死不告狀」，對孫犁思想影響很深，到晚年還記在心中〔註9〕。

〔註4〕孫犁：《孫犁文集》，百花文藝出版社1982年版，自序。
〔註5〕孫犁：《老荒集》，山東畫報出版社1999年版，第14頁。
〔註6〕孫犁：《孫犁文論集》，人民文學出版社1983年版，第549頁。
〔註7〕孫犁：《老荒集》，山東畫報出版社1999年版，第87頁。
〔註8〕孫犁：《無為集·後記》，山東畫報出版社1999年版，第276頁。
〔註9〕郭志剛、章無忌：《孫犁傳》，北京十月文藝出版社1990年版，第166～168頁。

這些影響使他始終關注農村的命運，傾向於鄉村道德的價值評判。1950 年 3 月一天，孫犁去看電影，新聞片中播放了農村的災情，孫犁看了以後，很感難過，並聯繫到整個現實生活，寫在日記當中：「難過不在於他們把我拉回災難的農村生活裏去，難過在於我同他們雖然共過一個長時期的憂患，但是今天我的生活已經提高了，而他們還不能，並且是短時間還不能過到類似我今天的生活。」〔註 10〕深深慨歎農村生活的艱辛，其中包涵著對鄉村的感情，也包含著鄉村要求公平的樸素的道德價值觀念。

在個人生活中，孫犁也是鄉村傳統道德的良好遵循者。他自稱自己有許多舊觀念，對父母孝，對妻子「忠」。父親在土改時去世，他還想過為之立碑，並以「絃歌不斷，卒以成名」的碑文相告慰〔註 11〕。他的個人情感生活也一樣。他一生中曾有過幾次情感衝動，但最終都能發之於情，止之乎禮，將這些情感最終掐滅在萌芽中。由此，他還多次表示自己對結髮之妻深懷「慚德」。顯然，傳統的倫理意識是孫犁整個人生遵循的主要思想，也體現了鄉村文化對他心靈的制約。

鄉村道德還影響到孫犁其它的行為方式，甚至影響到他的人生道路。比如依他的資歷和成就，在建國後完全可以獲得更高的位置，在文藝官場中佔據一席之地，但他一直安於做《天津日報》的普通編輯，並且非常盡職，安於職守。尤其是在經歷過後，以過來人的目光審視自己的朋輩和同齡人，感傷中帶著鄉村文化的人生態度——許多研究者認為這種態度體現的是中國傳統道家思想的影響，但我以為並非如此。一則孫犁整個人生中沒有明確的道家思想意識，不可能突然出現，二則它的內涵與傳統道家思想並不一樣，它不追求騰達和光耀，卻並不排斥參與和進取精神，它不是道家思想的完全自我地避世，而是略帶保守的鄉村文化精神。

第三，價值觀上的鄉村立場。孫犁晚年創作的《芸齋小說》中對往事進行了反覆的記敘和慨歎，也對許多故人進行了回顧和評騭，蘊涵著歷史的智慧和人生的感悟。其中固然汲取了中國古典文化思想觀念〔註 12〕，但也恰如一位飽經滄桑的鄉村老人在閒談世事，其中的許多人事感慨，都不只是體現了中國古代哲學思想，更是民間文化思想的結晶。

〔註 10〕 金梅：《孫犁自敘》，團結出版社 1998 年版，第 220～222 頁。
〔註 11〕 孫犁：《〈善闇室紀年〉摘抄》《陋巷集》，百花文藝出版社 1987 年版。
〔註 12〕 張稔穰：《芸齋小說與古代文學》，《濟寧師專學報》2007 年第 1 期。

　　尤其是晚年的孫犁，對改革後的現實表示了多方面的批判。包括市場經濟下出現的眾多社會現象，包括文學界的一些西方現代主義方法和創作思潮，孫犁都表示了許多不滿和不理解。我們沒有必要對這些觀點做簡單的臧否，只是從中可以清晰地看出孫犁內心所蘊涵的鄉村文化色彩。

　　同樣，孫犁在文學價值觀上也始終認同傳統文學和民間文學。尤其是在文學語言上，雖然孫犁很講究語言的提煉和美化，但始終將自然樸素放在重要位置，其語言頗具口語美。在談到自己的語言來源時，更將它們完全歸因於生養自己的土地，歸因於自己故鄉的親人：「我的語言，像吸吮乳汁一樣，最早得自母親。母親的語言，對我的文學創作，影響最大。母親的故去，我的語言的乳汁，幾乎斷絕。其次是我童年結髮的妻子，她的語言，是我的第二個語言源泉。」〔註13〕

二、鄉村倫理的文學標準

　　正如鮑昌對孫犁的評價：「孫犁作品中『善』的內核，是帶有普通人們（主要是農民）的思想特色的。它表現為農民式的質樸、仁愛乃至農民式的樂觀幽默，乾脆說，它具有醇厚的農民的人情味。」〔註14〕孫犁的鄉村文化影響不只是表現在其生活中，在其文學創作中也有充分的體現。

　　孫犁作品中具有比較明確的傳統倫理思想，表現在孫犁《荷花澱》、《鐵木前傳》等早期作品中塑造的眾多帶有濃鬱傳統色彩的女性形象。這些女性不只是在外表上具有了鄉村文化標準下的美麗，更蘊涵著傳統的鄉村道德和精神的內涵。這些作品還清晰地闡釋了傳統道德精神，如《荷花澱》中水生對女人，《琴和簫》中「我」對未成年女孩子的囑咐，都是將貞潔放在首位；《採蒲臺》中女主人公小紅所唱的歌詞：「我留下清白的身子，你爭取英雄的稱號」，都帶有強烈的傳統倫理色彩。

　　除此之外，文學觀念上，孫犁一直堅持傳統的「真善美」思想，尤其是注重功利和道德的文學觀，可以說是以文學的方式執著地維護著美和善的世界。這與傳統儒家文學思想有關係，也帶有強烈的民間精神氣息。這種文學觀是傳統文學的產物，也是與鄉村文化意識一致的。

　　這種觀念最典型的體現是在孫犁的晚年。如他特別將道德意識放在文學評價的重要地位：「意識與道德並存。任何時候，正直與誠實都是從事文學工

〔註13〕孫犁：《孫犁文集》，百花文藝出版社 1982 年版，自序。
〔註14〕鮑昌：《中國文壇上需要這個流派》，《河北文學》1981 年第 3 期。

作必須具備的素質。」〔註15〕「文學藝術，除去給人以美的感受外，都是人
類社會的一種教育手段，即爲了加強和發展人類的道德觀念而存在。文學作
品不只反映現實，還要改善人類的道德觀念，發揚一種理想。」〔註16〕「寫
作是一種莊嚴眞誠的事業，是有影響的工作。黑字印在白紙上，對生活和人
民，對於歷史和將來，都要採取負責的態度。」〔註17〕在此前提下，他對傳
統的文學觀深表認同：「文以載道，給人以高尚的薰陶。」〔註18〕在具體的文
學批評中，他也遵循著這一原則，如他評論從維熙的《大牆下的紅玉蘭》，因
爲該作品的悲劇結局與他理想的眞善美標準有不一致處，他明確表示了不
滿：「但是，你的終篇，卻是一個悲劇。我看到最後，心情很沉重。我不反對
寫悲劇結局，其實，這篇作品完全可以跳出這個悲劇結局。也許這個寫法，
更符合當時的現實和要求。我想，就是當時，也完全可以叫善與美的力量，
當場擊敗那邪惡的力量的。」〔註19〕

　　這種文學觀與農民精神更爲本色的趙樹理相比當然有著一定的差別，或
者說，孫犁文學觀與中國古典文學傳統有著更深的淵源。但是，只要我們不
拘泥於將鄉村文化與中國知識分子文化作簡單的割裂，只要我們認可在鄉村
文化中也存在著層次的差別，並且，中國古典文學傳統與鄉村文化（文學）
之間本身也存在著密切的關係，並且在觀念上存在著很強的一致性，那麼，
我們完全可以確定，孫犁的文學觀念是立足於中國傳統文學基礎上，也是立
足於鄉村文化的基礎上。他和趙樹理，可以說是代表著鄉村文化觀念的不同
方面，趙樹理代表的是俗的一面，底層的一面；孫犁代表的則是較雅的一面，
鄉村知識分子的一面。

　　除了文學觀念，在創作美學上，孫犁也充分體現了鄉村文化的特點。孫
犁的審美風格是淡泊雅致，有獨特的抒情風格，既樸素自然，又單純親切，
帶有泥土氣息和傳統色彩。其中對自然美和人情美的書寫是最典型的表現。
這種審美風格，當然不能簡單地與鄉村文化等同，但我們看到，孫犁的審美
特點都是通過鄉村的自然和人文環境體現出來，可以說，鄉村是作者心靈的
休憩所在，也是其美學風格的寄託者。只是這種寄託不是那種眞正在底層的

〔註15〕　孫犁：《孫犁文集（第4卷）》，百花文藝出版社1982年版，第512頁。
〔註16〕　《作家孫犁答問》，《文匯月刊》，1981年第2期。
〔註17〕　孫犁：《孫犁文集（第4卷）》，百花文藝出版社1982年，第384頁。
〔註18〕　孫犁：《孫犁文集（第5卷）》，百花文藝出版社1982年，第101頁。
〔註19〕　孫犁：《關於〈大牆下的紅玉蘭〉的通信》，《文藝報》，1979年11月12日。

農民思想，而是與鄉村有著深厚感情、又受到一定古典文學薰陶的鄉村知識分子思想。

更重要的是，孫犁寫鄉村，描畫鄉村的美，不是站在鄉村之上來看鄉村，而是將自己和鄉村融爲一體。他不是像趙樹理那樣完全代表農民說話，但他表達出了鄉村內在的聲音，是鄉村美和善的追求聲音。閻綱對孫犁有這樣的評價：「孫犁寫他的人物，特別寫他筆下的人民，關係是平等的。不但平等，而且不惜站在人民之下，眼睛朝上看人民，人民比他高。」「柳青寫農民，是真心實意地歌頌農民，祝福農民；同時，又想指導農民，教育農民，有時把自己擺到教育者的地位。」〔註20〕這是非常中肯的。

從創作題材上也是如此。孫犁的文學作品始終以農民爲主人公，並且以肯定、熱愛之心來寫農民（儘管並不迴避他們身上的缺點和不足），而且，許多作品中都融合著他的鄉村童年記憶。事實上，他的許多創作都是起因於自己在農村時期（包括革命戰爭中）的生活和感受。包括他建國後的《鐵木前傳》，也是緣於進城以後，在現實中遭遇到的城市文化與內心的鄉村文化之間的衝突：「進城以後，人和人的關係，因爲地位，或因爲別的，發生了在艱難環境中意想不到的變化。我很爲這種變化所苦惱。確實是這樣，因爲這種思想，使我想到了朋友，因爲朋友，使我想到了鐵匠和木匠，因爲二匠使我回憶了童年」〔註21〕。

在四五十年代中，有評論者批評孫犁的小說表現的只是「兒女情，家務事，悲歡離合」，是「小資產階級的惡劣情趣」〔註22〕。確實，與許多同時代作家相比，孫犁有些游離於時代要求，但這決不是缺點，而是源於他獨特的觀察角度和藝術個性。他觀察生活和表現生活的角度是細微的，帶有強烈的鄉村文化色彩，區別於一般作家的政治、現代視角。費孝通在《鄉土中國》中曾經闡述過：農民習慣於鄉土，也習慣於從家庭、人情角度來看待生活，孫犁正是如此。40 年代的孫犁儘管表現的是戰爭生活題材，但他以自己獨特的視角，顯示了自己內在的精神和文化個性。到 50 年代，他的《鐵木前傳》等作品更是明確地逆時代潮流而行，在家庭倫理和人性視角里堅持了自己的獨立文化精神。

〔註20〕 閻綱：《孫犁的藝術——在〈河北文學〉關於「荷花澱」流派座談會上的發言》，《孫犁作品評論集》，百花文藝出版社 1982 年版。

〔註21〕 孫犁：《孫犁文論集》，人民文學出版社 1983 年版，第 541 頁。

〔註22〕 劉金鏞、房福賢：《孫犁研究專集》，江蘇人民出版社 1983 年版，第 281～288 頁。

正是出於這樣的精神個性，孫犁對新文學的鄉土文學作家輕視農民的現象和塑造知識分子化的農民形象表示不滿：「大部分農民經過多年的鬥爭以後，他們的閱歷很多，覺悟很高，然而很多作者對於農民的思想意識的變化，還缺乏具體的理解。直到現在，還有很多人用舊觀點舊方法去描寫農民，在他們的筆下，經過這樣長期複雜鬥爭的農民，幾乎成了異常單純的希臘時代的放牧牛羊的男女。」〔註23〕顯然，他所期待和追求的，是真正樸素自然的農民生活和農民形象的再現。

所以，在文學理解的基本方面，孫犁與大家公認的農民作家趙樹理是相一致的。儘管我們在上面分析孫犁時，曾多次比較了他與趙樹理之間的差異，認爲他們所受到的鄉村文化層面和角度有不一樣的地方，但在根本方面，他們是相通的。

從情感上說，他們二人雖然交往不算太多，但一直有惺惺相惜之感，尤其是孫犁，對趙樹理表現出很深的認同感和親密感情。他在趙樹理去世後所寫的《記趙樹理》，在對趙樹理作出非常準確評價的同時，還充分表現了對趙樹理的深切理解。在談到趙樹理離開農村來到城市生活的不適應感時，孫犁認爲：「在農村，是文學，是作家的想像力，最能夠自由馳騁的地方。我始終這樣相信：在接近自然的地方，在空氣清新的地方，人的想像才能發生，才能純淨。大城市，因爲人口太密，互相碰撞，這種想像難以產生，即使偶然產生，也容易夭折。」〔註24〕顯然，這不僅是他對趙樹理的看法，也是自己的親身體會。

其次，在對一些文學問題，包括對文學與大眾，尤其是與農民的關係，以及對待通俗文學的態度上，二人也有很多相同點。在大眾化問題上，孫犁非常認可趙樹理的選擇，給予了高度評價：「抗日戰爭剛剛結束，我在冀中區讀到他的小說《小二黑結婚》《李有才板話》和《李家莊的變遷》。我立即感到，他的小說，突破了前此一直很難解決的、文學大眾化的難關。」〔註25〕而且，孫犁對自己文學的評價中，也將農民大眾的評價看得很重：「看看是否有愧於天理良心，是否有愧於時間歲月，是否有愧於親友鄉里，能不能向山

〔註23〕 孫犁：《孫犁文論集》，人民文學出版社1983年版，第83頁。
〔註24〕 孫犁：《讀〈哦，香雪〉》，《孫犁選集·理論》，陝西師範大學出版社2003年版，第321～322頁。
〔註25〕 孫犁：《談趙樹理》，《天津日報》1979年1月4日。

河發誓，山河能不能報以肯定讚許的回應。」〔註 26〕這與趙樹理的「文攤文學」觀念頗為一致。

在對待通俗文學方面，雖然孫犁的通俗文學觀念與趙樹理有一定的不同，顯得更為客觀，也更為開放：「民間形式，只是文學眾多形式的一個方面。它是因為長期封建落後，致使我國廣大鄉村文化不能提高，對城市知識界相對而言的。任何形式都不具有先天的優越性，也不是一成不變，而是要逐步發展，要和其它形式互相吸引、互相推動的……文藝固然應該通俗，但通俗者不一定皆成文藝。」〔註 27〕但他還是很支持通俗文學創作，並在具體創作方面表現出很強的熱情，做了很多這方面的工作。40 年代後期，孫犁一度基本上放棄了自己習慣的新小說創作，轉向了民歌、快板詞、梆子戲等通俗文藝作品，寫了不少通俗文學理論文章，是當時通俗文化運動的積極參與者。為此，還受到別人的批評：「為什麼一個創作了詩體小說並承繼了『五四』新文學傳統的作家，一個嚴肅的堅持用純正的現代漢語寫作的純文學作家，突然執著地轉向了通俗文藝，而且那麼癡迷，緣由何在？」〔註 28〕現在看來，這固然與大的時代形勢有關，但更可以看做是孫犁內心文化世界的曲折表現。

三、多元的鄉村文化心理

孫犁的思想和創作受到鄉村文化的深厚影響，但是，他所受到的文化影響並不是單一的而是複雜的，在其人生和創作歷程中也存在著不同文化影響的階段性特點。就複雜性而言，孫犁所受到的鄉村文化影響，也不是單一面純粹的，其中既有普通農民的文化，也融合了中國傳統儒家文化的內容，或者說它是鄉村文化中的上層。此外，孫犁的文學觀念中還可依稀看見西方文學的某些影子，較之趙樹理等欠缺西方文學修養的作家，孫犁的眼界無疑要更開闊，現代的成分要多一些。同時，現代革命的思想文化，也在孫犁的思想中打下了很深的印記。可以說他是傳統思想與鄉村文化的結合，也可以說是現代鄉村知識分子思想與現代革命思想的結合體。

正是作為這種複雜性的表現，孫犁的作品中除了對鄉村文化思想的遵循，也體現了現代思想引導下對傳統的突破和創新。以倫理道德為例，孫犁

〔註 26〕 孫犁：《孫犁文論集》，人民文學出版社 1983 年版，第 151 頁。
〔註 27〕 孫犁：《談趙樹理》，《天津日報》1979 年 1 月 4 日。
〔註 28〕 楊振喜：《為通俗化和大眾化而努力——記孫犁與〈平原雜誌〉》，《中國編輯》2003 年第 4 期。

既在《荷花澱》等作品塑造了符合鄉村文化理想的傳統女性形象，同時還塑造了一些跳出了鄉村文化範疇、具有現代思想意識的女性形象。最成功的自然是《鐵木前傳》中的小滿，這一形象內涵複雜，遠非傳統鄉村倫理可以涵蓋。它體現了孫犁對鄉村文化的超越，是現代精神對鄉村文化的投射。

就階段性而言，40 年代的孫犁是比較「新」的時期，他的創作受革命文學觀念和西方文學影響較大，鄉村文化的影響只是潛在地體現在他的創作中。當然，孫犁身上的鄉村文化色彩與四五十年代的政治文學觀念並不矛盾，而是有一定的和諧性。或者說，戰爭時代中國的政治文化本就帶有很強的傳統和民間色彩，孫犁與現實文學觀念的和諧有其內在必然性。

50 年代是孫犁鄉村文化影響表現得比較自如的時期，曾經被時代所壓抑的一些想法也偶而得到釋放，如在給友人田間的書信中就表示：「從去年回來，我的精神很不好。檢討它的原因，主要是自己不振作，好思慮……關於創作，說是苦悶，也不盡然。這主要是不知怎麼自己有這麼一種定見了：我沒有希望。原因是生活和鬥爭都太空虛。」〔註29〕他傾向於農民文化的文學思想也能得到比較充分的表達，1950 年，孫犁對新文學傳統發表過這樣的看法：「五四以後的新文學，倒是多接受了一些西洋的東西，這當然和五四運動的精神有總的關聯，而且也不是徒然的。但是這樣做，造成了一個很大的損失，它使文學局限在少數知識青年的圈子裏，和廣大勞動人民失去了聯繫。」這與趙樹理的觀點非常相似，都體現了鄉村文化的基本立場。由此出發，孫犁對傳統和民間文學表示出更明確的肯定，希望加強對其「語言和人物性格故事結構方面的研究，叫廣大人民從新的認識上閱讀它們，學習它們。」〔註30〕

「文革」後，孫犁在人生觀和文學觀上都有比較大的變化，他深層的思想文化得到了比較眞實而外在的表現，他的鄉村文化道德觀念和文學觀念，在一系列憶舊散文中表現得相當直接。但由於此時的孫犁離開農村生活已經相當長時間了，對於鄉村的現實文化比較陌生，正如他自己所說：「我的讀書，從新文藝轉入民間文藝，從新理論轉到舊理論，從文學轉到歷史。」〔註31〕

〔註29〕孫犁：《給田間的兩封信（1946 年 4 月 10 日）》，《無爲集》，人民文學出版社 1989 年版。

〔註30〕孫犁：《孫犁文論集》，人民文學出版社 1983 年版，第 405～406 頁。

〔註31〕孫犁：《布衣文錄》，山東畫報出版社 1983 年版，第 3 頁。

他更側重於從中國傳統典籍中尋找精神資源，受儒家文化的思想影響也更突出。這時期孫犁的思想是傳統儒家思想和鄉村文化思想二者的結合，儒家文化思想佔據主導。

　　但是，就總體而言，決定和主導孫犁整個人生和創作思想的是鄉村文化；在孫犁心中始終牽掛，也影響著他整個人生道路和文學創作的，是鄉村社會，是他的童年記憶。在這個前提下我們來理解孫犁一生的創作軌跡，會有更深切的體會。從 40 年代開始創作，孫犁就一直是邊緣作家，儘管他的許多作品受到人們的喜愛，但也一直有非議存在，他也從沒有在文壇上佔據什麼重要位置，得過什麼重要評價。從孫犁自己方面來講，也多次表示對文壇現實的不滿，懷念寧靜單純的鄉村生活。正因此，有批評家將他視為「革命文學中的多餘人」〔註32〕。這是有一定道理的。問題是他為什麼會成為「多餘人」？顯然是他的文學思想、生活態度與時代要求、時代潮流不合，是他內在的文學精神與時代政治有距離。從精神氣質，從文學理想，文學風格和文學標準看，孫犁的深層世界是屬於鄉村的，是鄉村文化的心靈守望。他質樸而執著的「真善美」觀念，在深層世界上是對立於現實的政治觀念和新文學主流的。這種對立不以外在衝突表現，但卻是根本性和內在性的，是不可調和的。這也意味著他的受冷遇是必然的。

　　這很容易使我們想到趙樹理──從文化方面來說，他其實也可以算是另一個「革命文學中的多餘人」，他經歷了被主流文學接納、讚譽和排斥的過程，主要也是源於時代的變化，緣於他所代表的農民文化與時代的複雜關係。在這個意義上，趙樹理和孫犁都可以說是以邊緣者身份居於新文學之中的，他們是文化精神上內在的「同路人」，只是趙樹理的農民文學表現比較外在，更加底層，側重從現實層面來表現鄉村；孫犁的表現更含蓄深沉，更加知識分子化，也更側重於鄉村的靈魂。而且，趙樹理的性格更外向，其創作特點也更容易與時代發生直接的聯繫，因此，他曾得到很高的榮譽，卻也最終失去了生命；孫犁性格內斂，一直生活在文壇邊緣，靠壓抑自我來調整自己與時代的關係，卻也保持了比趙樹理更長的生命力。

　　儘管孫犁的文學精神、文學觀念與新文學主流文學存在著差異，但絕對不可忽略孫犁創作的價值。甚至可以說，如果不是受到時代的壓制和坎坷經

───────────────

〔註32〕楊聯芬：《孫犁：革命文學中的「多餘人」》，《中國現代文學研究叢刊》，1998年第 4 期。

歷的影響，孫犁完全可望達到更高的高度，取得更高的文學成就。因爲說到底，文學的標準不同於政治、文化的標準，並不一定是現代的、進步的就可以成功，文學需要文化和生活的深入，擁有自己獨特的創作道路和評價標準。孫犁以他對生活的浸潤，應該說已經達到了鄉村文化的深邃處，他結合了現代思想，對鄉村文化進行了適度的超越，又能通過自然的藝術方式表現出來，確實具有了產生偉大作品的創作潛質。像《鐵木前傳》，基本上體現了一部藝術傑作的素質，只是未能最後完成，留下了太多遺憾。

更令人遺憾的是，孫犁所生活的時代沒有給予他的文化姿態充分表現的機會。戰爭的影響，使孫犁喪失了更自在的表現空間，50 年代後的幾十年中飽受外在的打擊和心靈的創傷。他長時期的生病，與其說是身體的，不如說是心靈的，其深層根源正是他的文化觀念與時代的不協調，更使他的文化姿態不能得以充分舒展，尤其是「文革」十年對孫犁的心靈構成了嚴重的傷害，使他基本上放棄了小說創作，也使他的思想更爲悲觀和保守〔註33〕。在一定程度上更失去了早期的開放和自覺，也失去了更高發展的可能性。這是新文學的一大損失，也是新文學與鄉村文化可望進入深層交融卻未能實現的一大缺憾。

但是，孫犁至少以個案的形式向我們證明了：鄉村文化是相當博大而深厚的文化，即使是在現代，它也依然可以孕育出優秀甚至是偉大的作家〔註34〕，當然，對於這一文化，不能完全依賴，不能無保留地承繼，而應該是有所繼承又有所批判，應該對它進行必要的批判和超越。在這方面，孫犁也許比趙樹理更有代表意義（當然，趙樹理也具有他自己的文學史意義）。比較趙樹理，孫犁的文化態度更開闊，也更內在，他的文化更具開放性。也許他不具備趙樹理的執著和切實，但它更接近文學的本質，也更具有文學的開放意義，思想價值更爲深遠。

而且，孫犁還具有更深廣的文化代表意義，他不只是代表農民本身，還內在地代表著中國本土文化的身份。他立足於現實生活之上對傳統文化進行

〔註33〕 我不贊成一些研究者對晚年孫犁創作做過高評價的看法。我以爲，無論從思想深度還是從文學表現力，晚年孫犁的創作都存在著較大缺陷，不能與他「文革」前的創作相比。

〔註34〕 在當代中國文學界，似乎還存在一種對農民文化和農民題材予以歧視的觀念，以至於有作家對評論界將他的創作稱作「農村題材」而耿耿於懷。其實，從文學角度看，文化是不存在高下之分的，文學題材更是如此。指出作家的創作題材，只不過是一種便利於研究的分類，並無任何偏見。「鄉土文學」的稱謂也並不就比「農村題材」更高級。

了積極的繼承和發揮，體現了深厚的傳統和本土文化底蘊，也顯示了濃鬱本土文化特色的藝術魅力。這一點尚未得到人們的充分認識，但我以為，隨著人們對此認識的深入，孫犁可望在未來獲得更高的文學史評價。

文學本土化的深層探索者——論周立波的文學成就及文學史意義

　　在中國現當代文學史上，周立波獲得的文學史評價與其創作實踐有著一定的錯位。他創作於 40 年代、藝術上處於探索階段的《暴風驟雨》因其與時代政治的契合而獲得較高的文學史評價，而其代表作《山鄉巨變》雖然在發表之初曾得到過評論家們的大力肯定，但學術界對它的認識卻始終囿限於對「十七年」文學的整體否定背景中，評價一直不高。這也影響到對其文學地位的整體認定。近年來，有許多學者重新審視了《山鄉巨變》和周立波的整體文學創作，對其價值進行了新的發掘和評判，但尚未形成學界的共識〔註1〕。本文試圖從新文學本土化的角度繼續深化這一話題，以期引起大家新的思考。

　　對於脫胎於西方文學和中國古典文學的新文學來說，欲實現充分的成熟和獨立，必須經過兩方面的本土化轉換：一是傳統與現代的融會，二是西方文學形式的中國化。因為一方面，高度成熟的中國傳統文學在其漫長發展中，已成為中華民族集體無意識的一部分，新文學要想進入生活的深層世界，必然要保持與中國傳統文學精神上的聯繫；同樣，新文學的形式技巧多借鑒自西方，要真正將這些「有意味的形式」與中國人的生活交融起來，使它得到

〔註 1〕 比較有代表性的如劉洪濤《周立波：民間文化與主流意識形態》，《文藝理論研究》1997 年第 3 期，《湖南鄉土文學與湘楚文化》，湖南教育出版社 2002 年版。董之林《周立波小說的唯美傾向》，《文學評論叢刊》2006 年第九卷第二期；張衛中《〈山鄉巨變〉的話語分層與配置》，《理論與創作》2007 年第 2 期等。

中國大眾的認可，需要經過本土文化的調整和改造。至於怎樣才是實現了文學的本土化，學術界存在著多種意見。我以為，本土化應該包含兩個基本核心：一是本土文化的深入，二是與現代文化的交融。本土化文學必須深入地揭示民族文化精神，從內在精神上呈現出民族的獨特處，同時在審美精神上具有民族特點，獲得時代大眾的基本認同。但是，本土化絕對不是孤立封閉，它應該與外在文化有所交融，尤其是受到現代精神的洗禮，體現出本土與外在、傳統與現代的內在統一。具體到文學作品中，本土化又主要表現在以下幾個方面：

首先，真實地再現最基層的大眾生活，表現出人們的日常生活細節、風俗和自然景觀。正如別林斯基所說：「每一個民族的這獨特性，表現在什麼地方呢？就在於那特殊的、只屬於它所有的思想方式和對事物的看法，就在於宗教、語言，尤其是習俗。……在每一個民族的這些差別性之間，習俗恐怕起著最重要的作用，構成著它們最顯著的特徵。」〔註2〕民族精神不是抽象的存在，它往往是隱藏在具體的生活背後，尤其是隱藏在普通老百姓的日常生活中。對日常生活的真實還原，也就是對民族獨特性的自然呈現，是文學本土化的重要基礎。

其次，塑造出蘊涵民族文化精神的人物形象。人是民族文化的產物，是文化最鮮活而直接的體現者，也是現實生活的主體。對人的塑造，能夠通過其複雜生存狀況和社會關係，通過對他們內心的困惑、希望和夢想的揭示，將民族文化精神具象化，喚醒深層文化的現代回響。所以，豐富生動的人物形象畫廊是文學本土化的最生動體現──就像老舍，我們說他最真切地表現了北京的本土文化精神，主要是因為他塑造了常四爺、王利發、虎妞等眾多的人物形象，再現了他們的精神和心靈世界。

第三，文學形式的充分民族化和生活化。任何文學都有其獨立的藝術特點和藝術方法，只有將它們與鮮活的現實生活相結合，與現實和民族的審美習慣相和諧，這些技巧和特點才會具有生命氣息，才能融化為本土文化之一部分。在所有的文學形式當中，語言的本土化也許是最重要的。因為一方面，語言是民族精神最直接而深刻的體現：「一個民族的精神特性和語言形成這兩個方面的關係極為密切，不論我們從哪個方面入手，都可以從中推導出另一

────────────────────

〔註 2〕 （俄）別林斯基《文學的幻想》，載《別林斯基選集》第一卷，滿濤譯，上海
　　　　譯文出版社 1979 年版，第 26～27 頁。

個方面。這是因為，智慧的形式和語言的形式必須相互適合。語言彷彿是民族精神的外在表現。民族的語言即民族的精神，民族的精神即民族的語言，二者的同一程度超過了人們的任何想像。」〔註3〕沒有生活化的語言，就不可能揭示出深層民族精神；另一方面，文學語言與文學人物的塑造，與文學細節的真實鮮活有著非常密切的關係，語言應用的是否本色和生動，直接關係到生活再現和人物塑造的成敗，也關係到文學是否具有可讀性，能否被大眾所接受。

在中國新文學的本土化道路上，存在著不同題材和不同文體的差異。從題材而言，最早成熟的是知識分子題材，因為作家們表現的是自己身邊的生活，也因為知識分子大多身兼傳統和西方文化素養，作家們在表現這類生活時比較摯切，文學與生活也比較容易實現同一。市民生活題材也成熟得比較早。因為中國有較發達的市民文學傳統，城市生活也較早開放，受西方文化的影響較深。因此，經過老舍、張恨水、張愛玲等作家的探索，新文學的市民生活文學較好地融會了東西方文化，傳統的通俗故事內涵和現代文化精神較好地結合到了一起。

相比之下，鄉土文學就比較艱難一些。因為文化上的隔閡，也因為中國農民文化水平的低下等原因，鄉土文學始終與鄉村生活隔得較遠，強烈的知識分子色彩與農民的現實生活構成了顯著的反差。瞿秋白在 30 年代初曾經批評過新文學的狀況：「五四的新文化運動對於民眾彷彿是白費了似的。五四式的新文言（所謂白話）的文學，……只是替歐化的紳士換了胃口的『魚翅酒席』，勞動民眾是沒有福氣吃的。」〔註4〕針對的主要就是新文學與農民生活之間的距離，揭示了鄉土文學在本土化方面的嚴重不足。進入 40 年代的解放區文學，來自鄉村的趙樹理對鄉土文學的本土化建設作出了不可替代的貢獻。他以對農民文化的高度認同，以地道的農民文學形式，真實地再現了農民的生活，既形成了自己質樸自然的藝術風格，也成為新文學歷史上第一個真正得到農民認可的作家。但是，任何一種突出的個性也意味著在其它方面的不平衡，就趙樹理而言，他還原了生活本身的質樸和親切，發展性地運用了農民文學形式，卻較少融合西方文學和古典文學因素。所以，對於新文學

〔註 3〕 〔德〕洪堡特：《論人類語言結構的差異及其對人類精神發展的影響》，姚小平譯，商務印書館 1997 年版，第 52 頁。

〔註 4〕 瞿秋白：《大眾文藝的問題》，《文學月報》1932 年創刊號。收入文振庭編《文藝大眾化問題討論集》，上海文藝出版社 1987 年版。

鄉土文學來說，單一的趙樹理方向顯然是不夠的，它需要更豐富的開掘和拓展。

正是在趙樹理的基礎上，周立波對新文學鄉土小說本土化道路進行了新的探索。和趙樹理相比，周立波有所繼承，也有所創新。具體而言，周立波的本土化探索主要表現在以下方面：

和有深厚鄉村生活底蘊的趙樹理不一樣，周立波雖也是出身於鄉村，但長期在城市生活，現實鄉村經驗比較圈乏，因此，他花費了更多精力在鄉村生活的體驗上。比如，爲了創作《暴風驟雨》，周立波長時期參加東北的農村工作，廣泛深入地瞭解東北農村的日常生活。建國後，爲了更好地瞭解家鄉農民的生活情況，他將全家從城市搬到農村，與農民做鄰居，一同生活和勞動。經過多年的生活體驗準備，他才開始《山鄉巨變》等作品的創作。

周立波的生活體驗不是走馬觀花，而是眞正深入細緻地體會。「觀察」是他深入生活的最大體會，他認爲「依我的理解，觀察，比較，研究和分析，對於文學，是和對於科學一樣的重要的。」〔註5〕總結出：「我們熟悉人，要涉及他的工作、生活、家庭、性格和經歷等各個方面，要事事注意，處處留心，不但要觀察得廣，而且要挖掘得深，體味得細。」〔註6〕同時，周立波不是以旁觀者的姿態看待生活，而是清醒地意識到「心是需要用心換的」，因此，他關心農民，瞭解農民所思所慮，爲農民著想，和農民建立了很深的感情〔註7〕。

長期的深入生活，細緻地觀察和潛心體驗生活，周立波積累了大量的鄉村生活材料，深化了對鄉村社會的認識和感受，爲其創作奠定了堅實的基礎。比如，周立波小說的許多人物形象都來自鄉村眞實生活，如《暴風驟雨》中的老孫頭、趙玉林，《山鄉巨變》中的「亭麵糊」、王菊生、陳先晉等，都有直接的生活原型爲基礎。更爲突出的是在語言上。從40年代末開始，周立波就特別注意對地方方言的搜集和提煉，積累了大量生動鮮活的農民口語，《暴風驟雨》、《山鄉巨變》等都以生動豐富的方言而引人注目，在很大程度上就是得益於這種語言的積累。

〔註5〕周立波：《現在想到的幾點——〈暴風驟雨〉》下卷的創作情形》，《生活報》1949年6月21日。收入李華盛、胡光凡編《周立波研究資料》，湖南人民出版社1983年版，第287頁。

〔註6〕周立波：《深入生活繁榮創作》，《紅旗》1978年第5期。

〔註7〕參見胡光凡：《周立波評傳》，湖南文藝出版社1986年版。

　　周立波出身普通農民，少年時代閱讀過大量的古典文學作品，對傳統文學有較深的瞭解。後來，他又受到西方文學的很大影響，具備了很好的西方文學素養。對這兩大文學傳統，周立波更側重對傳統文學的借鑒，但他並沒有放棄對西方文學的借鑒，採取的是兼容和開放的姿態。正如此，即使是在「大躍進」的背景下，他依然堅持：「我的經驗，看點書，古今中外都讀點，並不壞事。不過要分清主次，近代的多看些，古人的少讀一點；中國的多念幾本，外國的少來一點。」〔註8〕

　　這一點更突出地表現在其創作中。周立波對中國古典小說技巧的借鑒最為廣泛，比如《山鄉巨變》的藝術結構仍帶有很強的傳統文學特點，它以人物塑造為中心，通過人物生活展開情節，使小說結構相對鬆散，但人物和故事非常突出。再如《山那面人家》、《蓋滿爹》等作品，充分借鑒了傳統小說的懸念、伏筆和環境點染等手法，以很強的故事性取勝。此外，《卜春秀》等作品還運用了很多傳統小說的說書體特點，敘述者經常以旁觀姿態進入作品參與對人物的品評。但與此同時，周立波也廣泛運用西方文學技巧，將現代藝術與傳統手法進行結合。如心理描寫和風景描寫是周立波小說中運用得很普遍的方法，這對人物塑造的深化和故事背景的美感都起到了重要作用。此外，他的小說結構也借鑒了現代小說技巧，突出了思想意蘊〔註9〕。正因為這樣，批評家黃秋耘曾這樣評論周立波：「他近年來頗致力於鑽研中國古典作品，認真學習這些作品的優點而不受它們的局限，把這些優點和他從外國名著中所吸收到的長處揉合起來，加以融會貫通，有所發展，有所創造，逐漸形成一種更加圓熟、更加凝練而富有民族特色的藝術風格，有某種外國古典作品之細緻而去其繁冗，有某些中國古典作品之簡練而避其粗疏，結合兩者之所長，而發揮了新的創造。」〔註10〕這一概括是很準確的。

　　周立波的文學創作充分地尊重生活，立足於生活，但不是對生活的簡單複製，而是對生活作了藝術化的提高。比如說，在深入生活中，他固然強調作家的觀察力，但同時也特別提出了作家想像力的意義，主張以「典型」方式反映生活〔註11〕，同樣，對待農民語言，他也不是一味地還原，而是主張

〔註 8〕周立波：《談創作》；《光明日報》1959 年 8 月 26 日。
〔註 9〕周立波的這些藝術特點，評論家已經做了比較充分的關注。參見馮健男《周立波小說的真善美》，《文藝研究》1981 年第 4 期。
〔註10〕黃秋耘：《〈山鄉巨變〉瑣談》，《文藝報》1961 年第 2 期。
〔註11〕周立波：《談創作，《光明日報》1959 年 8 月 26 日。

「提煉、潤色，要多少有一些藻飾」〔註12〕。塑造人物，他採用的也是魯迅「雜取種種人」的技巧，超越了生活的基本和原始面目。顯然，周立波的文學觀念不是簡單的農民文學方式，而是寓含著豐富的現代性特徵。正是建立在這一前提上，周立波小說中的藝術方法既都以鄉村生活爲前提，卻又有精細的提煉和加工。以其小說語言爲例：他一方面大量運用農民生動質樸的方言口語，同時又時見優美動人的風景描繪，間雜有清新自然的抒情語句，將口語的生動和書面語的表現力很好地合一。

周立波的本土化探索過程並不簡單，而是複雜和坎坷的。他早期的創作，走的也是五四知識分子化道路，他在延安的最初作品《牛》更是以知識分子腔調寫農民的典型。只是在延安整風之後，周立波才改變自己的風格，逐步走到本土化上來。而他眞正成功實現本土化探求的作品也並不多，主要集中在建國後至50年代末前後不多幾年時間中的創作，以《山鄉巨變》、《山那面人家》、《蓋滿爹》、《禾場上》爲突出代表。之後，隨著時代政治的要求越發嚴格，周立波的作品也被迫塗抹上了更多的政治宣傳色彩，本土化探索逐漸枯澀。有研究者曾這樣評述周立波的創作道路：「從《暴風驟雨》到《山鄉巨變》，周立波的創作沿著兩條線發展，一條是民族形式，一條是個人風格；確切地說，他在追求民族形式的時候逐步地建立起了他的個人風格。」〔註13〕確實，在周立波的創作歷程中，我們可以清晰地看到他不斷蛻變、不斷探索的軌跡，也可以看到他不懈而頑強的追求精神。儘管周立波的本土化探索時間並不太長，成熟的作品也不算多，但依靠其深入的生活和藝術探索實踐，周立波還是形成了自己的鮮明創作特色，取得了突出的文學成就。

以豐富的生活細節和語言，多層面地描繪了鄉村生活。鄉村生活包括日常生活和內在精神在內的不同層面，周立波在多個層面進行了揭示，描畫了較爲豐富的鄉村世界。這首先體現在對鄉村生活風俗和自然風景的細緻描繪上。周立波的小說充滿了大量生動的生活細節，尤其是通過強烈個性化又質樸自然的農民口語，再現了生動眞切的鄉村生活風俗。像《山那面人家》對鄉村婚禮現場的寫實，《禾場上》展現的鄉村農閒生活，都非常眞切，很有現實感，《山鄉巨變》更是一幅鄉村生活的全景圖畫。周立波小說還以描繪湖南

〔註12〕 周立波：《關於〈山鄉巨變〉答讀者問》，《人民文學》1958 年第 7 期。
〔註13〕 茅盾：《反映社會主義躍進的時代，推動社會主義時代的躍進》，《人民文學》
　　　　1960 年 8 月號。

鄉村的自然風景取勝，他筆下那些優美自然的山鄉圖畫，是其清新淡雅藝術風格形成的重要基礎，也是他曾被譽爲「茶子花派」典範的主要原因。

周立波的鄉村風俗和風景描繪不是孤立和單一的，而是與鄉村人物的塑造，以及鄉村精神的揭示結合在一起的。周立波在人物塑造上花費了很多的工夫，他既表現了人物的個性化語言，也挖掘了人物的深層心理世界，既表現了人物的質樸、眞實和豐富性格，也尋覓到他們與土地、與鄉村文化之間的深刻聯繫，具有較爲深刻的歷史維度。像「亭麵糊」、王菊生、蓋滿爹等老農民形象固然是早被人們所稱道，即使是像鄧秀梅、劉雨生這樣的鄉村幹部，盛淑君、盛佳秀、卜春秀這樣的鄉村婦女形象，同樣塑造得生動而有內涵，體現了鄉村社會獨特的文化氣質。

鄉村倫理精神的深層揭示是周立波筆下鄉村世界的重要特點。以《山鄉巨變》爲中心，周立波描畫了鄉村世界的濃鬱鄉情，他筆下的人物不是單一的政治身份，人物之間也是糾結著複雜的血緣和親情，蘊涵著多元的鄉村倫理，反映了農村社會中複雜而密切的人際關係。這種著力於挖掘鄉村社會的人情倫理表現，雖然可能沒有魯迅對鄉村文化國民性批判那麼深刻，但對於以「差序格局」〔註14〕爲基本特點的中國鄉土社會來說，無疑有著自己的價值和準確性，是對鄉村世界深層結構的還原。

周立波的作品多創作於上世紀五六十年代的環境中，不可避免要受到政治時代的遮蔽，但他依然一定程度上還原了鄉村眞實。這首先是緣於其對本土民間生活的細緻再現，營造了濃鬱的民間生活氛圍，自覺不自覺地客觀上形成了一定限度的民間立場，構成了對主流意識形態一定的衝擊消解，從而對時代政治的圍限有所突破〔註15〕。比如《山那面人家》中對「包辦婚姻」的民間解讀，就顯示了鄉村文化與政治之間的疏離。《掃盲志異》、《新客》等作品敘述　的本都是時代主題，但以民間化的男女誤會喜劇故事來敘述，政治色彩被沖淡了許多。尤其是《山鄉巨變》，大量民間化的喜劇化情節，自然生動的鄉村生活場景，極大限制了政治宣傳性的傳達。在周立波的作品中，這種民間氣息彌漫得如此之濃鬱和普遍，以至於我們在其中很少能看到劍拔弩張的鬥爭場面，包括像《山鄉巨變》中李月輝這樣注重實際、反對冒進，明顯悖逆於時代潮流的幹部，也看不到敘述者的簡單批判，而是蘊涵著基本

〔註14〕 費孝通：《鄉土中國》，三聯書店 1985 年版。
〔註15〕 劉洪濤：《周立波：民間文化與主流意識形態》，《文藝理論研究》1997 年第 3 期。

肯定的態度這種立場，在同時期創作中是非常突出的，它也因此具有了獨特的真實特徵。依靠著鄉村生活的豐富細節和語言真實，依靠著深厚的鄉村生活底蘊，周立波的一些作品在客觀上突破了作者的主觀創作意圖，具備了恩格斯所說的「現實主義的最偉大勝利的效果」〔註16〕。如《桐花沒有開》和《臘妹子》等作品中，可以清晰地看到鄉村基層管理者的官僚主義作風，以及「大躍進運動」中存在的浮誇風氣。《山鄉巨變》更是客觀上反映了農業合作化運動後期「冒進」舉措之後出現的問題，為此還招致了時人「沒有鮮明、準確地體現黨在農村中的階級路線和政策」〔註17〕的批評。

　　新文學鄉土小說在藝術上主要有兩種傳統：一是象徵和抒情的，側重表現生活，以魯迅的《阿Ｑ正傳》、沈從文的《邊城》等為代表，再就是寫實的，側重再現生活，以趙樹理的《小二黑結婚》等為典型。周立波可以說是融合了這兩種創作傳統，又進行了自己的創造。一方面，在以寫實手法再現鄉村生活上，在反映生活的質樸和真切，以及塑造鄉村人物的本色上，周立波與趙樹理相類似。但另一方面，與趙樹理相比，周立波的表現色彩和抒情性更突出一些，他的景物描寫和心理描寫更多，藝術風格也更細膩委婉。有學者曾這樣對趙樹理和周立波進行比較：「在語言上，趙樹理雖是寫來乾淨利落，但有時未免令你感到單調而欠韻味，周立波的語言雖有點不像趙樹理那樣純淨似的，但你可從他作品裏發現那詩意洋溢的語言，令你興奮而讀下去。在表現方法上，你會覺得趙樹理的手法雖容易接受，但有時你會覺得他的寫法有些呆板了，而當你看周立波的作品卻需要細心去領會，你發覺他在藝術表現技巧是來得多樣。……你會感到周立波的作品所描繪的生活畫面來得寬闊些而變化多樣些，用以反映複雜的社會生活會更恰當些。」〔註18〕雖然其中的褒貶不一定完全準確，但確實顯示了周立波突出的藝術個性。周立波與趙樹理，可以說是鄉土文學在本土化探索過程中結出的不同碩果，風格各異，魅力不同，卻具有共同的本土實質。

〔註16〕（德）恩格斯：《致瑪・哈克奈斯》，《馬克思恩格斯選集》第 4 卷，人民出版社 1972 年版，第 463 頁。

〔註17〕唐庶宜：《對〈山鄉巨變〉的意見》，原載《評〈山鄉巨變〉》，作家出版社 1959 年版。收入李華盛、胡光凡編《周立波研究資料》，湖南人民出版社 1983 年版，第 402 頁。

〔註18〕林曼叔、海楓、程海：《中國當代文學史》，巴黎第七大學東亞出版中心 1978 年版。

多方面的本土化藝術實踐，周立波的作品描繪出了一幅細膩清新的鄉村社會圖畫，頗爲眞實地還原了具有獨特美學意義的建國後農村生活世界。它幽默、溫情、輕鬆、寧靜（相對於當時的社會和文學環境更是如此），有濃鬱的民間氣息，並蘊涵著作者強烈的情感色彩。雖然受作品數量、題材範圍、思想深度等方面的限制，這一世界在內涵的豐富和寬廣上有所不夠，尙難以與沈從文筆下的「湘西世界」相媲美，但卻更爲眞切和樸實，更爲接近本色的鄉村，具有自己顯著的特色。

在這幅圖畫中，最爲全面而深刻，也是最能代表周立波創作成就的，是長篇小說《山鄉巨變》。《山鄉巨變》的生活細節、自然細節和風俗畫特點，在同時代同題材創作中非常突出，其生動的口語和豐富的民間色彩，以及深藏的鄉村文化精神，在一定程度上可以和90年代韓少功的《馬橋詞典》相媲美。所以，儘管小說帶有一定的政治目的，也沒有完全擺脫爲政治服務的影響，其視野也受政治視角的圍限，表現得不夠豐富和寬闊，但是，它的民間氣息、風俗色彩和鄉村倫理，使它具有了獨特的文學價值。著名鄉土文學研究者丁帆認爲「建國後鄉土小說創作最具有風俗化、風景畫特色的長篇小說是《山鄉巨變》」〔註19〕，而我以爲，不僅是在「十七年」文學中，即使在整個新文學歷史上，《山鄉巨變》的風俗化和美學特點都非常突出，它都應該擁有自己的獨特地位。

四、

周立波本土化探索具有突出的文學史意義。這首先體現在他文學道路的典型性上。周立波的探索路途，在很大程度上緣於他對中西文學的熟悉和深入。正是這種基礎和視野，使他能夠在藝術上不偏執、不單一，而是採用兼容的態度，使中西藝術在他的作品中得到融合。除此之外，更重要的一方面則應該是得益於他對本土生活的關注精神。因爲在文學史上像周立波這樣兼具中西文學素養的作家並不少，但很少人像他那樣在本土化上探索得那麼深，就是因爲周立波具有在其人生和文學道路中具貫穿性的執著現實精神。他儘管曾接受過西方文學影響，但他從沒有完全西方化，他的文學接受中蘊涵著明確的本土色彩，內在地切合著中國的生活現實。因此，他所關注的西方文學，主要局限於俄國和法國爲代表的批判現實主義

〔註19〕 丁帆：《中國鄉土小說史》，北京大學出版社2007年版，第228頁。

傳統，他所認同的現實主義「觀察」方法，以及對文學社會功利性和文學與生活密切關係的強調，都與他的現實精神相關，後來也都成為他深入鄉村生活的思想基礎。也同樣以這種本土精神為底蘊，周立波最初選擇的文學體裁是報告文學，其早期小說也是以陝北鄉村生活為題材，只是在經歷失敗之後才轉到其它領域。

在這個意義上，我並不贊同人們普遍認為周立波在延安整風運動之後進行的自我批評是「投降」和「虛假」的說法。他檢討過自己與生活的關係：「在延安的鄉下，我也住過一個多月，但是我是在那裡寫我過去的東西，不接近農民，不注意環境。……因此回到學校來，有人要我寫鄉下的時候，我只能寫寫牛生小牛的事情，對於動人的生產運動，運鹽和納公糧的大事，我都不能寫。」〔註20〕還聯繫自己的文學創作進行反省「許多和我一樣，從舊式學校裏出來的知識分子，對於工農兵和工農兵出身的幹部的瞭解，我認為還是不夠深刻、不夠全面的。當他們描寫工農兵的時候，容易歪曲他們的形象。有一些人僅僅表面地描寫一些簡單的動作，僅僅描寫了工農兵的衣服，沒有透視他們的心靈。更有一些人愛把工農兵寫成愚昧、粗魯和可笑的人。」〔註21〕儘管不能說這些批評的產生毫無來自現實的壓力，但是，它也可看作是周立波內心的自覺和反思，《講話》不過是幫他找到了一種答案而已。這也是為什麼在《講話》後，很多知識分子感到轉換的艱難，周立波卻能夠比較快地改變自己的一個原因。周立波的創作歷程，清晰地反映出作家本土精神對於文學本土化的意義。

我絕對不是簡單地為某種文學思想聲辯，更不是為整風運動尋找理由，但我們確實應該看到，周立波在延安時遇到過因創作與生活疏離所導致的創作困境，也孕育著尋找自我突破的願望，他後來的本土化探索是這一困境和願望經歷自我選擇後的自然結果。這一選擇對於他本人，對於新文學的本土化探索，都有著突出的意義。這一點，聯繫周立波探索的具體方法來看也許更有說服力。

首先來看文學與生活的關係問題。這一問題在鄉土文學創作中一直有著很突出的意義。因為正如魯迅指出的早期鄉土文學作家許欽文是「被故鄉所

〔註20〕周立波：《後悔與前瞻》，原載延安《解放日報》1943 年 4 月 3 日。收入李華盛、胡光凡編《周立波研究資料》，湖南人民出版社 1983 年版。

〔註21〕周立波：《談思想感情的變化》，《文藝報》1952 年第 11～12 號合刊。

放逐，生活驅逐他到異地去了。」〔註22〕大多數鄉土文學作家都有類似經歷，他們來自鄉村卻已遠離鄉村，很少有豐富的現實鄉村生活經驗。建國後，由於城鄉差距等原因，出身於鄉村的作家們多有逃離鄉村的願望和經歷，他們雖然熱愛鄉村，但卻受到文化上的壓力，以及精神上的自卑，在理性上拒斥鄉村，以俯視和簡單的批判態度看待鄉村，也往往以想像的方式書寫鄉村。對於這些人來說，他們與鄉村生活親近的方式就是「體驗生活」，也面臨著如何處理與鄉村生活以及與農民的關係問題。毛澤東在《講話》中曾經非常明確地批評了知識分子與鄉村的隔膜，要求作家「思想感情和工農兵大眾的思想感情打成一片。而要打成一片，就應當認真學習群眾的語言」〔註 23〕。這段話裏所包含的知識分子改造意圖暫且不論，單純從文學創作角度講，它是有一定道理的。我不同意的只是：在作家以深入瞭解和認同的態度進入鄉村時，也不應該完全放棄自己一定的批判姿態，尤其是在文學層面上。但是，不管怎麼說，對生活的深入，尤其是對農民生活和心理世界的把握，是鄉土文學成功也是其實現本土化的重要前提。在這方面，周立波具有很強的典範意義，他以其創作實績顯示了「體驗生活」的眞諦，也證實了生活對於鄉土文學創作的意義。

事實上，我們還可以將之延伸到對整個文學創作的思考。因爲文學與生活關係的問題是近年來文學界引起爭議的一個重要話題。受西方後現代文學的影響，也因爲長期以來理論界對文學與生活關係的理解過於狹窄，許多作家明確地反對將文學與生活作密切的聯繫。不能否定這些作家思想中包含的對文學本體追求的意義，然而，將文學與生活關係作簡單的割裂卻是違背文學基本原則的。文學只能來源於生活，生活的豐富性也正是文學生命力的前提，任何文學，沒有生活的基礎，沒有呈現生活的豐富複雜和細緻深刻，就很難表現出文學的魅力，也很難得到讀者的認同。當前一些作品表現出很精緻圓熟的小說技巧，但由於這些技巧沒有融會進鮮活的生活世界中，因此，它們的文學魅力也大受影響。

其次是傳統手法和現代藝術相結合的問題。新文學如何結合中國傳統文學和西方文學的優點，是一個複雜而艱難的話題，也關涉到新文學的方向與

〔註22〕 魯迅：《〈中國新文學大系·小說二集〉序》，《魯迅全集》第 6 卷，人民文學出版社 1981 年版，第 246 頁。

〔註23〕 毛澤東：《在延安文藝座談會上的講話》，《毛澤東選集》第 3 卷，人民出版社 1968 年版，第 808 頁。

前景。周立波當然不可能以一人之力對這一問題作全面的嘗試和解決，甚至其創作中也有不成功和不成熟之處，但是，他的一些方法還是具有較大的啓迪意義。

其一是將傳統小說的故事性與現代描寫手法相結合。注重故事性是中國傳統小說的一大特點，也是中國大眾接受小說形式的重要前提。新文學要想深入大眾，需要適當考慮這一接受特點，但又絕不能一味遷就大眾的審美要求，必須作思想的昇華和藝術的提高。周立波在這方面有很好的探索。他以故事性為小說結構的中心，但又不滿足於簡單的敘事，而是輔助以充分的描寫，增加了小說的深度，豐富了小說的美感，也提高了作品的現代藝術品格。正因為這樣，周立波的小說在出版當時得到了農民大眾很好的認可，產生了較大的社會反響，而且也具有超越時間的美學價值，對鄉土小說藝術有獨特的貢獻。

其二是方言的運用。方言的使用一直是困擾新文學發展的難題，因為中國地方廣大，方言差異大，如果一味以普通話來規範作家的敘述，尤其是以普通話來代替人物豐富多彩的地方方言，勢必影響語言的生動真切，也會影響人物塑造的鮮活性。但是，完全用地方方言敘述，又可能造成閱讀的障礙，也會影響語言的統一性和文學傳播的範圍。在新文學發展歷史上，曾經出現過多次「方言文學」的討論，甚至到今天依然時有餘響。周立波的作品廣泛地運用了方言，還作了理論的肯定：「我以為我們在創作中應該繼續採用各地的方言，繼續使用地方性的土話。要是不採用在人民的口頭上天天反覆使用的生動活潑的、適宜於表現實際生活的地方性的土話，我們的創作就不會精彩，而統一的民族語也將不過是空談，或是只剩下乾巴巴的幾根筋。」但是，周立波的方言運用很注意節制和提煉，強調「在創作上，使用任何地方的方言土語，我們都得有所刪除，有所增益，換句話說：都得要經過洗煉。」〔註24〕並總結出一些必要的原則和方法：「為了使讀者能懂，我採用了三種辦法：一是節約使用過於冷僻的字眼；二是必須使用估計讀者不懂的字眼時，就加注解；三是反覆運用，使得讀者一回生，二回熟，見面幾次，就理解了。」〔註25〕豐富生動的地方方言是周立波小說鮮明的藝術特點和獨特藝術魅力之內核，而且其作品的接受效果也不錯，他的經驗是值得總結的。

〔註24〕周立波：《方言問題》，原載《文藝報》1951年第3卷第10期。收入《周立波文集》第五卷，上海文藝出版社1985年版，第543頁。

〔註25〕周立波：《關於〈山鄉巨變〉答讀者問》，《人民文學》1958年第7期。

　　近年來，文學本土化的問題受到越來越多人們的關注。許多作家，如莫言、賈平凹、韓少功、閻連科等，都表現出這方面的創作追求，學術界對「民間理論」的探討，對趙樹理創作的重新認識，也都可以看作是這一關注的曲折體現。這些行為和思想，都體現了對新文學前景和道路認識的深入自覺，尤其是對趙樹理創作價值新的審視，更深化了我們對文學本土化實質的思考。但我以為，在這當中忽略周立波的意義是有所遺憾的。因為正如前所述，周立波的創作是新文學本土化道路上有特色、也是卓有成就的探索，對周立波創作的公正評價和深入認識，有助於我們更深入全面地理解文學本土化的內涵，促進新文學的本土化發展。在已經進入 21 世紀的今天，周立波的背影已經漸行漸遠，但他的價值和意義不應該被我們輕易遺忘。

否定中的潰退與背離──以張煒爲例

　　20 世紀 80 年代是中國現代文化史上繼「五四」之後又一個、也是本世紀最後一個思想文化的璀璨時期。雖然它也曾經有過長久禁錮和封閉之後乍臨解放時難免的迷失和徘徊，但它的最終價值仍然是毫不猶豫地指向了與「五四」精神相賡續、也是最切中當代中國現實社會的「民主與科學」的啓蒙和個性解放思想上。這一文化精神，不但於現實殘餘的「文革」封建思想餘響是一個有力的反撥，而且，它對於中國民眾最終徹底地走出傳統的小農經濟思想、對於中國社會進入以現代化爲主體特徵的現代文明時代，也是一個不可缺少的重要思想前提。在 80 年代文化精神的建構中，新時期文學曾經承擔著主體力量的重任。

　　然而，80 年代精神的命運又是悲劇性的。在時代等多種因素的衝擊下，它不但未能取得企盼的成果，終結自己的歷史使命，而且，當 90 年代物欲精神挾商品經濟大潮來臨時，它在社會文化中曾有的位置很快就爲物欲精神所取代，不但新進的 90 年代文化代表們以新潮的姿態對 80 年代精神肆加嘲弄，宣稱對於知識分子責任的自動棄守，迎應現實物欲文化，而且，眾多的 80 年代精神曾經的倡導者和參與者們也紛紛放棄前諾，從 80 年代精神上退守。他們或以「悔於少作」的姿態向 90 年代商業文化獻媚與投靠，或遵循「事不關己」的原則，規避現實，表現出一種人文的失落與精神的自私……當然，也有一些 80 年代文化的過來人對現實物欲文化表示了拒絕和否定，他們的拒絕姿態顯示了精神的孤岸和自強，但是，引起我們警覺的是，這股對現實持否定態度的思想的主體，並不是建立在對 80 年代現代性思想的堅持與發展的基礎上，相反，他們的批判立場多是與現代性精神相悖逆的，其實質是對 80 年

代精神的背離。他們的批判現實態度雖然與現實投靠者截然有別，但在對於 80 年代精神的潰退與背離上，二者的實質卻不無相似。

張煒的情境就典型地反映出這一文化狀況。作為 80 年代文化的曾經參與者的張煒，在 90 年代的文化論爭中，以鮮明的立場和姿態站在現實否定者的前列，同時，他的創作也表現出同樣的現實態度。然而，張煒的現實批判方向卻不是現代性的，他所站立的是絕望的、向後的農業文化立場，所表現的是一種守舊的、沒落的文化對於現代文明發展的絕望與詛咒，他的批判也因之顯得虛無與勉力。張煒旗幟鮮明的立場和他眾多同代人對他進行的集體性的應和，顯示了他在這一代中的突出代表性。在他的身上，集中體現了 80 年代文化的一種嬗變方向——一種表象與實質不無悖反的方向。本文就以張煒為例，試圖通過對張煒創作與思想變異軌跡的把握，探悉出這一文化嬗變的深層文化背景。

一、

張煒不是 80 年代文學的中堅，也不是 80 年代精神的主要倡導者。但是，在張煒剛剛步入文壇不久的 80 年代初中期作品中，時代精神的影響相當顯著，時代色彩也非常鮮明。他的第一個短篇集《蘆青河告訴我》中的作品幾乎無一例外都是對於時代精神對於個性解放的謳歌。集中的張煒早期成名作《聲音》就是一篇富含個性啟蒙色彩的作品，作品中「小羅鍋」對二蘭子的呼喚與引導嘗試即體現著現代文明對於落後和蒙昧的啟蒙主題，二蘭子由此而萌生的朦朧的失落感也正表現出她在被啟蒙之後自我的初步覺醒。此外，《山楂林》、《蘆青河邊》、《野棗》、《拉拉谷》等作品，也都表現了幾乎同樣的主題。作品中那些生長在蘆青河邊的年輕美麗的女孩子們，在時代精神的召喚下，開始大膽地追求自己的個人幸福，並與保守封建的家長和社會觀念展開了激烈的交鋒。——這些，都顯然投射著 80 年代初期獨特又普遍的啟蒙風景。

與啟蒙的時代主題相應的，是張煒早期作品洋溢著時代的熱烈向上和充滿信心的理想色彩。張煒的早期作品大多都輕鬆明快，在美對醜、真對假、現代文明對傳統觀念間的矛盾衝突中，往往前者佔據決定性的優勢，充滿著勝利的希望。

但是，張煒的「啟蒙」並不是完備與嚴謹的，在作者那些竭力想與時代精神保持一致的作品中，可以清晰地捕捉到其中與 80 年代精神不相一致、至

少是不太堅定的不和諧音。文明啓蒙和個性解放主題，在張煒的作品中，寓含著內在的裂隙。

雖然張煒鼓吹著文明啓蒙，但他內心中對於啓蒙者並非有著眞正的信賴與認可，對於啓蒙者所代表的現代文明和被啓蒙者所守望的傳統文明的價值評判也有猶疑不定的表現。比如，在《聲音》創作談中，他就曾明確對二蘭子傳統的生活方式表示著喜愛和贊同：「她們多麼可愛。……找了婆家以後，又正是這些可愛的品性和特徵，昇華爲被千百人讚頌過的『母愛』……」〔註1〕對於二蘭子的現狀，他只表示有所「遺憾」——從上面的談話看，這種「遺憾」也是極爲有限的——所以在作品中，二蘭子雖然對外面的世界若有所失，但她仍然是不無堅決地走上了回家的路。顯然，對於她的生活現狀，她是滿意多於懷疑的。在個性解放上也是一樣。他的那些表現個性解放的作品往往最終都沒有明確的結局，「不了了之」的情節安排折射出張煒在對於現代和傳統觀念取捨上內心的兩難。在《拉拉谷》發表數年以後，張煒曾這麼評價作品中的「個性解放」：「比較起來，愛情的發展所遵循的原則及愛情本身，還是過去的好。所以這一類作品所表達的觀念，多少也可以用來對抗現代愛情的變質」。〔註2〕而其實，作品中女主人公金葉兒的愛情追求也是有著保留和條件的，她對她父親的辯詞是：「我怎麼就是他的人呢？登記了？結婚了？我自己願意了？……反正我沒朝三暮四。」這一追求顯然不是徹底與完全現代的。我們把這段話與作品中對於她父輩們的「忠貞」的認可相聯繫，更可看出作品「個性解放」的內在悖反性和巨大妥協性。

這種對於現代文明與傳統思想、啓蒙與反啓蒙價值選擇的內在矛盾衝突，在張煒80年代後期的兩部長篇小說《古船》和《九月寓言》中體現得更爲充分。在《聲音》中曾深刻困擾著二蘭子道路選擇的現代文明與傳統文明的價值取捨問題更顯著地擺在了張煒面前，使他的創作風格由輕鬆變爲沉重，主題也更爲曖昧。比如《古船》中對於代表著現代工業文明的李氏家族的描寫。李家之與隋家、趙家三家並列於窪狸鎮上，可見張煒沒有絲毫忽視現代工業文明的巨大衝擊力，但他的價值評判卻相當矛盾。正像對待李其生的發明、李知常的機械，一方面，張煒不得不承認（儘管有些不太情願）它

〔註1〕 張煒：《她爲什麼喊「大刀唻」》，《張煒自選集·融入野地》，作家出版社1996
　　　　年版，第264頁。
〔註2〕 張煒：《一潭清水》「後記」，作家出版社1996年版。

們的價值，但同時，他對於它們的難以接受的陌生性，以及其和傳統農業文明的實在性相背離的不可把握性（李其生發明的「切糕」是一個代表），又都表示著深在的疑惑與憂慮，對於它們潛在的對傳統農業文明的巨大破壞性作者更是心存恐懼與不安——隋不召的死於窪狸鎮第一臺製粉機是一個象徵，它既寓示著現代工業文明的不可避免性和它於傳統文明的巨大毀滅性，也表現出作者內心中對於現代工業文明的拒絕與恐懼。

《九月寓言》也同樣如此，張煒一方面表現出對於現代文明的恐懼和對傳統的依戀，另一方面他又由對鄉村傳統本身的弊端尤其是它與貧窮與蒙昧的密切關聯的了察，認識到它的毀滅是歷史不可抗拒的發展趨勢。在現代文明的理性認識與傳統文化的情感依戀間他陷入了深刻的憂慮和猶疑。這裡，我們覺得分析一下作者對他的兩個青年女主人公的態度是很有意思的。趕鸚和肥，同樣的年輕而美麗，但卻有著截然相反的生活道路選擇，趕鸚選擇了對鄉村傳統的回歸，肥卻選擇了走出鄉村，她們的選擇顯然有更深的寓意。對此，作者沒有進行任何明確的褒貶和評判。其實，作者的這一曖昧正體現出他內在的現實與文化猶疑，他的無法給予兩個青年女主人公道路以明確的決斷，實在寓含著深刻的內心苦痛與無奈。所以，作品對於肥最終是否會回來，以及她是否應該回來，都沒有作明確的回答。因為，張煒自己也無法回答。

然而，儘管作者在價值取捨上矛盾重重，但作品的總體價值取向還是偏向鄉村傳統的。在對待文明啓蒙上，這兩部作品相一致地表現出一種不以為然的否定態度。兩部作品中的知識分子在鄉村人面前都表現得精神萎頓，《九月寓言》中的知識分子則更在某種程度上構成著對鄉村的掠奪。作品中有一個富有深意的細節，當工程師試圖用「偷換概念」來闡釋某種事物時，鄉人紅小兵卻將之戲謔地誤讀為「偷換鍋蓋」，啓蒙與被啓蒙者的裂痕顯然包含著作者的嘲弄和拒絕。在個性解放主題上，兩部作品思想也有同樣的倒退。《古船》中隋見素與大喜間的「愛情」很難說有任何現代精神因素，但作者對於隋見素的「背叛」卻是毫不容情地譴責，對於大喜的「忠誠」則是褒揚溢於言表。這種愛情觀不但與80年代主體精神，即與張煒自己的前期作品比較，都是一個大的倒退。

凡此等等，深刻地反映了80年代的張煒，儘管不失為一個時代的歌者，但在內心情感和深層意識上，他是蘊含著深刻矛盾與劇烈文化衝突的（尤其是在80年代後期），這些矛盾和衝突，為張煒在90年代的精神變異提供了充分的心理準備。

二、

如果說在 80 年代末，張煒儘管已經較明確地顯露出他從 80 年代精神上的撤離，但 80 年代時代氛圍的影響仍限制著他撤離的步幅，使他仍不能不在 80 年代文化的邊地上徘徊的話，那麼，進入商品的時代的 90 年代，對 80 年代精神的背離已經成爲時代所向，失去了時代氛圍的約束，張煒很自然地充分展示了他的眞實文化心態，在現代文明與傳統生產方式之間他改了當初的猶疑，明確地站在了「傳統」的堤岸上，對現代社會現實發出憤怒的吼聲，在這憤怒之中，不可避免地要染上「傳統」滯後性和封建性的浸漬，帶上與 80 年代精神完全相背離的文化特徵。

在 90 年代作品的現實批判中，張煒所運用的主要工具是道德。以下我們分析張煒 90 年代道德批判中幾個典型的思想意象。

（一）善：純樸與忠誠

善是張煒 90 年代作品中所頌揚的最高品格，也是他品評事件、臧否人物的最高乃至唯一標準。他的善，主要由純樸和忠誠構成。他曾借人物之言慨歎：「我就想，最要緊的是純樸了，是純潔了。最偉大輝煌的東西，從來都是質樸的人創造出來的。」（《童眸》）在《柏慧》和《家族》中，他對那些忠誠的僕人的由衷讚歎是：「一個多麼忠誠的人！世上還有如此純潔的人嗎？」並對鼓額的貧窮又蒙昧得幾乎麻木的老父母不吝「純潔」的讚美（《柏慧》）。由此，也自然決定了《柏慧》中「我」的識人標準：「善與惡是兩種血緣，血緣問題從來都是人種學至爲重要的識別，也是最後一個識別。」

這種「純樸」與「忠誠」的實質是強烈的封建性。他的「忠誠」的代表──《柏慧》和《家族》中的兩個忠僕清渦和「老爺爺」，實質上只有奴性與蒙昧。他們「至死都不肯改變稱『老爺』習慣」的行爲是這一愚昧的突出體現；他的「純樸」的代表──鼓額的父母也一樣，貧窮和麻木是這種「純樸」的實質，也是一筆難以償付的精神代價。這些忠誠與純樸是無任何現代性可言的。

封建的「家族」觀與上述的「忠誠」觀是緊密相連的。因爲當「忠誠」純淨到一種「血緣」，它就不可避免要走到封建家族制上面去。在《古船》中我們已可初步體察到這種家族思想的萌芽。《柏慧》與《家族》更以「家族」作爲主人公評判現實與歷史的重要武器：「我越來越感到人類是分爲不同的

『家族』的，他們正是依靠某種血緣的連結才走到了一起……」根據這種「家族」觀，人被截然對立地群分，清潔/污濁，善良/醜惡，忠誠/背叛，好人/壞人……於是，個人的、主觀的道德評判成了唯一法則，客觀存在和法律成爲了虛設，這種評判的危險性和滯後性是顯然的。事實上，《柏慧》中「我」對四哥的憑主觀臆斷就不惜以槍復仇的行爲的默認與縱容，就已孕含著這一道德極端化的危險傾向，同時它也使我們感覺著封建時代滿帶血腥味的「非我族類，其心必異」的精神實質。

（二）女性：美麗與順從

女性的美麗是張煒作品貫穿性的一個特點。如果說早期作品中的女性美以青春美、朝氣美爲主要特徵，並以之與其上升的時代精神形成著相互映照的話，那麼在 80 年代後期、尤其是進入 90 年代之後的作品中，這種女性美更多是附著另一種性格，那就是順從。這種傾向在《秋天的憤怒》中即已有所顯現。作品中的女主人公小織無疑是作爲男主人公李芒的陪襯者而存在的，她對丈夫的柔婉順從與對父親的反抗奇怪地絞合在一起，而她的美麗、溫情卻正是李芒勇氣和信心的源泉。《古船》也是一樣，大喜的沒有自主性的「愛」不用說，貌似大膽追求愛情的鬧鬧實質也是一樣，她的對隋抱樸的「愛」僅僅體現爲一種強烈的精神尋求和依附欲望，是自甘於做隋抱樸的精神奴僕。《柏慧》和《家族》對這一形象又有所發展。《家族》中的閔葵和曲婧兩代女性，都是美和順從的合一體，她們對自己的丈夫曲予和寧珂都表現出強烈的依附性，尤其是閔葵，她不但容忍了曲予的私情，甚至還主動提出爲他納妾（作品中，納妾這一對女性充滿污辱性的場景在作者柔雅的筆下顯得充滿人情味和詩意）。這個妾——曲予從前的下人，以後也一直保持著下人的姿態——的「忠誠」與順從更屢得作者讚頌，她的忠順最後在爲曲予的殉葬中達到了高峰。甚至，到了《家族》和《柏慧》中，女性的依附更超越了「愛情」的範圍，那個小姑娘鼓額儘管不是在男女意義上的愛「我」，但她也被注入了同樣的精神因素，在「我」面前表現出一種奴僕般的親近與溫順。

由此見出，女性在張煒這裡已經沒有了任何現代性和自主性，她們所承擔的是精神聖母與奴僕的雙重角色，她們既以溫情、以母性的溫柔安慰著那些失意的男子，更以美麗而順從的姿態凸現男性權威使男性獲得一種心理滿足——正如一個在外面失意的男性回到家中又往往是一個脆弱的暴君（如《柏慧》、《家族》中的男主角寧珂）一樣。這類被「工具化」了的女性前身，我

們可以在中國傳統文化中的崔鶯鶯（《西廂記》）、何玉鳳（《兒女英雄傳》）等身上找到明確的蹤跡，又可在新時期之初的張賢亮筆下的馬纓花、黃香久形象中見到形影。這種女性觀念的陳舊和這類女性形象蘊含的封建性和落後性，顯然是對 80 年代個性啓蒙精神莫大的顛覆。

（三）理想：回歸與老年

在張煒的作品尤其是後期作品中，主人公們絕大多數都是現實的失意者，這種姿態決定了他們在對現實進行激烈否定的同時還要去尋找一種自己的精神歸宿。在作品中，這種精神歸宿往往表現爲向後的趨向，是對於傳統生活方式的絕望尋求與無奈依戀。在一篇題爲《憂憤的歸途》的散文中，張煒曾無奈歎惋，「一種越走越近，正從遠處返回來，可以聽做『歸來感』，……它是同時看穿了失望和希望的人才擁有的」。在《柏慧》中，他也借主人公的泣訴發出自我追問：「人在絕望中憤怒和回憶，這有意義嗎？」

《柏慧》最典型地體現了張煒的這種無奈回歸和趨向老年的「理想」願望，作品不但精心爲主人公們營設出一個頗富浪漫意味的、與現實塵世相隔絕的葡萄園作爲他們避世與抗世之所，還屢屢通過讓歷史與現實的穿插來平衡其現實心態，他一方面借對文革往昔批判的力量（那是歷史已證明了其正確性的）來支撐其勉力的現實批判，另一方面又試圖通過回憶以沖淡現實壓力。除此之外，作者還試圖以全書貫穿性的古歌，以民間傳說中那個遺世而居的著名逃亡家徐芾的故事，來爲主人公尋得心靈最後的慰藉──儘管這一慰藉是那麼飄緲可笑與荒誕脆弱。

所以，張煒的 90 年代作品不再像 80 年代一樣謳歌青年與青春，他的心是走向無奈老年的懷舊與失意。在《柏慧》中，他曾這樣談論作爲他道德標準之一的「羞愧感」：「奇怪的是現在遇不到有羞愧感的人了，偶而遇到一個也往往是老人，很老很老的人。中年人不會有羞愧感，青年人根本就不能指望。」──確實，讀畢《柏慧》，我們自然地會浮起這麼一幅意象：一個「很老很老的人」，孤獨而絕望地踽踽而行在通往過去的路上，他一邊深情而絕望地回憶他的過去，一邊對現實發出喃喃的詛咒聲……

以上三個思想意象典型地體現了 90 年代張煒的思想實質，這些思想，對於 80 年代文化精神顯然是完全相背離的，它顯示著張煒無可否認的向後的文化姿態。

三、

通過以上縱覽張煒創作的思想軌跡，我們不難發現之中孕含著這樣兩個顯著的特點：其一是，儘管張煒的思想在 90 年代對 80 年代存在著一定的突變，但是這一突變並非是無源之水，無本之木，這一轉變的內因和前徵在他的創作前期即蘊藏其內，此後不過是隨時間的變遷而不同程度地外露而已。或者換句話說就是，在張煒的前後期變異之中存在著一個思想共性，有一種文化精神比 80 年代精神更為深蘊，也更為內在地潛藏於張煒思想深處，貫穿張煒創作精神的始終。張煒八九十年代思想的變異，不過是 80 年代文化與這一文化在張煒身上爭奪的勝負結果體現而已。第二個特點就是張煒思想的變異與時代變革的密切相關，如上所分析，張煒創作思想的幾個階段，正與八九十年代社會經濟改革歷程緊密相聯繫，呈現著與時代經濟變革發展明顯的逆反趨勢。就是說，社會經濟改革愈推進，張煒的回歸姿態愈趨明顯，距離 80 年代精神愈遠。

要找出張煒思想變異及其呈現上述兩個特點的原因，我們認為張煒的生平經歷和文化背景是一個重要的線索。

山東是中國傳統文化的故鄉，同所有的中國農村一樣（如果不是更突出的話），中國傳統文化的異體——中國傳統民間文化在這裡擁有著深厚的根基和廣闊的市場；相比之下，「五四」新文化於它顯然是更為陌生也受到更多的拒絕的（尤其是在事實上以農民思想為主導思想的文革時期）。張煒在山東鄉下度過了他的童年和少年，童年和少年生活給他留下了深刻記憶，他一直不諱言這段經歷於他的深刻影響和他對於童年生活、對於故鄉的深厚感情。他曾說過，「我一個人生活在外面，常常思念母親，思念故鄉。思念故鄉和思念母的心情是一樣的」〔註3〕。他還認為：「質樸和誠實一樣，來自河流、大地，來自對童年的記憶和思戀……」〔註4〕在創作中，他更始終把根緊緊地扎在故鄉「蘆青河」那塊土地上，從未易移。可以想見，故鄉和童年於他的記憶是深刻的，傳統的民間文化更深刻地烙在了他的思想深處。比較之下，成年之後短暫的高等教育顯然遠沒有童年生活影響那麼深刻，他的始終情願停駐鄉村、迴避城市，尤其是他真誠的對於連繫著山東民間文化的徐芾傳說的濃厚興趣、乃至不惜為之花費時間與心血，都反映了傳統民間文化之根在他心中

〔註3〕 《蘆青河告訴我‧後記》，山東文藝出版社 1984 年版。
〔註4〕 《童眸》，載《中國作家》1985 年第 5 期。

扎得之深。——由此，我們不難理解張煒對於傳統齊魯文化的認識：「它無非突出了兩大特徵：入世精神和保守性」〔註5〕。更不難理解他對於傳統民間文學的竭力推崇，他不但對之冠以「偉大而自由」之美譽，更認爲：「文學一旦走進民間、化入民間、自民間而來，就會變得偉大而自由。」而相反，「離開了民間的支持和支撐，從來就不會有心靈的自由」〔註6〕。

所以，與80年代文化精神相比，更深入張煒之心、并更堅固地據有他的文化立場和情感的，是傳統的民間文化，他在八九十年代所有思想變異與這一文化的命運有著密切的聯繫。因爲，八九十年代社會的政治經濟的改革，同時也密切影響著傳統生活方式和傳統民間文化的命運。80年代初進行的主要在政治歷史層面上和初步的經濟改革，與傳統民間文化方向有著強烈的一致性，因爲擺脫文革的專制束縛和走出生存的基本困境是他們共同性的願望。80年代中後期社會改革的深入，同時也導致了雖然它一方面不可避免地對傳統民間生活方式與文化構成著巨大衝擊，但同時另一方面鄉村社會多個世紀相賡續的貧窮與痛苦記憶仍使它可能在懷戀傳統文明魅力的同時在理智上亦對客觀變革有著無奈認同；但90年代的商品經濟的實施與80年代相對的平緩顯然不同，它對於整個民族的傳統生活方式的解構是毀滅性的，資本的欲望與傳統的倫理所構成的尖銳對立，已客觀上使鄉村文明陷入癱瘓，市場實施的不完善所孳生的物欲橫流更對傳統鄉村文明的寧靜、安謐帶來了致命性的衝擊。這時候，傳統民間文化的反抗選擇是必然而又絕望的。「反動的哀歌，只能是因感歎有不可避免的歷史上必然的事物侵入而發生的悲歌。」〔註7〕在這個意義上，張煒的「理想」——我們可以想到史學家陳旭麓先生的一句話：「舊的生產力只能找到中世紀的社會理想，也只能找到中世紀的精神武器和物質武器。」〔註8〕——張煒的道德，張煒的勉力與困惑，張煒的痛苦與迷惘以及他的潰退與背離，都深刻地反映了這一文化在歷史變動下的必然命運。張煒是這一文化在現時代下找到的傑出的代言人。

其實，除了前面曾反覆論及的張煒思想嬗變，即在張煒創作的美學特徵上的特徵和變異，也內在地體現著張煒的文化價值影響。他早期的作品，儘

〔註5〕　《周末對話》，江蘇文藝出版社1991年版。
〔註6〕　《傳大而自由的民間文學》，《張煒自選集·融入野地》，作家出版社1996年版，第114～118頁。
〔註7〕　《馬克思恩格斯選集》第2卷，人民出版社1966年版，第618頁。
〔註8〕　陳旭麓：《中國近代社會的新陳代謝》，上海人民出版社1992年版，第194頁。

管是竭力地向 80 年代的抒情的、知識分子氣靠攏，但仍然不無明白地顯出幾分傳統故事型的稚氣，在《女巫黃鯰婆的故事》等作品中，更可看出民間文學影響的深重痕跡；在「秋天」系列以後，他的創作顯然更爲成熟，創作特點和風貌也更合於現代小說的規範，由於文化環境的壓力，張煒不可能再明顯回歸傳統的故事與傳說，但這種民間文學影響的趨向並未消失，它只不過是更隱晦了，以更潛在的方式表現出來。在 80 年代中後期，張煒曾創作過數篇民間傳說改編的故事，間接表現了張煒現實文化壓抑下的內心意願，《古船》、《九月寓言》中對一些民間傳奇的津津樂道，對於知識分子文化不自覺的戲謔性和嘲諷性，都反映出民間文化的審美因素〔註9〕。90 年代的《家族》、《柏慧》，伴隨著作者思想的回歸，藝術上的民間特點也表現得更爲突出，這些作品中的英雄美人故事框架，家族間的爭鬥，富家子與窮女僕的傳奇愛情，以及兵、匪、美女等類型人物的熱鬧場景，……都顯示了一種鄉村式的「狂歡」，也表現了張煒民間文化思想內核在審美趣味上的大暴露。

四、

作爲一種個人創作，張煒的出現無可厚非，相反，作爲那種面臨沒落、反抗也愈顯悲壯的傳統民間文化的代表，他還曾在《古船》尤其是《九月寓言》中唱出了這一文化的深沉困惑和無奈歎惋「天鵝之歌」。更值得我們關注的倒是眾多的 80 年代文化過來人對他所保持的集體性的認同和緘默。張煒的出現雖然是一個突出的個例，但他絕不是孤立的個體，而是一種時代文化方向的縮影。

確實，張煒的情形在 90 年代思想文化界不是個別的現象，不但對現實社會的絕望性否定在 90 年代的時代聲音中形成著強烈而整齊的共鳴，而且，在創作界，許多同張煒一樣從 80 年代文化中過來的作家也紛紛表示著思想文化的退卻：陳忠實的《白鹿原》、賈平凹的《土門》及《高老莊》、張宇的《鄉村情感》等作品中，都明確地體現出與張煒同樣的向後走的背景，與張煒同爲 90 年代社會批判代表的張承志，更是在《心靈史》中將精神傾向撤退到了宗教的極致處。思想界，眾多的 80 年代文化過來人正進行著集體性的精神「嘔吐」，許多青年學者以對昔日自我和現代性的否定爲代價，成爲了當代新儒家和新文化保守主義的代表和中堅……這一切，既使我們強烈地感受到文化大

〔註 9〕參見陳思和《還原民間：談張煒〈九月寓言〉》，《文學評論家》1990 年第 6 期。

撤退的時代性風景，也促使我們對 80 年代精神意義和 90 年代應具的時代精神進行必要的反思和追問。

評判時代文化精神，緊密聯繫著現實評判態度。我們認爲，儘管人們對於現代性問題有著種種論述，但任何人都不能否認，當前中國社會所面臨的最大問題是物質和精神的雙重貧困，是現代性的極度匱乏。物質的貧困，使人們無法擁有起碼的生存權利，也直接影響了人們對文化精神的追求；精神的貧困，不但極大地阻滯著社會生產力的進步，影響著物質生產的發展，而且，它更直接限制著人們的自我解放、使社會進入到一個更高的發展層次。所以，當前中國社會的發展方向應該是在物質與精神上雙重的現代性，既要加強人們精神素質的提高，也不可忽略於物質生產的促進，二者都不可偏廢。

所以，90 年代社會改革具有強烈的歷史必然性。商品經濟的實施，對於社會生產力的發展和人們物質生活的提高有著重要的意義，對於人們走向眞正徹底的解放也是一個必備的前提，它整體上的積極意義是應該充分肯定的。當然，商品經濟也帶來了物欲文化，並且，對物欲的瘋狂追求已迅速地成爲了 90 年代中國社會文化的主導思潮，這種情形對於社會的正常健康的發展顯然是不利的，商品文化於人類心靈的異化，於人與人正常人情關係的戕害，都是不可否認的文化副作用，我們應以之作爲我們現代化道路和目標的一個警示。但是，我們並不能因此而完全否定現實，更不能否定現代文明發展的主體方向。我們批判否定現實中的黑暗與醜惡，應是在肯定現代性發展的前提上，是促使其完善和發展的肯定中的否定，而絕不能是向後的詛咒與背棄。我們在因其沒落而顯得溫馨因其絕望而顯得孤岸的昔日文化中，也許能夠找到暫時的慰藉，但卻決不能促進現實發展、完成時代賦予我們的歷史重任，憑藉滯後的唯道德武器，我們能夠詛咒現實，卻決不能對現實社會進行準確而有力的針砭和批判。

而且，我們還應該看到，儘管物欲文化與物質化現實有密切關聯，但二者並非完全同一。在當代中國這樣一個前現代的社會背景中，物欲文化並不是社會的唯一敵人，物欲的猖獗也並不完全是因爲物欲本身，長期的物質貧困對人心靈的巨大戕害和痛苦的貧窮記憶，也是今日人們爆發對金錢的畸形欲望的重要原因。當前中國社會的物欲橫流和金錢至上等不良社會風潮的泛濫，社會嚴重的分配不公和腐敗等現象的出現，與 80 年代現代精神所否定而尚未完成的對象──中國社會悠久淵深的封建傳統有著密不可分的聯繫。當

代中國的最黑暗處，正是中國社會獨特的封建和商品資本相結合的產物。文革所造成的文化荒漠，民眾思想意識的現代性的缺乏，都影響了大眾對物欲的抵禦力；當前社會的腐敗和貧富懸殊，更直接關聯著社會改革開放的不徹底、封建意識的嚴重猖獗等原因。所以，在這個意義上，90年代中國社會所面臨的主要矛盾，不是「現代」得過剩的問題，而是現代性嚴重不足的問題。

所以，在相當意義上，對於診治90年代的中國社會來說，以現代性為標誌、倡導民主與啟蒙的80年代文化精神並未過時，相反，比較在80年代時它也許更為當前社會所急需。因為，只有明確的現代性方向，我們才能針砭到社會的主要矛盾，只有擁有充足的現代性資源，我們才能在對待金錢和封建的雙重戰場上取勝。

當然，我們並不是說80年代精神已是完美無缺、不再需要發展和改進。正如我們的現代化道路不應是西方社會的簡單翻版，我們的現代性概念也不是完全的西方文化概念，我們的現代民主啟蒙精神應該加強現實的文化適應性，在與封建思想鬥爭的同時也應加強對於現實物欲文化的批判。80年代精神在我們的論述中不是一個停滯的概念而是一個發展的概念。

80年代文化精神（至少是它的精神主體）對現實具有充分的意義，80年代人對於這一文化精神的放棄與背離顯然有源於社會文化的深刻時代和個人原因。我們前面已經論述過張煒轉向的文化內因，事實上，這一「內因」絕非僅僅只是針對他個人，80年代文化在時代的啟蒙和個性解放成績上的有限，80年代青年對於「現代性」的猶疑與韌性的缺乏，都體現了張煒的文化道路在他同代人中具有極大的普遍性。在某種程度上，張煒的蛻變是眾多80年代文化參與者們的共像，他蛻變的原因也可視作他們許多人的集體性共症，雖然也許症狀與程度有所不同，但他們擁有著本質相同的文化背景，也承擔著時代宿命性的共同文化缺失。

80年代的青年文化倡導者和參與者們，和張煒一樣或基本一樣，都是成長在五十與六七十年代愈來愈封閉也愈來愈單一的政治意識形態社會中。尤其是十年文革時，他們大多正處在思想意識初步定型的時期，文革的貌似反傳統實則寓含強烈封建專制與反個性思想的時代精神是他們心靈幾乎唯一的「養料」，這種時代精神必然會顯在與潛在地在他們的思想的深處打下了深深的烙印。除了文革文化的耳濡目染外，這一代人所能感受到的就是鄉村文化，他們或者和張煒一樣生長在鄉村，深受傳統民間文化滋育；或者成為知青，以

一個城市棄子的身份去感受傳統鄉村文明的溫情。鄉村文明給這一代人的影響是集體性的。感受著這種文明，他們一方面或許可以因感觸於傳統鄉村文明的愚昧落後而深化到挖掘與批判傳統文化中的停滯和封建特性，從而生發出對「現代化」的強烈要求，但同時另一方面，鄉村文明的溫情帶著情感的維繫又很可能使他們深陷在對鄉村文明的依戀中難以自拔，尤其是在他們一旦離開鄉村之後對鄉村的回憶中更是不吝對它施以溫情回報。情感的羈絆和思想的局限很可能使他們難以在「現代化」的道路上眞正起步而更多停留在農業文化之中。所以，儘管他們各人的生活道路有異，受農業文化影響的程度也有著個人差別，但這一代人的現代性文化缺失卻是共同的，他們普遍匱乏堅固的現代性文化背景爲精神依靠，因之也匱乏對於現代文明執著的願望與信心。

所以，參與建構 80 年代文化的青年一代，比較他們的「五四」前輩，原就存在著文化準備上先天的不足，長久的禁錮既使他們不可能眞正洞悉傳統文化中的弊端，也使他們不可能對西方文化有眞正深入的認識，並缺乏強烈的與「現代性」相一致的內在思想基礎。浮躁，是他們比「五四」前輩們更爲強烈的精神特徵；堅韌與執著，卻是他們普遍的缺乏。這決定了他們所從「五四」文化中汲取到的更多是「五四」的浪漫、片面與激進，卻丟掉了「五四」的深刻和自審，更缺乏對於自我的堅定信心。

這一切，不但使他們在文革結束後的最初時代無力承擔上時代先鋒的責任，而且也使他們早就內在孕含著自我動搖與分化的契機。在他們所進行的對社會思想文化和大眾的雙重啓蒙中，他們首先面臨著一個對 80 年代精神進行發展和完善，對自我進行啓蒙與自新的重任〔註 10〕，這一任務的能否順利完成，不但決定他們進行的現代啓蒙所能取得的成就，決定著 80 年代精神的能否持續和發展，而且它還寓含著他們或被時代拋棄或進行自我逃避的可能性。歷史的發展決定了他們這一自我啓蒙與更新的過程的艱難與未完成狀態，時代的匆匆未能給予他們從容地舐好自己的傷口、協調好自己步調的機會。這既嚴重影響了他們的啓蒙實績，也導致了他們在 80 年代中期的迅速分化，80 年代末的政治變動更是極大地影響了他們的自信心，潰退已是他們無可逃避的命運。

〔註10〕 作爲 80 年代文化的建設者之一的李銳曾這樣談論自我的一代：「新時期文學的過程，實際上是每一個作家的自我批判、自我背叛的新生過程。」見《拒絕合唱》，上海人民出版社 1996 年版，第 66 頁。

　　所以，90 年代的商品大潮不但徹底擊潰了 80 年代啓蒙精神所取得的頗顯微薄的成果，而且更徹底摧毀了 80 年代人原就並不堅韌的文化自信心。他們原就存於內心深處的對現代性的憂慮更使他們在現實面前感觸到的多是現實的陰暗面而非積極面，他們的心態也自然是憂慮多於歡欣。在現實面前，他們失去了曾有的診治社會引導大眾的能力與勇氣，更匱乏更新自我發展自我，以堅韌而執著的現代性精神抗擊現實物欲文化的自信心。其中的原就根在別處者（如張煒等）就自然地退居到自己的原有文化上，在對傳統的依戀中找到心靈的慰藉，也以之作爲他們對抗現實的武器。所以，在某種程度上我們完全可以說，張煒和他的眾多的昔日 80 年代戰友，正共同參與著一種對 80 年代精神的集體性共謀，自覺不自覺地成爲著 90 年代文化對 80 年代精神進行戕害的幫兇。

　　這是一個時代的悲劇。歷史將會（事實上已經初步體現出）對這一共謀的後果作出自己的回答。90 年代社會民眾思想的極度混亂，精神信仰的普遍匱乏，人們對社會的正常變革和發展喪失了熱情卻充斥著對金錢的畸形欲望，都反映出時代性的精神缺失和知識分子在時代文化建設中的嚴重缺席與失職。

　　這顯然是我們應該予以充分關注的，更應該成爲我們眾多的 80 年代文化失守者和背離者的一個警示。我們期待著現代性的新生，也盼望著眞正切中時弊的、兼備建設性和現代性的文化批評的出現。

文化糾結中的深入與迷茫——論韓少功的創作精神及其文學意義

在當代作家中，韓少功以思想深邃複雜著稱。他的作品（尤其是小說）大都蘊涵較強的文化意味，其內涵既具傳統意象又有強烈的現代色彩。他的許多重要作品，如《爸爸爸》、《女女女》等，其題旨不但出現之初引人爭議，即便在今天也難有定論。近年問世的《馬橋詞典》和《暗示》，更是引起人們對其文體和思想特徵的多方面爭論。一個作家的創作往往是他心靈的外化。韓少功創作意蘊的複雜晦澀，是他精神文化世界的真實折射。具體講，韓少功的精神世界中，始終交織著鄉村文化與現代理性的複雜糾結。他的創作個性和文學意義，都與之息息相關。

一、

韓少功創作與鄉村關係的密切是很明顯的。一個最直觀的表現就是在創作題材上。他自 20 世紀 70 年代末開始創做到今天，30 多年間，基本上沒有離開過鄉村生活領域。鄉村的生活和文化是他最摯切的關注，鄉村方言是他運用得很嫻熟和普遍的文學語言。雖然進入 90 年代後，韓少功也有所改變，嘗試涉足都市生活題材：「希望自己的寫作既不能完全沉溺在過去，也要盡量打破模式化都市生活的圍城，把盲區中隱藏著的東西解放出來，看一看那裡的生活狀態和生命存在。」〔註1〕但是，這些作品都寫得不太成功，無論質量還是影響，都遠不能與他的鄉村題材作品相比。所以，在短暫的都市題材創

〔註 1〕《韓少功：寫小說是重新生活的一種方式》，《中華讀書報》2005 年 12 月 2 日。

作之後,他很快又返回到鄉村生活領域(如最近的小說《第四十三頁》)。由此可見,韓少功投入創作心力最多,也是與其心靈形成深層契合的,是鄉村世界(另一個是與鄉村有密切關聯的知青生活)。考慮到韓少功並不是來自農村,與他同樣經歷過短暫鄉村生活經驗的知青作家基本上都早已離開鄉村敘述,像他這樣執著地在鄉村土地上耕耘的幾乎絕無僅有。顯然,韓少功與鄉村之間有著比一般作家更深厚的關係。

寫鄉村是一個方面,更重要的,是韓少功作品中浸潤著濃烈的鄉村文化精神。韓少功的創作中,始終縈繞著一種強烈的神秘文化氣息,這一氣息不只是構成其作品的氛圍,更主導了作品最基本的價值和人生觀念,是其思想靈魂的主線。這一點在其鄉村題材作品中體現得最明顯,像《歸去來》、《藍蓋子》、《暗殺》、《馬橋詞典》等,每一篇都被這種氣息所縈繞;其它題材小說以及許多散文作品,如《眞要出事》、《鞋癖》,以及《山南水北》的大部分篇章中,也都籠罩著這種氣息的氛圍。有批評家將這種文化氣息歸結爲「現代主義」或「後現代主義」思想〔註2〕。但我以爲,它最基本和最直接的來源是鄉村文化。在較早表現出神秘文化氣息的作品如《空城》、《雷禍》、《謀殺》、《故人》中,都明確昭示它萌生於知青們對鄉村生活的新奇感受和難以擺脫的鄉村記憶,其背後的深在淵源正是鄉村文化,是滲透了野史異聞、傳奇信仰的鄉村精神。到《爸爸爸》、《女女女》、《馬橋詞典》等作品,更是將這種文化氣息直接融入鄉村生活敘述中,顯示出二者高度的糅合。

如果我們將這兩方面結合起來,更將它們與現實生活中的韓少功相聯繫——不說別的,就只看他近年來所選擇的生活方式。正當盛年,他卻毅然辭去官場實職隱居鄉村,眞正回歸鄉村田園的質樸自然——我們完全可以說,鄉村,對於韓少功,已經不只是一種簡單的知青生活記憶和情感,它已經上升爲一種精神聯繫,一種蘊藏於心的文化影響。他創作中無處不在的神秘文化氣息不是純粹客觀的書寫,而是他自我心靈的一種折射,也是他對鄉村文化體悟的結果:「我覺得楚文化有這麼些特點:奇麗,神秘,狂放,幽默深廣。」〔註3〕《歸去來》中的馬眼鏡,《女女女》中的「我」,雖然是作者創作的人物,

---

〔註2〕 參見張佩瑤:《從自言自語到眾聲沸騰——韓少功小說中的文化反思精神的呈現》,《當代作家評論》1994年第6期;陳曉明:《個人記憶與歷史布景——關於韓少功和尋根的斷想》,《文藝爭鳴》1994年第5期。

〔註3〕 林偉平:《訪作家韓少功:文學和人格》,《上海文學》1986年第11期。

卻也傳達著作者自己委婉而深切的心跡。這一點，正如有批評家早就談到的：
「地域文化中的內核即群體思維模式和心理因素在作家和客體的交互作用中
影響作家，改變了作家的價值取向和思維方式，在感性的對話中不斷積澱爲
藝術的審美方式，最終導致與該文化同形同構的心理定勢。」〔註4〕

　　但是，這並不是說，韓少功的精神世界是單一的鄉村文化，甚至不能說，
在韓少功精神世界裏，鄉村文化完全佔據主導。因爲至少還有另一種文化與
它並駕齊驅，共同影響著他的文學創作，那就是現代理性精神。在韓少功創
作中的體現，就是另一與神秘文化氣息同樣顯著的特徵──理性思辨色彩。
韓少功的「尋根文學」代表作《爸爸爸》、《女女女》固然是以理性色彩和晦
澀難解著稱，其它的許多作品，包括《馬橋詞典》、《暗示》以及《歸去來》
等代表作，同樣意味含蓄深長，是哲理思想與文學形象相結合的產物。在其
創作的另一領域──非虛構的散文中，韓少功同樣以思想透徹和深邃著稱。
除此之外，他還直接涉足文學理論和文化思考，在 20 世紀 80 年代中期的「尋
根文學」運動中，他以《文學的「根」》一文成爲其理論先導，在 90 年代以
來的多次文化思潮討論中他也有非常積極的參與。因此，有人稱他是「眞正
有哲學頭腦的」「學者型作家」〔註5〕。

　　事實上，在韓少功那些蘊涵著濃鬱鄉村文化氣息的作品中，也同樣可以
清晰地看到理性精神的印記。一個典型的體現，他鄉村小說的敘述者都是外
在於鄉村者，這些小說的視角也都包含著新奇或者審視的意味。正因如此，
韓少功雖然一直寫鄉村，但多不是對鄉村現實生活的寫實，而是多關心鄉村
的抽象層面，關注虛幻的鄉村精神──在這個意義上說，他筆下的鄉村神秘
文化既可以說是鄉村本身的，也可以看作是一個外在於鄉村者對鄉村永遠的
距離感和恐懼感──伴隨著的是對鄉村、對中國社會，甚至對整個人類命運
的理性思考。

　　同樣，韓少功作品的藝術表現上也蘊涵著兩種文化的特徵。他的作品雖
然鄉村神秘文化氣息氤氳，充溢著鄉村意象和鄉村方言，講述的也是鄉村人
物的生活故事，但是，他的敘述方法精緻圓熟，不乏對西方現代小說技法的

〔註4〕 汪政、曉華：《神話・夢幻・楚文化──韓少功創作斷想》，《萌芽》1988 年第
　　　　2 期。

〔註5〕 李潔非：《尋根文學：更新的開始（1984～1985）》，《當代作家評論》1995 年
　　　　第 4 期。

運用，卻並不採用流行於鄉村社會中的通俗說書體式；他雖然常用方言，但只是為了人物和環境的需要，其整體的敘述語言都帶強烈的知識分子色彩，在符合現代漢語規範的前提下，融入了對現代語言美學意識的自覺〔註6〕。

正如鄉村和現代理性兩種文化複雜交織於韓少功作品中，難以作出清晰的剝離，我們也很難明確地辨析出它們在韓少功精神中的主次和輕重位置。但大體而言，鄉村文化更多聯繫著韓少功的情感和記憶世界，主要處於較潛在的層面；而在其思想的顯性和理性層面，現代理性精神則更佔優勢。或者換句話說，鄉村正像一個夢，縈繞在韓少功的心底，在清醒的現實中他能夠用理性掌控它，但在睡眠中又不自覺進入它的世界。

二、

韓少功的精神和文學世界之所以呈現出鄉村文化與現代理性複雜交融的特色，與他的生活經歷，尤其是知青生活背景，以及個人氣質和精神追求都有關聯。

韓少功作為知青下放到鄉村時，還只有 15 歲，正處於心靈和智力成長過程中的重要階段，如同他的許多同樣經歷作家一樣，自然會受到鄉村對他的影響和薰陶。而比較一般知青，韓少功還有兩點特別之處：一是他雖然是在城市長大，但他的家庭與鄉村有著直接而深入的聯繫，也就是說，他的童年記憶中也多少凝結著鄉村生活和文化的影響，使他對鄉村有著天然的親近和認同基礎；二是韓少功所插隊的湖南汨羅，地處偏僻，文化久遠，民間文化氣息非常濃鬱，對於富有文學情思的韓少功來說，它的誘惑和感染力顯然不是一般的。這樣，鄉村於韓少功構成了複雜的淵源。它既是韓少功一段難以忘記的生活經歷，也賦予了他心靈的記憶、文化的影響，對其文學觀、人生觀和世界觀都產生了重要的影響。正因此，知青生活儘管只是韓少功人生經歷中並不漫長的一段，但他始終不能忘懷這段歲月，不能忘懷與之息息相關的鄉村世界。韓少功曾這樣描述過知青群體的心靈世界，毫無疑問也是他自己心曲的披露：「對於他們中的許多人來說，最深的夢境已繫在遠方的村落裏了……他們多年後帶著心靈的創傷從那裡逃離的時候，也許誰也沒有想到，回首之間，竟帶走了幾乎要伴其終身的夢境。」〔註7〕

〔註6〕 參見韓少功、王堯《語言：展開工具性與文化性的雙翼》，《鍾山》2004 年第1 期。

〔註7〕 韓少功：《記憶的價值》，載《血色》，敦煌文藝出版社 1996 年版，第 54～55 頁。

　　然而，韓少功畢竟不同於眞正的鄉村子弟，他的童年記憶，他的文化啓蒙，都是來自城市文化。即使是他在鄉村的知青歲月，也不可能完全忘記自己是城市人，回城也是他很堅韌的現實夢想。這決定了他的精神只能是現代文明的產物，不可能離開理性文化的基本。而從性格氣質來說，韓少功有較強理性傾向，由於家庭變故原因性格又比較早熟，自小就對政治思想理論有濃厚的興趣，閱讀過大量哲學和文化書籍。成年之後，他更一直保持對理性思辨的關注，在其爲數不多的翻譯作品中就包括了葡萄牙作家著名的思想著作《惶然錄》和理性色彩濃鬱的昆德拉小說《生命中不能承受之輕》，顯示了他對理性文學的偏好。他所創作的關涉現實生活的散文也多帶有思辨色彩，是哲理與文學的結合。

　　一般來說，鄉村文化與現代理性之間是矛盾衝突的，但是，統一在一個具體的作家身上，在具體的環境、情感等因素影響下，它們卻可能形成自然的融合，達到和諧和相互促進的境界。韓少功正是如此。比如，正是因爲有理性的介入，他才能更深地進入鄉村，將與鄉村的聯繫保持得更久遠。理性幫助他超越了簡單的情感依戀和新奇感受，更深入地認識了鄉村，甚至受其文化陶冶，但又能不完全沉迷其中，保持一定的冷峻和清醒；同時，也是因爲有鄉村文化的影響，他才能在長期的創作和生活中始終保持獨立的批判姿態，並以執著的人文姿態對抗強大的商業文化精神。可以說，複雜的生活經歷，使韓少功擁有了多元文化身份，也豐富了他的精神世界。

　　韓少功的精神世界不是一蹴而就生成的，而是逐漸發展，經歷著曲折和嬗變，其中，韓少功也肯定經歷過遊移、掙扎、矛盾、欣喜和困惑等多種情感，也有過內心的徘徊和情理的衝突。而這，投射在文學世界中，既使其作品普遍顯示出內在的緊張，甚至包含有自我頡頏處，其創作軌跡中亦明顯呈現出階段性和變異性特點。

　　韓少功的早期創作，包括使他成名的《月蘭》、《風吹嗩吶聲》等，雖然都是以鄉村生活爲題材，也表達了作者對鄉村的同情和關注，但是，正如韓少功自己表達的思想：「我力圖寫出農民這個中華民族主體身上的種種弱點，揭示封建意識是如何在貧窮、愚昧的土壤上得以生長並毒害人民的，揭示封建專制主義和無政府主義是如何對立又如何統一的，追溯它們的社會根源。」〔註8〕這些作品的基本精神是現代理性文化，是時代的政治和文化要求。它們

〔註 8〕韓少功：《學步回顧——〈月蘭〉代序》，載《月蘭》，廣東人民出版社 1981年版。

所主要體現的也是現實政治批判，是對現實文學潮流的呼應。從中，我們還看不到韓少功獨特的思想藝術個性，也沒有反映出他與鄉村之間獨特的精神聯繫——正如他的藝術表現還處在探索期，他的精神世界同樣還處在形成過程中，還沒能投射到創作上。

進入 1983 年左右，韓少功的創作經歷了一個迷茫期，兩三年中基本上沒有什麼作品。這並不是韓少功的懈怠，而是他面臨著創作的轉變，一個由群體走向個人的成熟期。《遠方的樹》典型地反映了這一轉變。主人公在城與鄉、過去與未來之間的徘徊，正反映了作者內心的遊移和矛盾。正是在這一過程中，韓少功精神中的鄉村文化部分得到了較充分的展示，《歸去來》、《藍蓋子》是其中的代表作品。不過，在追趕西方文學、凸顯民族個性的時代潮流的衝擊下，韓少功很快將個人記憶與時代精神相聯繫，或者說將鄉村文化上升到理性世界中，將二者進行了自覺的融合。《爸爸爸》、《女女女》都是理性色彩和鄉村文化相結合的作品。前者中的丙崽，後者中的麼姑，都既是鄉村文化的體現，又具有象徵的意味，傳達著對傳統文化、對人類前途問題的思考。這是韓少功創作的第一個成熟期，其中的巔峰，則是創作於 20 世紀 90 年代中期的《馬橋詞典》。雖然這時候作為潮流的「尋根運動」已經偃旗息鼓，但韓少功卻始終在延續和深化著對鄉村精神的思考和表現，《馬橋詞典》是其直接成果。

20 世紀 90 年代中期以後，也許是社會迅速商業化等因素對韓少功產生了影響，他的精神世界有更複雜的表現，創作上也有較大變化。一方面，他試圖更切近現實生活，以強大的理性思想對社會發出思考和追問，其典型表現是《亞洲的天空》、《夜行者夢語》等一些散文和文化隨筆；另一方面，他又始終延續著鄉村情懷，在《山南水北》等作品中傳達出濃厚鄉村文化意味。近期問世的長篇小說《暗示》典型地體現出韓少功內在文化精神的矛盾特徵。

三、

作為具有高度創造性和表現力的作家來說，身負雙重乃至多重文化身份並不是很特殊的事情，但是，中國新文學獨特的文化背景，還是使韓少功的複雜文化精神顯示了突出的意義。新文學以現代啓蒙文化為思想主導，在它的視野中，鄉村和鄉村文化基本是愚昧和落後的代表，是受批判和等待啓蒙的對象。這影響到中國鄉土文學的創作，使之呈現出現代理性與鄉村文化基

本上相對立的態勢。作家們或者站在現代立場上批判性地俯視鄉村，或者站在懷戀和衛護的立場上對鄉村進行自我觀照，往往存在情感和理性，傳統與現代的嚴重疏離。獨特的經歷使韓少功能夠超越這一疏離，尤其是當他能夠處理好兩種文化的關係，使它們和諧地共存時，更具有了文學史的意義。

對於文學創作來說，單一文化的深入固然有其突出意義，但「任何層面上的認同（個人的、部落的、種族的和文明的）只能在與『其它』──與其它的人、部落、種族或文明──的關係中來界定」〔註9〕。缺乏他文化的參照，很容易陷入狹隘和封閉之中。當韓少功能夠將鄉村文化與現代理性很好地融會，超越視閾局限與情感迷障，就能夠對鄉村和鄉村文化作出更客觀理性、也更深刻的認識，並能以之作為自己深遠的精神資源。對於韓少功創作的最直接影響，就是造就了他對鄉村社會持續而深入的敘述能力。更重要的，韓少功也因此具有了對鄉村社會獨特的表現力，具體說就是對鄉村精神世界的深刻把握能力。鄉村生活包括現實和精神兩個方面。人們一般談論得較多的是鄉村現實層面，但實際上，鄉村有著自己的文化和精神世界。正如有學者談論的：「鄉村的傳統文化深深植根於農民中間，並為他們強烈地信仰和維持著。民間的習俗在不自覺中獲得、傳承，根據這些習俗慣制來行事的人則相信這些習俗是正確的。而有的文化現象在現代人看來，或在有科學知識的人看來是非常可笑的，甚至是不可理喻的。農民的日常生活中卻仍然恪守著。」〔註10〕

鄉村精神是鄉村世界中較虛幻一面，它與生活習俗、文化信仰有關，也聯繫著鄉村傳說、民歌和民間故事。它雖然不能直接用目光看到，卻是縈繞於整個鄉村世界之上的一種氛圍，是鄉村的靈魂和本質，遍佈於鄉村的一草一木、生活的每一個細節中。由於兩個方面的原因，新文學對鄉村文化精神表現較為匱乏。首先是意識形態的影響。在現代啓蒙文化主導下，鄉村精神一般都被當作落後和封建迷信來看待，作家們的表現自在對鄉村精神體悟的難度。因為一般的外來者，沒有深切的鄉村經驗，是體察不到潛藏在日常生活背後的鄉村精神的；而完全身在鄉村、缺乏外在文化的觀照，也難以對它作出恰切的認識和表現──就如同鄉村中的瑰麗山水，作為鄉人自己是無法

〔註 9〕　（美）亨廷頓：《文明的衝突與世界秩序的建構》，周琪等譯，新華出版社 1999
　　　　年版，第 134 頁。
〔註10〕　金其銘、董昕、張小林：《鄉村地理學》，江蘇教育出版社 1990 年版，第 164
　　　　～165 頁。

感受到的，只有那些對外在世界有所見識者才會對之有所體悟——但同時又容易受自戀等因素的影響，使之流於炫耀和獵奇。

憑藉獨特的文化身份和對鄉村文化獨特的感悟，韓少功以神秘文化爲切入口，深入地體察和表現了鄉村精神，在某種程度上說是揭示了被偏見和盲目所嚴重遮蔽的鄉村靈魂世界。在中國新文學的創作歷史上，其思想的深入和創新的意義都是很明顯的——從新文學歷史看，韓少功的這一特點與另一位同爲湖南人的現代著名作家沈從文有些相似。沈從文矢志於以鄉村文化來建造「人性小廟」，傳達了鄉村文化中蘊藏的質樸人性精神。不同的是，韓少功融入的理性色彩更多一些，也許因此而少了些情感的眷戀和明朗清新，卻多了些理性張力下的曖昧和朦朧。

韓少功的文學（尤其是小說）也因此被賦予了獨特的藝術個性。最突出的，是濃鬱浪漫主義色彩的靈性魅力。韓少功創作（其中包括那些蘊涵山水靈韻的散文）中充盈著鄉村神秘文化氣息，文化的美滲透到文學作品中，使他筆下的文學世界變成了自然與社會、眞實與虛幻的巧妙融合，傳達出幾分超自然的精神意蘊和輕盈浪漫的個性，也具備了獨特的美感和別樣的藝術魅力；其次，是情理交融、寓冷峻於溫情的藝術風格。韓少功的作品是蘊涵著深切的鄉村關注和記憶情感在內的。像《歸去來》就曲折地表達了對政治歷史於村民們的傷害和痛苦記憶，《馬橋詞典》更是寓苦難於平淡，可以看作是鄉村的苦難史。但他的情感卻基本上能夠統一於理性制約之下，不顯張揚外露，而是內蘊深沉。這使韓少功的作品外表冷峻、內裏深切，有感人之情，卻又促人深思，是情感與思想的融合。批評家對他的分析是準確的：「韓少功小說中的哲學，不是剝離於情節之外的理念，更不是以明顯的議論方式塞到故事和任務嘴中的變相的掉書袋，而是彌漫於整個情境之中的事物本身所處的狀態」〔註 11〕；第三，是現代與本土、城市與民間相融合的特質。語言是其最典型的體現。韓少功的作品往往運用兩套語言體系，一是地方方言，二是現代的規範漢語。特別的是，他的這兩種語言不是簡單地分離爲人物語言與敘述語言，而是融合在一起。尤其是他的敘述語言雖然多帶知識分子色彩，但經常與所表現的鄉村精神相交融，在語言藝術中傳達出鄉村生活底蘊和鄉村文化氣息。這使他的作品雖然不以獨特的方言色彩見長，卻使敘述和敘述

〔註11〕 李潔非：《尋根文學：更新的開始（1984～1985）》，《當代作家評論》1995 年第 4 期。

對象不形成分離，事實上是在自覺地將方言與現代漢語相融合，將方言化爲了現代文學語言之一部分。對於一直困惑於方言的難懂與生動性之矛盾的中國文學界來說，這種嘗試無疑是有創新意義的。雖然這一特點在韓少功作品中還未完全成熟，前期的一些作品還略顯幼稚，但《馬橋詞典》的語言是很有典範意義的。整個作品都是圍繞著地方方言展開結構和敘事，所有的思想和故事都貫穿在方言解讀和闡釋之中，並以之還原了馬橋地方人們的生活和文化，是其地方政治、歷史、人物的全景畫。這種方言表達已經不再是單純的語言運用，而是對整個文化的洞察，是文化借助語言的深度還原。

四、

韓少功的文學具有獨特的價值，但這並不是說他的創作已臻完美。它們也存在一定的不足，甚至還埋藏著發展力萎縮的隱患。

正如前所述，鄉村文化與現代理性關係的和諧是韓少功創作成功和形成獨特價值的重要基礎，一旦這種和諧被打破，就會對其創作構成損傷。事實上，韓少功不少作品都存在理性或情感的偏移跡象，真正體現出和諧精神狀態的作品並不多（雖然這已經很難得了），其中最具代表性的是《歸去來》、《馬橋詞典》、《女女女》等。他的一些作品，像《爸爸爸》，理性精神介入過強，明顯損害了其對鄉村文化的自然表現；也有一些作品，比如《山歌天上來》，以誇張的筆墨寫鄉村之「異秉」，反而流露出刻意和獵奇的痕跡。而且，當他內心的文化精神發生偏移之後，會影響到其創作發展。我以爲近期的韓少功就遭遇到這一問題。在《馬橋詞典》之後，韓少功的創作精神顯然有一定迷茫，於是，他作了創新和改變的努力。一方面，他試圖通過題材改變以尋求新的發展，創作了《報告政府》等作品；另一方面，他尋求形式的創新，創作了形式探索意味濃鬱的《暗示》。雖然不否定韓少功的自我創新願望，但我以爲這些嘗試並沒有取得足夠的成功。其城市題材創作固然是明顯深度不夠，《暗示》較之《馬橋詞典》也有明顯的差距。兩部作品成就迥異的關鍵之點，正在於其內在文化精神之是否和諧。《馬橋詞典》儘管外在形式上散亂，但它始終是圍繞著馬橋地方文化而進行的，有內在的精神一致性爲基礎，更蘊涵著作者對馬橋深厚的情感和文化記憶。這使它貌似凌亂卻始終有中心存在。而《暗示》卻沒有這種內在的精神底蘊和集中的關懷，也就只能是散文隨筆和小說虛構的雜糅，顯得空洞浮泛卻無內在的凝聚力。而且，《暗示》消

弭了小說和散文之間的差異，也就是消弭了二者的獨特性——對於文體來說，這種獨特性是其存在的前提。

韓少功近期創作的迷失，反映的是其精神世界的不和諧，而更深層折射的，則是其鄉村文化積累上的缺失。因為正如前所述，韓少功擁有超於一般作家的鄉村記憶，接受了其文化的薰陶和影響，但是，他的鄉村文化積累也存在一定的缺陷，最重要的是缺乏對鄉村現實生活的深入體察。知青的邊緣狀態使他不可能真正深入鄉村的日常生活，回城以後更與之日益疏遠和陌生。這一缺陷的直觀表現是對其鄉村現實表現能力構成制約，實質上也會對其文化領悟深度產生影響。雖然他可以憑藉文化上的優勢，憑藉對鄉村的關注和情感，對之作出一定的彌補，但影響還是難以避免的。典型而論，韓少功對鄉村精神的表現取得了很高的成就，在一定程度上在於他能夠避實就虛，巧妙地避免了其生活積累上的不足（當然，同時也因為他並不是完全沒有這方面的積累），但其中也蘊涵著難以覺察的缺陷。因為鄉村精神本身是豐富的，它的完備形式應該是虛與實、現實與超驗的結合。只有落實到鄉村生活的實在處，與鄉村日常生活細節融合起來，鄉村精神才會更鮮活生動，才會更有生命力。韓少功對鄉村精神的感悟和表現自然是深切的，也實現了與鄉村現實一定的融合，但卻還未臻這一創作的最高境界。其典型表現是內涵和方式上都略顯單調，未能充分體現出鄉村生活和文化的豐富性。而對於一個作家來說，這種文化積累還難以真正支撐其整個的創作生涯，尤其是對韓少功這樣一個具有不斷開拓和超越精神的作家來說更是如此。在這個意義上說，《馬橋詞典》等作品達到了他的創作高峰，卻也極大地消耗了他的鄉村文化積累，對他下一階段的創作發展和超越製造了更大的困難。

還是以《暗示》為例。從表面看，《暗示》似是受鄉村文化影響的結果。因為韓少功所表現的鄉村文化有一個重要特點，就是真實與虛幻的相對化，也就是說，這一文化裏，真實與虛幻是混合在一起的。韓少功從虛構的小說創作走向寫實化的散文，或者說放棄虛構的小說形式轉向與寫實相雜糅的《暗示》，與這一文化的影響似有內在的關聯。雖然不能完全排斥二者的聯繫，但我以為，這只是事情的一方面（或者說只是表象），甚至可以說，它更深層地揭示出韓少功對鄉村文化精神認識的不夠完整和深入。因為生活的虛幻化雖然是鄉村精神的重要特點，但遠非全部，甚至很難說就是最根本的特徵——韓少功因為精神支持力的匱乏影響到創作發展的情況，我覺得與另一位知青

作家張承志有些相類似。張承志在《心靈史》之後放棄了虛構的小說文體，轉而全身心地投向非虛構的散文創作，其主要原因也是因爲他感到無法眞正深入到草原文化（張承志儘管表達過對草原深切的熱愛，但也曾經有過感歎：「因爲他們畢竟不是土生土長的牧人之子，因而他們有可能在膚淺或隔膜的同時，也必然保留了一定的冷靜與距離——這種保留，或者會導致深刻的分析和判斷，或者會導致他們背離游牧社會。」〔註 12〕）無法在草原文化中找到心靈的寧靜，於是選擇了皈依宗教信仰。宗教信仰的「眞」，與小說文體的「虛」構成了衝突，是他懷疑並放棄小說創作的根本原因。

從這個意義上講，韓少功在進入創作生涯 30 年之際，確實面臨著一個挑戰，或者說是一個轉換的選擇。是深化自己的鄉村記憶和文化感受，還是轉換到現代理性世界？表現在文學形式上，則是繼續著以感性爲主體的小說創作，還是轉換到更適合理性馳騁的散文領域（當然，他也可能選擇《暗示》這樣的折中方式，但它顯然並不成功）？對於韓少功來說，這一挑戰不是突如其來，而是糾結在內心的深層文化衝突在時代劇變下的一次集中爆發，但它確實構成了對韓少功未來創作道路的決定性影響。

在韓少功創作歷史上，也曾經面臨著這樣的選擇和挑戰，那一次他成功地對自己進行了轉換，走出了困境。這就是在「尋根文學」中，韓少功的「尋根」代表作《爸爸爸》雖然產生很大的影響，但由於理性文化的介入太多，導致其內涵晦澀，也違背了其「尋根」的創作初衷。但韓少功成功地對之進行了調整，《馬橋詞典》以和諧而深入的文化關係，實現了對《爸爸爸》的明顯超越。今天韓少功所面臨的狀況與上一次有同樣的精神關聯，只是他這次的起點更高，要求更高，難度也要更大一些——我以爲，韓少功已經非常睿智地意識到了這一點。他之毅然選擇回歸鄉村，回到與他精神世界密切關聯的鄉村中，顯然不是簡單的生活方式選擇，而是有著強化其精神資源、深化其文學創作的深遠意圖。我相信韓少功能夠實現他的意圖。那樣，肯定會是韓少功創作的又一個超越，一個更高的高峰。

〔註12〕張承志：《牧人筆記》，湖南文藝出版社 1999 年版，第 253 頁。

獨特的農民文化歷史觀——論劉震雲的「新歷史小說」

　　中國文學進入了二十世紀九十年代，文學的自主性和獨立性進一步增強，政治的——尤其是「文革」的陰影不再是作家們頭上縈繞不去的精神陰霾。作家們的思想和心靈的自由、解放，使文學開始有可能自主地、完整地對歷史、對人類命運等終極性問題進行探尋。適逢此時，標示「個人性」和「現代性」的西方新史學和文學上的「新歷史主義」進入中國。這無異於給中國作家們加上了一服及時的補藥，大大激發了他們對於歷史的興趣和對於歷史「可能性」的探索。一時之間，各種各樣的「歷史」在「新歷史小說」的旗幟下蜂擁而出。這之中既有喬良等人力求客觀的，對傳統歷史進行修繕工作的軍旅歷史小說，也有格非、余華等的以完全顛覆傳統歷史、充分建構歷史的個人化和偶然性為己任的「迷舟」式「歷史」，也有蘇童、葉兆言的借歷史為個人命運遭際演示背景的「人物化歷史」……北京青年作家劉震雲，則以他的普通農民的視點、立場，和農民文化的歷史精神，向人們展現了一幅全新的、農民文化歷史觀燭照下的歷史圖畫，從而在眾多「新歷史小說」作家中，顯示出自己的獨特和與眾不同。

　　農民是中國社會中人數最多的階級。在漫長的中國歷史中，他們既是中國這個古老帝國的最主要建設者，也是被壓在社會最底層、飽嘗艱辛和痛苦的族類。

　　而且歷史——中國的傳統歷史一直在拒絕著他們。作為政治權力中心話語體現的歷史，是統治者用以維護其權力統治的工具。在歷史中，是沒有被壓迫階級的農民的位置的——翻遍浩如煙海的中國史籍，除了把農民作為反

面的「逆賊」來誣衊醜化之外,幾乎找不到普通農民的任何形象。政治壓迫之外的文化壓迫,使廣大的農民淹沒、消失在「歷史」的海洋中。

但是,農民也有他們自己的「歷史」,在寬廣深厚的農民文化中,也包含著農民對於歷史的審視,評判和價值原則,也包含著農民的歷史文化觀。這種歷史觀,被正統文化所摒棄,一直在民間以戲曲、說書、傳說等形式表現著而這些藝術形式,也必然會孕育出它新的表現者和代言人。

劉震雲的創作一直關注農民問題。曾在河南農村度過童年和少年時期的劉震雲,農村和農民生活曾在他心靈上留下深刻印記,農民的文化,歷史精神,也必然給他以強烈影響〔註1〕。他的系列「新歷史小說」,就詳細地表現出農民文化歷史觀在他身上的巨大影響,在他的這些「歷史」小說中,他始終站在普通農民的立場,以普通農民的眼光,以農民文化的歷史精神,對歷史進行了「農民式」的觀照和審視。

早在他的第一部真正的「新歷史小說」《溫故一九四二》中,劉震雲就明確地表示了他對於農民的深刻關注和對於傳統歷史的批判:「沒有千千萬萬這些普通的骯髒的中國百姓,波瀾壯闊的中國革命和反革命歷史都是白扯,他們是最終的災難和成功的承受者和付出者。但歷史歷來與他們無緣,歷史只漫步在富麗堂皇的大廳。」〔註2〕作品中,作者把敘事人身份定位為一個感情激昂的「慌亂下賤的災民的後裔」,並再三表現「他」那種代表農民的,不妥協的歷史態度。此後,劉震雲的立場始終未改,《故鄉天下黃花》的外視點雖然有所改變,但其內視點仍然是普通農民的,其歷史文化精神則更是和《溫故一九四二》及稍後的《故鄉相處流傳》如出一轍,一脈相承。這種堅定的立場和文化精神,是劉震雲「新歷史小說」農民文化歷史觀的中心體現,而其文化精神,則主要體現在以下兩個方面:

一、批判

批判,是農民文化歷史觀的核心。

由於中國農民在歷史中備受壓迫的社會地位。以及他們所處的相對的歷史權力邊緣位置,他們對於歷史,必然是強烈地加以批判和否定。充滿權力鬥爭的歷史,在爭權者看來是極具誘惑力和風雲變幻的,但在始終處於工具

〔註1〕參見劉震雲《整體的故鄉與故鄉的具體》,《文藝爭鳴》1992年第3期。
〔註2〕見劉震雲《官人》,長江文藝出版社1992年版。

和犧牲品地位的農民來說，則無非是統治者對農民的壓迫、掠奪史和農民漫長的苦難史。

劉震雲對於歷史的批判是堅持始終的。無論是《溫故一九四二》中對淒慘河南大災的慘痛描述和對大災形成原因的沉重揭示，還是《故鄉天下黃花》中對半個多世紀的爾虞我詐、草菅人命的村莊權力爭奪史的辛酸展示，以及《故鄉相處流傳》中輪迴的、農民痛苦命運始終如一的漫長歷史，都把歷史演示成「黑暗」和「醜惡」的化身，「歷史」，充斥著權力爭奪者的勾心鬥角和對農民們的魚肉、塗炭，是黑暗的權力鬥爭史和農民辛酸的血淚史。

《溫故一九四二》，是劉震雲站在普通農民立場對一九四二年河南大災這椿史實所作的「重寫」。作品通過對被歷史塵封湮沒的史料的挖掘和重新演繹，力圖還原一個農民文化視野中的歷史本相。作品一方面眞實地再現了當時災區的慘酷狀貌，同時，更著力於對災害主要原因的深刻揭示和強烈批判。在作品中餓殍遍地、易子而食的淒慘災民場景與奢侈豪華、荒淫宴樂的統治者生活形成了鮮明對比。作者對歷史的黑暗本質和歷史傳統詮釋者的虛僞冷漠作了強烈的控訴和辛辣的諷刺。

《故鄉天下黃花》從更寬廣的幅度上，重新對歷史進行了審視。作品敘述的是一個小村莊半個多世紀有關權力的歷史故事，從起始到結尾（甚至延伸到結尾之後）的整個村莊歷史中，權力是唯一的、肆行無忌的統治者，它統治、驅使著村莊的每一個人，使欺詐、奴役、鮮血和生命充斥於歷史的每一個角落，村莊的每一寸土地。歷史因爲權力而彌漫著黑暗，而權力裏挾著歷史在「惡」中奔馳——在這裡，作品對歷史的批判上升到關於歷史本質「惡」的層面上，村莊歷史舞臺上的主要角色。李文鬧、許布袋、趙刺蝟、賴和尙……無一不是權力的體現者。也無一不是暴戾、殘忍的「惡」的代表，他們在權力的支撐、刺激下，更充分地施展他們的「惡」，而權力則借助於這些「惡」，奴役、驅使著廣大農民。——權力與「惡」的結合是如此的相得益彰，無疑使歷史的本質被揭示得更爲明朗。

而《故鄉相處流傳》中敘述的五個時代，則明確影射著整個中國歷史，也顯現出作者對於中國歷史的整體觀照。作品中的五個時代，儘管人物變異，環境更改，但人物的內在心理欲望和歷史的本質如出一轍：「無非過去大路旁糞堆上插的、迎風飄的是『曹』旗，現在換成了『袁』旗。」〔註3〕權力永遠

〔註 3〕見劉震雲《故鄉相處流傳》，《鍾山》1993 年第 1～2 期。

是歷史的主宰，掌權者對農民的宰割，掌權者對權力永無厭倦的爭奪，是歷史畫面上亙古不變的風景。——作品借助荒誕的形式，將歷史「輪迴」化、濃縮化，全方位地對歷史進行了揭示，也表現了作者對於歷史的強烈厭棄和徹底否定。

與《溫故一九四二》，《故鄉天下黃花》相比，《故鄉相處流傳》更突出地從文化層面上對權力歷史加以剖析評判，它對統治者在物質上壓迫奴役農民的歷史進行深透的揭露，同時，更側重於對統治者在精神、文化方面腐蝕、毒害農民進行尖銳的批判——事實上，對這一深刻聯繫農民前途命運和文化本身的根源性問題，劉震雲此前已有所關注，比如《故鄉天下黃花》中對受腐蝕農民老馮、老得命運的思考；《溫故一九四二》中對造反農民「母得安」及其無後繼者的感慨，都顯示了作者對農民文化精神本身的關切。《故鄉相處流傳》對這個問題更深入地進行了探討。作品中的廣大農民，是權力的受害者，但是，在權力的壓迫、欺凌下，他們卻絲毫沒有反抗和覺醒的意識，他們對於權力，在恐懼之外，更奇怪地有著敬畏、渴慕、依附的複雜心理，他們臣服於權力統治之下，更千方百計去討掌權者的歡心，爲掌權者的憐恤垂顧而感恩流涕。更有甚者，竟不惜賣身投靠，爲虎作倀，欺凌弱小——這，不由使我們想到魯迅筆下的阿Q、小D和王胡。——作品的展示是發人深省的，而作者的筆觸更深入地對其根源進行了挖掘。權力，由於它在歷史中無所不至的巨大力量，已成爲人們難以掙脫的一個精神桎梏。權力意識所形成的巨大誘惑，對農民的精神、思想文化進行了劇烈的腐蝕和侵害。權力，在它殘酷的物質壓迫之外，它對人（包括農民）的精神的鴉片式的毒害無疑是更深刻也更具危害的。作品對權力意識的精神腐蝕作用的揭示和批判，尤其是作品對於農民自身精神缺陷的展示和根源挖掘，使作品的歷史批判更深入到了內在的、文化的批判層面。

二、荒謬

荒謬，是人認識世界的一種虛幻感和不眞實感，它源於「世界的無理性同人的靈魂深處竭力追求的清晰之間的衝突」〔註4〕，具體地說，它出於在客觀世界壓抑下人在絕望和無出路時對世界產生的虛幻和絕望意識。中國農民由於長期經受歷史重壓，歷史對於他們來說無異於永無希望的黑暗，和難以

〔註4〕見（蘇聯）羅森塔爾・尤金編《簡明哲學詞典》，三聯書店1973年版。

理解的荒誕。於是，歷史在他們眼裏，既充斥著完全平民化的帝王將相故事，也充斥著荒誕不經的神鬼報應傳說，靈魂循環，歷史分合等更是他們面臨難以捉摸的歷史時的無可奈何的精神逃避和虛幻解釋。

這種荒謬，是東方的、農民式的荒謬，它是農民面對沉重歷史所進行的無奈消解，是一種幻滅。它並沒有否定歷史和生活本身，而是對於歷史和生活意義的懷疑與追問。所以，它所消解的僅是歷史的莊嚴、神秘和崇高，然而，農民內在的絕望感和幻滅感，是深蘊其中的。

劉震雲的「荒謬」，就深深體現著中國農民文化的荒謬特徵。並且，也蘊含著強烈的歷史悲觀意識。如果說在《溫故一九四二》中，還曾出現過諸如「母得安」們被作者稱之爲「民族的脊梁和希望」的普通農民，歷史在黑暗中還透出一線光明的話，在《故鄉天下黃花》中則已深深蘊含著作者對於充斥權詐和殺戮的歷史的厭倦感與荒謬感了。作品中的廣大農民，無一不是權力的奴隸，統治者和被統治者，殺戮者和被殺戮者，以共同的愚昧構成著黑暗的權力歷史，又共同被權力歷史所拋棄所玩弄──作品中幾乎所有人物的無例外的失敗者結局和寓示權力爭奪永無休止的小說結尾，都使「歷史」充滿了絕望和難以擺脫的悲觀氣息。作品的反諷筆調和人物描述的諧謔化，更加強了歷史的荒謬感。

《故鄉相處流傳》更充分地體現了作者的歷史悲涼感和荒謬感。漫長的千年歷史，其內核如出一轍，人物雖異，但權力、欲望、欺詐與殺戮，卻是「歷史」永恒的主題，而被壓迫的農民，永遠沒有──他們甚至沒有想到過──擺脫他們苦難的命運。荒誕的歷史形式，萬劫不復的歷史本眞，使農民們的千年歷史淪入毫無希望的幻滅之中。

「歷史從來都是簡單的，是我們自己把它鬧複雜了。」〔註5〕《故鄉相處流傳》還以農民的犀利目光，剝落著歷史的尊嚴和神秘。歷史中所謂偉大的人物，神聖的戰爭，在作品中被剝下了堂皇神秘的外衣，只剩下虛無的空殼；曹操等人的古怪癖好，爲了爭奪一個女人而進行的浩大戰爭，爲了尋訪昔日情人而興師動眾的太后下巡，移花接木的虛假而隆重的閱兵式……所謂神聖，所謂莊嚴，所謂驕傲，所謂光榮，從作品的農民視角看，全是荒唐和滑稽，而「神聖」的「偉人」，更是再普通不過的常人。

〔註 5〕見《故鄉相處流傳》，《鍾山》1993 年第 1～2 期。

　　歷史是如此之醜惡，又是如此之荒唐，太多的無奈和絕望使劉震雲的「歷史」浸潤了濃烈的悲觀情緒，劉震雲對反諷和調侃的反覆運用，固然嘲諷了歷史，但卻使其「歷史」更顯沉重。無怪乎有評論家評《故鄉相處流傳》為「沉重的輕挑，泣血的玩耍」。我以為，作品中反諷的廣泛應用，也許是作者難以忍受「歷史」的如此沉重與痛苦而尋求的一種解脫吧。

　　「歷史意味著一種貫穿『過去』、『現在』和『未來』的事件聯繫和作用聯繫。」〔註6〕劉震雲的農民文化歷史觀，是深深寄寓於他的現實觀中的，是他的現實觀的繼承與延伸。

　　雖然劉震雲的創作經歷過「新寫實」「新歷史」等不同階段，題材、文風也有所改變，但其創作主體精神始終是縈繞著「農民和故鄉」這塊「聖土」的。農村題材作品固不必說，甚至，劉震雲對自己的城市題材作品進行分析時也明確指出作品的「內在情感潛流與故鄉或農村有很大關係」〔註7〕，農民文化，是他始終堅持的觀點和立場。

　　劉震雲如此深沉而執著的農民文化立場和對農民命運的關注，與他的早年農村生活經歷有密不可分的聯繫。祖輩生活在河南農村的劉震雲情感的根深深地扎在了那片故土上。故鄉的童年生活毫無疑問是艱辛的，據劉震雲說，小時候他和弟弟在地頭拾到根甘蔗頭，他咬了一口，弟弟問他甜嗎，他說甜，甜極了。〔註8〕童年的艱辛，父老鄉親的窮於生計。「『文革』時畸形的權力統治，農民文化的喜怒哀樂、愛怨憎惡……在劉震雲的童年心靈中銘刻之深是可以想見的。作者對農民苦難生活的經歷和感受，絕對不同於賞觀者的走馬觀花，也不同隔岸觀火式地品嘗別人痛苦的矯情。劉震雲曾在《整體的故鄉與故鄉的具體》一文中對於「貴族式的回首當年和居高臨下同情感的表露」表示了不滿。他的情感是一種與農民休戚與共血肉相連的切膚之痛，是一種難以割捨的不自覺就身陷其中的深深執著。這，使劉震雲小說擁有與眾不同的農民文化歷史氛圍，也使他的「農民歷史」擁有與眾不同的獨特性。

　　劉震雲的「新歷史」不同於傳統歷史或對傳統歷史的修補或完善，同時也不同於先鋒小說家們對歷史的完全解構。他的「歷史」既是個人的，同時又是群體的。所以，他不同於對歷史本體的完全否定，也不沉溺於偶然性和

〔註6〕見〔德〕海德格爾：《存在與時間》，商務印書館1996年版，第445頁。
〔註7〕參見劉震雲：《整體的故鄉與故鄉的具體》，《文藝爭鳴》1992年第3期。
〔註8〕參見賓堂：《用心靈去抒寫生活》，《小說評論》1991年第5期。

個人之中，從而把歷史導向不可知的迷霧。相比於其它的「新歷史小說」家，劉震雲的「歷史」顯得較爲沉重與拘謹，但也更顯峻切與深沉。

當然，劉震雲並不是純粹的農民（事實上，眞正純粹的個體農民也許根本表現不了總體的農民文化精神），正如他有從軍、求學、成爲首都居民的複雜經歷一樣，他對於農民對於故鄉的情感也是複雜的。一方面是血肉相連的濃烈情感，和耳濡目染的文化薰陶，另一方面，他以現代文明爲參照，也燭見了農民文化中的諸多落後和內在不足。作爲後者的表現，是他曾幾次在不同場合表示過對於故鄉的「恨」〔註9〕，在其歷史小說創作中，他也曾試圖超出農民文化視角的局限，從更高更廣的文化視角來透析歷史（例如他在《故鄉天下黃花》中運用的俯視視角即其表現之一），並試圖對農民文化也有所批判。事實上，這種努力在一定程度上有所奏效，但是，就總體而言，也許是情感過於強烈，影響過於深重，劉震雲並未達到他的目的。農民文化依然是他作品的主導精神，其「俯視視角」等手法也只是徒具形式，「歷史」內在視角依然是農民的目光，而他對農民文化本身的反思和批判也因之顯得舉步維艱。對於農民，劉震雲「愛」的情感比「恨」的情感遠爲深沉，事實上他所再三聲言的「恨」，誰能說不是一種「愛之過切」而又「恨其不爭」的過於急切過於沉重的「愛」呢？

中國的農民是中國最龐大的群體，也是中國歷史最基礎的建設者，他們對於歷史的審視與評判，儘管完全相悖於傳統「正史」，相悖於歷史的統治者及維護者們，但是，這種代表了社會最廣大人群的歷史觀。這種體現著「歷史眞正創造者」評判的「歷史」，誰能說它們不比正統史觀更合理更公正，不比「帝王家譜」式的傳統歷史，更眞實更可信呢？

當然，這種歷史觀和「歷史」，也有它的局限性，由於中國農村經濟的封閉和狹隘，以及農民長期受壓抑而形成的消極歷史態度與封建統治文化的潛在滲透，中國農民文化也具有開放性和發展性不夠、視野不夠開闊等弱點，這些弱點，也自然影響著劉震雲的歷史小說。

權力充斥歷史，使歷史成爲一部分人對大多數人統治和壓迫的權力史，這，無疑有其正確性，而掌權者的爭鬥、欺詐，在把廣大人民推入黑暗深淵的同時，也確實把歷史演示成了弱肉強食的、充滿黑暗和醜惡的罪惡淵藪。應該說，劉震雲的以權力批判爲中心的對歷史本質的揭示和批判是相當中

〔註9〕參見丁帆：《中國鄉土小說史論》，江蘇文藝出版社1998年版，第30頁。

肯、深刻的。但是，歷史畢竟是前進的，歷史在黑暗之外還有光明，醜惡之外更多美麗，權力之外還存在善良和公正，如果只看到歷史的陰暗而看不到希望，則無疑有「只見樹木不見森林」的缺陷，這種缺陷，使劉震雲把「歷史」沉入到絕對的黑暗與絕望中，也限制了劉震雲對於農民文化本身的富有意義的反思和批判。劉震雲被稱為「中國當代最悲觀的作家」〔註10〕，正說明了這一點。

此外，劉震雲作品對一些歷史概念的詮釋，如《溫故一九四二》中對於「戰爭」、「民族」的闡釋，完全抹殺掉戰爭的正義與非正義之分以及民族自主和民族戰爭的積極意義，不能不說是農民文化歷史觀對歷史消解、荒謬化而致的狹隘性後果。

相比之下，若能超出某種單一文化視域，從現代文明、現代理性高度去審視歷史，則能更全面也更準確地把握歷史。比如魯迅，他也曾深受農民文化影響，但他超越了農民文化的局限，對於歷史的審視也就更具科學性和現代性。他既深刻洞悉、揭露了中國歷史「吃人」的本質和傳統史書「為帝王將相作家譜」的真相，又能客觀地、全面地評判歷史，看到歷史前進的方向和希望：「我們自古以來，就有埋頭苦幹的人，有拼命硬幹的人，有為民請命的人，有捨身求法的人，……雖是等於為帝王將相作家譜的所謂『正史』，也往往掩不住他們的光耀，這就是中國的脊梁。」〔註11〕——也使得魯迅對中國國民（主要是農民）的「國民性」的批判和揭露更為深刻與徹底，而相比之下，劉震雲則因為過多的沉重而顯得那麼猶疑不決與步履艱難。

「新歷史小説」已很快成為過去，它之所以那麼迅速地消逝而未能在文學史上留下更卓越更輝煌的成就，除了作家們的功力不逮和歷史準備的倉促等原因之外，大部分作家缺乏一個深刻的、系統的文化背景來倚靠，缺乏真正民族的、內在的文化精神為支柱，無疑也是重要原因之一因為歷史——本質上「非個人化」的歷史，如果沒有深廣的思想源泉和群體文化根基，僅僅把它作為個人思想情感表現的話，不可避免地會使「歷史」萎縮。

〔註10〕 見陳思和等《劉震雲：當代小説中的諷刺精神到底能堅持多久？》，《作家》1994 年第 10 期。
〔註11〕 魯迅《中國人失掉自信力了嗎？》，《魯迅全集》第 6 卷，人民文學出版社 1981 年版，第 118 頁。

　　劉震雲的「新歷史小說」，能夠依恃深厚的中國農民文化，從淵遠博大的農民文化之中汲取源泉，是他的長處，也是他取得較大成就的主要原因。然而，細細察來，劉震雲對農民文化的吸取領悟還顯倉促和簡單化，在文學表現上的理念化缺點也較突出。

　　在《故鄉相處流傳》之後，劉震雲已沈寂良久，也許他是在咀嚼、融彙農民文化的精髓和乳汁。我們相信，如果他能夠進一步發揚他的文化優勢，同時，又能超出其單一文化局限，是完全有可能取得大的突破，寫出真正的歷史巨著來的。我們有理由這樣期待。

鄉村的自語——論莫言小說創作的精神及意義

　　施賓格勒曾說過：「農民是沒有歷史的，因而沒有書寫。」〔註1〕這句話在中國傳統文學中有充分的體現。即使進入到中國新文學時期，以魯迅、沈從文、趙樹理爲代表的作家，在作品中廣泛地書寫了鄉村，展示了鄉村的歷史和現實狀貌，但作家們的這些敘述，呈現的基本上是俯視和外在的角度，沒有傳達出鄉村自己的聲音。甚至是擁有對農民深厚感情和堅定立場、以作「文攤文學家」爲初衷的趙樹理，在特殊的政治環境下，所表達的也只能是鄉村和政黨雙重音符的糅雜。在這個意義上，莫言的小說顯示了自己的獨特，在1980年代後較爲寬鬆的文化環境中，他得以較充分地表現出鄉村自我的立場，從而在較深層面上表現出了鄉村的精神，敘述方法上也融入了更多的鄉村文化特徵。可以說，莫言小說的創作精神，是鄉村的自語。

一、苦難的申訴

　　如果用一個詞來形容中國的鄉村社會，我想「苦難」應該是最合適的，無論在歷史上還是在20世紀現實中，農民都處在社會的最底層，承受著各種利益代表的剝削和壓榨，籠罩著兵、匪、饑荒以及各種權力爭奪所帶來的巨大苦難陰影。正因爲如此，1980年代以來的幾乎每一個寫過鄉村故事的作家，都不同程度地關涉到這些苦難，像高曉聲的《李順大造屋》、張一弓的《犯人李銅鐘的故事》、劉震雲的《故鄉天下黃花》、余華的《許三觀賣血記》、閻連

〔註1〕〔德〕斯賓格勒：《西方的沒落》，商務印書館1963年版，第282頁。

科的「瑤溝系列」，等等。在這當中，莫言以他對鄉村苦難的執著和對苦難的
獨特理解而引人注目。

這首先表現在莫言苦難書寫的堅韌和持久上。他的第一篇小說《售棉道
上》就是以一場鄉村現實災難為題材，此後幾年時間裏，他創作了《白狗秋
韆架》、《枯河》、《透明的紅蘿蔔》等作品，不斷深化自己對鄉村苦難的敘述。
1985 年前後，莫言進入到「紅高粱」時期，從表面上離開了苦難，轉而以另
一種方式表現鄉村（具體情況後面分析），但很快，在家鄉「蒜薹事件」的觸
動下，他放下手頭正寫著的「紅高粱」續篇，轉向了《憤怒的蒜薹》的創作。
正如莫言自己所說：「本來《透明的紅蘿蔔》、《紅高粱》已經很紅了，我完全
可以按照這個路線紅下去，可這一轉向卻讓我對現實社會進行了直接的干
預，因為我的責任感和良心在起作用。」〔註2〕在《憤怒的蒜薹》後，莫言一
發而不可收，從《爆炸》、《紅蝗》和《歡樂》，一直到 1990 年代後創作的《豐
乳肥臀》、《檀香刑》，以及《牛》、《三十年前的一次長跑比賽》和《四十一炮》
等作品中，他敘述了各式各樣的鄉村故事，幾乎無一不與悲苦相隨，無一不
是他鄉村苦難敘述的建構者。

在這個意義上，莫言這段話雖然說於 1980 年代，但以之來印證他整個創
作也絲毫沒有走樣：「我近年來的創作，不管作品的藝術水準如何，我個人認
為，統領這些作品的思想核心，是我對童年生活的追憶，是一曲本質是憂悒
的，埋葬童年的輓歌。我用這些作品，為我的童年，修建了一座灰色的墳墓。」
〔註3〕

莫言對苦難的執著還表現在他對一些鄉村災難的反覆書寫上。比如蝗災，
比如童年的痛苦，比如飢餓，都是莫言 20 多年創作生涯的貫穿性主題，在不
同的作品中有反覆的書寫。像《紅蝗》、《蝗蟲奇談》、《食草家族》等作品中就
反覆書寫了北方鄉村的蝗災；童年的痛苦和飢餓主題，更是從早期的《枯河》、
《白狗秋韆架》開始，一直到最近的《拇指拷》、《牛》和《四十一炮》等，被
無數次地反覆書寫，可以說已成為了莫言小說創作最突出的故事母題。

有批評家認為這是莫言創作題材枯竭的表現，但我認為，不如說是因為
這些苦難給莫言留下的記憶太深了，凝結在他思想情感的深處，他只有通過

〔註2〕莫言：《尋找紅高粱的故鄉》，《小說的氣味》，春風文藝出版社 2003 年版，第
　　　 130 頁。
〔註3〕金漢：《再現與表現的結合》，《崑崙》1987 年第 1 期。

反覆書寫的方式，才能緩釋和宣泄這種記憶的苦痛。我以為莫言自己的說法最有道理：「一個作家一輩子可能寫出幾十本書，可能塑造幾百個人物，但幾十本書只不過是一本書的種種翻版，幾百個人物只不過是一個人物的種種化身。這幾十本書合成的一本書就是作家的自傳，這幾百個人物合成的一個人物就是作家的自我。」〔註4〕莫言的小說是他自我心靈的抒發，而他認為最能體現他形象的人物是《透明的紅蘿蔔》中那個被苦難所浸漬的鄉村孤兒小黑孩，這正反映出，莫言之所以如此執著於鄉村的災難和痛苦，是因為它們是莫言經歷的鄉村生活的寫照，他自己就是這些痛苦曾經的承受者。

除了題材的繁複和創作的持久，莫言的苦難書寫還具有多層面的複雜深度，呈現出從外在——內心，從現實——精神，從寫實——抽象的變化過程，從而細緻而全面地再現了鄉村苦難的面貌。

莫言的早期作品多寫現實苦難，藝術表現也以寫實為主。最直接的表現是他早期作品中許多主人公都是殘疾者，如「總是迷迷瞪瞪，村裏人都說他少個心眼」的小虎（《枯河》），被剁掉了食指的大鎖（《老槍》），失去了右手的蘇社（《斷手》），以及失去一隻眼睛的暖（《白狗秋韆架》）等。這些作品的內容，也多側重寫主人公現實生活中的痛苦，寫他們在人生道路上受到的各種打擊和失敗。

然而很快，莫言開始將筆觸落到苦難所給人精神帶來的創傷上，更深切地關注人物心靈上的苦痛感受。《透明的紅蘿蔔》是這種變化的最初表現。作品中的黑孩形象曾引起過眾多關注和爭論，主要是因為作品對這一形象塑造的抽象化，他的苦難感受被虛幻化。也就是說，這一形象具有一定的寫實功能，但作者更側重表現的是他精神上的孤獨而不是他現實上的苦難。我們比較一下《透明的紅蘿蔔》和較早的《白狗秋韆架》，兩篇小說都敘述了類似的少女失明情節，但敘述情感卻不一樣，《白狗秋韆架》在其中充分宣泄了苦澀悲涼的情感，但《透明的紅蘿蔔》的敘述態度卻頗為冷漠。其原因正是莫言對苦難的關注重心從現實向精神的遷移。

莫言此後的大部分作品，更側重從精神層面展現苦難的創傷，同時，在敘述方法上，他也從寫實轉向抽象，借助荒謬的手法展現苦難的無所不在，揭示受害者的痛楚和無奈，許多作品也因此呈現出濃鬱的怪誕和超現實色

〔註4〕莫言：《在京都大學的演講》，《小說的氣味》，春風文藝出版社2003年版，第122頁。

彩。像《拇指拷》，就是一部帶有濃重象徵色彩的作品，少年阿義在完全無辜中突然遭遇莫名的暴力，陷身於苦難之中不能自拔，就如同一幕現代荒誕劇。《鐵孩》也一樣，那個被飢餓和孤獨折磨的小孩，最後用來緩解飢餓的食物居然是鐵。這當然不是生活真實，而是小孩極度飢餓下產生的幻覺，就如同安徒生《賣火柴的小女孩》中小女孩的幻想，反映的是弱小者肉體和心靈的深切苦痛。這也使我們想到卡夫卡的著名小說《變形記》：在苦難的壓力下，葛利高里被異化成了一隻甲蟲並死亡，這在現實中當然是不可能真正存在的，但它又確實是生活的真實，是人們在無所不在、無可逃避的苦難壓力下恐懼感的折射，荒誕中蘊涵的是痛苦和無奈。

現實和超現實，寫實與荒誕，不同的側面和視角，展現了苦難的不同方面，也揭示了苦難的切膚之痛和無所不在的彌漫。當然，正如莫言所說：「我在描寫人的精神痛苦時，也總是忘不了飢餓帶給人的肉體痛苦。」〔註5〕莫言小說對苦難的現實和精神層面的揭示大都不是分離的，而往往是密切的結合。像他在 1988 年創作的《憤怒的蒜薹》，既是他最直面現實、批判態度最為尖銳的一部作品，也同時展現了農民心靈的苦痛，對一次現代「官逼民反」事件的寫實式再現與對無路可走的農民內心的恐懼和彷徨交織在一起，構成了對農民肉體和精神痛苦的雙重揭示。

莫言對苦難現實和精神的複雜關注，還構成了莫言小說一個突出的藝術特點，就是場景寫實和人物感受的巧妙雜糅，現實世界與感覺世界的高度統一。〔註6〕這種雜糅和統一，使莫言多層次的苦難敘述融為複雜的整體，而正是通過對苦難的多層次、多角度的挖掘，莫言的小說深入到鄉村世界的內核處，把握到了鄉村生活的某種精神和歷史脈絡。

二、夢想的天堂

如果莫言只是寫苦難，那還不能說他真正表現了鄉村自己的聲音，因為鄉村並非只有苦難，這一階層之能夠歷數千年的痛苦而不頹，長處社會底層而不衰，在很大程度上依賴於其獨特的幻想式文化精神——這其中多少包含著魯迅所批判的「好死不如賴活著」的阿Q精神，也有自我嘲諷，將苦難娛

〔註 5〕 莫言：《飢餓和孤獨是我創作的財富》，《門牙》，上海文藝出版社 2000 年版，
　　　　第 7 期。
〔註 6〕 張志忠：《莫言論》，中國社會科學出版社 1990 年版。

樂化乃至狂歡化的精神〔註7〕。像皮影戲、地方戲劇和民歌等中國農民藝術，在將歷史、崇高和苦難等進行戲劇化和反諷化的表達中，充分地體現了這一文化精神。這是長期處在社會底層的農民被歷史擠壓的產物，其中包含著深深的無奈，但也蘊涵著一種生存的機智，是其頑強生命力的體現。

從表面上看，這種幻想與鄉村苦難是相背離的，但其實，它們之間存在著密切的相互依存的關係，在一定程度上甚至可以說，鄉村幻想是鄉村苦難的必然結果。因爲中國的鄉村是苦難的歷史，但人不可能完全沉浸在苦難中，否則就會被苦難淹沒與擊倒，他必須有所調節，有所迴避，最自然的選擇就是白日夢，是精神幻想，只有借助於幻想，他才有可能抗擊那些無處不在、無可逃避的現實苦難——就像阿Q如果失去了「精神勝利法」，肯定難以正常地維持自己的生存。但是另一方面，幻想雖然來源於苦難，卻不依附於苦難，它一旦成立，就具有了自己獨特的氣質，是對於鄉村苦難的超越，也體現了鄉村精神的某種自覺，它的極端表現應該是狂歡精神。

莫言的小說，在很多地方表現了這種幻想，從而在更全面和深刻的意義上再現了鄉村精神。最突出的表現，是他在 1980 年代中期創作的《紅高粱家族》和 1990 年代創作的《豐乳肥臀》。這兩部作品從民族戰爭和愛情兩個最能張揚精神力量的角度，集中地表現了中國鄉村生命力的原始、頑強和活力，以及壯烈的犧牲精神。這些作品所表現出的激情、浪漫和壯烈，是中國鄉村夢想的集中體現和大爆發。

正如前面所說，鄉村幻想與鄉村苦難是緊密相連的，莫言也往往從二者相融合的角度來進行表現。或者說，莫言在表達鄉村幻想時，從來沒有忘記過苦難，只不過是掩藏得更嚴，壓抑得更深，換了一種方式和角度而已。在許多作品裏，幻想只不過是苦難者試圖擺脫苦難命運的一種烏托邦方式。像《枯河》、《透明的紅蘿蔔》、《拇指拷》等作品中的無辜的小受難者，都在無奈之下寄希望於幻想，希望以超人的方式逃離苦難的壓迫和束縛。《翱翔》也許更有代表性，陷入包辦婚姻痛苦中的新媳婦爲了掙脫苦難的命運而開始逃亡，圍追堵截之下，她居然飛到了天空中，雖然她最終還是被人用箭射了下來，但飛行這一行爲無疑是她超越苦難幻想的最大體現。

〔註7〕 比較起來，另一位鄉土小說作家劉震雲在這方面就有所不足，他的「故鄉系列」在表現鄉村苦難的方面非常深刻，但他最終將鄉村導入絕望，就是因爲他沒有把握到鄉村的另一種精神。

即使是莫言那些幻想色彩表現得最充分的作品，也始終沒有眞正偏離過苦難。像《紅高粱》系列中，英勇的村民們儘管創造了種種奇跡，但他們從來都沒有擺脫過屈辱和受欺壓的地位，他們的每次犧牲、每次努力，所換取的都是失敗，都是打擊，最後命運無一例外都是悲劇。在這個意義上，《紅高粱》中羅漢大爺被「剝皮」的細節具有雙重的寓意，它既可以看作是鄉民不屈靈魂的象徵和歌贊，同時也是鄉村苦難和鄉村命運的寫照。

莫言整個創作中，《豐乳肥臀》是將鄉村的幻想與苦難結合得最爲典型的作品。小說的主題之一是寫母親的苦難和「忍受痛苦的能力」〔註8〕，寫「母親們和她們的兒女們在這片土地上苦苦地煎熬著、不屈地掙扎著，她們的血淚浸透了黑色的大地又彙成了滔滔的河流」，並試圖結合母親的命運折射中國的百年苦難歷史，同時又力圖「站在了超越階級的高度，用同情和悲憫的眼光來關注歷史進程中的人和人的命運」，謳歌了母親的生殖力、生命力，認爲「豐乳與肥臀是大地上乃至宇宙中最美麗、最神聖、最莊嚴，當然也是最樸素的物質形態，她產生於大地，又象徵著大地」〔註9〕。作品糅雜了幻想與痛苦，也體現了愛和痛到達極至後的冷酷，因此，作品同時包容著博大的溫情，又充斥著殘酷、死亡和暴力。

除了將幻想與苦難結合起來敘述，莫言也表現過一些具有某種獨立氣質的鄉村幻想，寄寓著超越苦難的狂歡化精神意圖。他當初之將小說《憤怒的蒜薹》改名爲《天堂蒜薹之歌》，在某種程度上也許就體現了借夢想以否定、超越現實的想望，此後的《檀香刑》、《四十一炮》等作品，表現了更自足、也帶有更強狂歡色彩的幻想精神。《檀香刑》雖然敘述的是一個關於犧牲者故事，但在作者著意的渲染下，超越現實苦難的悲壯和幻想精神已經取代了苦難的中心地位，作品將檀香刑罰作如此精雕細刻的描述，是因爲作者已經將這一慘酷的刑罰超現實化了，它不再是眞正的苦難，已經化爲了一種純粹，一種幻想。同樣，《四十一炮》也通過誇張式的敘述方式，消解了故事本身的悲劇色彩。

正因爲鄉村幻想與鄉村苦難之間有著割不斷的複雜聯繫，因此，莫言對他筆下鄉村夢想的態度也始終有些曖昧和矛盾。一方面，他將這一幻想與自

〔註8〕莫言：《我的〈豐乳肥臀〉》，《小說的氣味》，春風文藝出版社 2003 年版，第62頁。

〔註9〕莫言：《〈豐乳肥臀〉解》，《光明日報》1995 年 11 月 22 日。

己的苦難記憶密切地聯繫在一起，另一方面又充滿著自豪和自傲的態度，將它看作是自己一個神聖的精神領域，進行特別的衛護。例如，在談到《紅高粱家族》、《天堂蒜薹之歌》、《酒國》三部作品時，莫言就曾經說過它們「最深層裏的東西還是一樣的，那就是一個被餓怕了的孩子對美好生活的嚮往」〔註10〕。但另一方面，他又曾指出這只是他的想像和虛構：「這是我的想像。我的家鄉有紅高粱但卻並沒有血一般的浸染。但我要她有血一般的浸染，要她淹沒在血一般茫茫的大水中。我的這個家鄉是誰也不能侵入的。」〔註11〕其實，說到底，這都是源於莫言對鄉村幻想精神複雜特點的深切體會──鄉村幻想既具有超越的願望，卻又難以真正走向超越，沉重的糾結也許是它不解的宿命。

三、精神的獨白

長期以來，中國現代鄉村小說存在著一個敘述上的巨大困境，就是敘述文本和敘述對象之間接受上的矛盾。作家們盡力去刻畫鄉村人物，描畫鄉村圖景，但他們的敘述語言和敘述結構，都與鄉村的主人──農民的審美習慣存在著巨大的裂隙，農民也對它們持著冷漠和拒絕的態度。惟一的例外是趙樹理，他曾以完全通俗和口語化的敘述方式，贏得了同時代農民的熱烈歡迎，成為他們某種程度上的代言者。然而，我們也應該看到的是，趙樹理在博得農民認可的同時，卻失去了文學的深層藝術境界，失去了更豐富的藝術表現內容，並因此而缺乏真正的後繼者。在這一問題上，莫言進行了自己具有獨特意味的探索和創新，為中國鄉土小說走出敘述困境提供了新的希望。

莫言敘述的一個重要技巧是採用多層次的敘述方法。莫言小說比較廣泛地借用鄉村人的敘述視角，通過鄉村人物的自我敘述安排結構，從而使小說敘述語言具有生動、幽默、調侃和口語化的特點，故事也呈現出強烈的民間化色彩，但另一方面，莫言小說的隱含敘述者又始終保持著重要的地位，他潛在地保持著全知視角的態度和力量，主宰著小說的進程，安排小說的基調、節奏，從根本上控制著小說的發展。在這方面，他的敘述態度始終是冷靜而克制的。〔註12〕為了讓這二者達到高度的和諧，莫言小說經常運用鄉村兒童

〔註10〕 莫言：《飢餓和孤獨是我創作的財富》，《門牙》，上海文藝出版社2000年版，第8頁。
〔註11〕 趙玫：《莫言印象》，《北京文學》1986年第8期。
〔註12〕 王愛松：《雜語寫作：莫言小說創作的新趨勢》，《當代文壇》2003年第1期。

的視角敘述故事，因為兒童視角的最大好處是調節起來比較自由，當作品要穿插一些與兒童敘述不完全一致的另外的聲音時，它能夠過渡得相對自然，同時又不妨礙作品對鄉村敘述特點的表現。正是因為運用了多層次的敘述方法，莫言的許多小說故事儘管經常用幼稚、簡單的語言敘述出來，故事也通俗易懂，但在故事背後卻往往蘊涵著深刻的思想意蘊，甚至具有反諷的藝術效果，從而實現了可讀性與藝術性的巧妙統一。

莫言敘述技巧之二是廣泛借鑒鄉村的文化和文學方法，卻又融合著現代小說的技巧。他的小說中經常引用一些古戲文的唱詞或民歌，講述一些逸聞趣事，使小說自然地塗抹上鄉村文學和文化的特點，在敘述方法上，他也借鑒中國古典白話小說的技巧，敘事流暢簡潔而有所含蓄，故事性強又有所節制。更重要的是，他經常借助於不同鄉村敘述者在年齡、身份上的差異，通過他們在敘述上的變化，巧妙地傳達出鄉村生活和鄉村文化的複雜多樣，繪成了一幅內容豐富多彩的鄉村圖畫。然而，在濃鬱的鄉村文化和文學特點之下，莫言其實隱含著許多現代小說的技巧，像他許多小說的整體結構就具有很強的現代特點，敘述語言也往往隱含著強烈的反諷功能。像莫言為人所稱道的作品《牛》，如果不是作者巧妙地以現代結構貫穿起來，如果沒有作品對開頭和結尾的有意設置，形成巧妙的反諷效果，那個鄉村少年的敘述再精彩，也不能達到敘述的深入。

當然，正像莫言對鄉村的描述經歷了從現實到精神的過程一樣，他的小說敘述也經歷了一個發展和成熟的過程。莫言最初的那些小說基本上還沒有擺脫知識分子式的語言，在 1980 年代中期的《透明的紅蘿蔔》和《紅高粱家族》時期，莫言的小說語言雖然已經顯示了自己充滿張力和象徵性的個性色彩，但還略顯粗糙簡單，沒有形成獨特的風格。即使是 90 年代初的《豐乳肥臀》，也尚未達到成熟的境界，它以不同時期的上官金童作為敘述者，部分地表現了鄉村的聲音，尤其是前半部分，他主要作為一個旁觀者，較好地展現鄉村的歷史和聲音，也不妨礙隱含全知視角的穿插，但是到了小說的後半部分，上官金童已經成年，已經成了作品所要表現的重要人物，他的敘述者身份就顯得有些雜亂，與整個小說的風格不相和諧。

莫言敘述技巧的真正成熟是在 1990 年代以後，在《拇指拷》、《牛》、《野騾子》、《一匹懸掛在樹上的狼》、《四十一炮》等作品中，他的敘述技巧得到了細緻和完整的體現。而最能體現這些技巧，達到了高度和諧的，還是他於

2000 年出版的長篇小說《檀香刑》。在敘述結構上，作品高屋建瓴地安排四部分，讓分屬不同階層的敘述者進行敘述，自然地傳達出多音部的聲音，又合成了一個相頡頏又相補充的整體，其隱含的全知視角遁於無形。這一點，莫言自己也有所闡釋：「豬肚部看似用客觀的全知視角寫成，但其實也是記錄了在民間用口頭傳誦的方式或者用歌詠的方式訴說著的一段傳奇歷史──歸根結底還是聲音。」〔註 13〕在敘述語言和敘述方法上，作品也更廣泛地借鑒了民間藝術特點，各部分的敘述風格隨敘述者身份、年齡的差異而自然形成張力，更具備了豐富和變化，高密的地方戲曲「貓腔」則構成了整個作品的敘述基調，影響了整個作品的敘述走向，地方氣息非常濃鬱。

正是依靠著敘述上的探索和創新，莫言的小說敘述實現了鄉土氣息和現代思想的高度融合。他的小說語言、故事，甚至立場、精神，都洋溢著濃鬱的鄉土色彩，傳達出了農民的文化和文學精神，並具備了較強的可讀性，但另一方面，他又實現了思想的深入，通過敘述上的整體特徵和反諷效果的形成，他的小說遠遠地超越了故事本身，既體現了對時代政治的批判，對社會歷史的思考，也揭示了人性中的複雜和矛盾。與趙樹理的小說相比較，莫言的小說表現的農民語言可以說不那麼地道質樸，但卻傳達出了趙樹理所缺乏的獨特精神，呈現了更深邃悠遠的藝術魅力。莫言的小說，使趙樹理和魯迅所代表的中國現代鄉村小說敘述上的兩難處境得到了一定程度的緩解，為中國現代小說的鄉村敘述提供了一種新的方向。

當然，莫言的敘述也不是沒有限制，那就是他所表現的更多只能是鄉村的精神領域，而不可能像趙樹理一樣完全深入到鄉村的現實領域，他可以在深層次上表現鄉村人的痛苦、無奈和憤懣，但他難以揭示出鄉村人完整寫實的現實生活。所以，不能說莫言是完美的，但他確實提供了另一種層次上的鄉村敘述，莫言所體現的，不是鄉村現實的真實對話，卻是鄉村精神的深層獨白。

四、母親與大地

莫言能夠具備鄉村自語的創作姿態，與他在鄉村長大，經歷過鄉村的苦難記憶，接受鄉村文化的深厚薰陶，有著直接關係。在鄉村近 20 年的生活中，莫言體會到了鄉村的苦難，也感受到其中深摯的愛，體悟到鄉村的夢想精神，

〔註13〕莫言：《檀香刑》「後記」，作家出版社 2000 年版。

也接受了大地母親的沉重和執著。在這個意義上，正如著名心理學家榮格所說：「不是歌德創造了《浮士德》，而是《浮士德》創造的歌德。」〔註 14〕既是莫言在尋找著鄉村文化的創作源泉，也是鄉村文化在尋找著莫言，尋找著他作爲代言者。當然，莫言個人對文學的領悟，對鄉村的深厚情感和表現願望，也直接決定他創作的深度和力度。莫言長期把創作之根扎在「高密東北鄉」這塊融注自己情感和淚水的故鄉土地，將「飢餓和孤獨」作爲自己的精神資源，並且在新世紀初明確表示要放棄「爲農民寫作」的創作立場，轉而「作爲農民寫作」〔註 15〕。雖然在中國農民文化的現代水平一直沒有眞正提高的現實情況下，眞正的「作爲農民寫作」是難以實現的，但這充分體現了莫言對創作和故鄉深層認知後的高度自覺。正是在這一前提下，莫言對昔日的鄉村經歷，對故鄉有這樣的體會：「這時我強烈地感覺到，二十年農村生活中，所有的黑暗和苦難，都是上帝對我的恩賜。雖然我身居鬧市，但我的精神已回到故鄉，我的靈魂寄託在對故鄉的回憶裏，失去的時間突然又以充滿聲色的畫面的形式，出現在我的面前。」〔註 16〕這不是空談，而是他能夠把握鄉村靈魂、眞正表現鄉村自我精神的基礎。

莫言創作的意義是不可否定的。首先，在文學史上，莫言創作爲中國文學的眞正本土化提供了經驗。中國新文學以西方文學爲藍本，自魯迅開始，新文學作家們一直在爲本土化問題而困惑而努力。新文學開拓者們將農民等社會底層人物拉進了文學殿堂，並在文學大眾化道路上作出了種種嘗試，是這些努力的成果之一。莫言的鄉村小說，在表現鄉村精神和借鑒鄉村文學形式方面，也做出了非常有意義的努力。他所奉獻的帶有強烈自在色彩的「高密東北鄉」世界，是一個眞正本土的鄉村世界，他所表現的，是眞正的中國鄉村文化和靈魂。

其次，莫言的創作對中國鄉村的自主表現，尤其是使農民在文化上能夠表現出自己的聲音，也是很有意義的。中國新文學一直以啓蒙的姿態審視鄉村，形成了自己的特點，也構成了難以彌補的局限。莫言站在鄉村自我立場上發言，自然表現出了新的角度和立場，展現了農民的歷史、現實和美學態

〔註 14〕 （瑞士）榮格：《心理學與文學》，馮川、蘇克譯，三聯書店 1987 年版，第 142頁。

〔註 15〕 莫言：《作爲老百姓寫作》；收入林建法、徐連源：《中國當代作家面面觀》，春風文藝出版社 2003 年版。

〔註 16〕 莫言：《會唱歌的牆》，人民日報出版社 1998 年版，第 226 頁。

度。例如，同樣是寫鄉村苦難，魯迅等作家從啓蒙立場上出發，更側重於展現苦難於人心靈的扭曲和變異，表示對鄉村文化的批判。莫言則不一樣，他站在鄉村內部、立足於鄉村人的角度去寫鄉村苦難，態度更執著、偏激，卻也更眞摯切實。這一點，莫言與趙樹理有些相似，只是趙樹理表現的更多是鄉村的現實聲音，莫言表現的則更多是鄉村的文化精神。與趙樹理的質樸、本色相比，莫言更浸潤著鄉村文化的機智和幻想。不同角度，形成意義的互補。

莫言的創作爲中國鄉村小說，甚至爲中國現代小說提供了可足借鑒的經驗，取得了當代鄉村小說的最傑出成就。但是，任何作家都不可能是完美的，莫言創作也存在著一些缺陷，影響了他所取得的成就。

首先是在對鄉村現實表現和批判上的匱乏。雖然莫言在《白狗秋韆架》等早期作品，尤其是在《憤怒的蒜薹》中，較充分地表達了農民的現實痛苦與要求，後來也有個別作品涉及到鄉村現實，但是，莫言後來的主要創作精力轉向了鄉村歷史和傳奇，比較起 1980 年代中後期，1990 年代後的莫言在現實深度和現實批判上都有了一定的退步。雖然我們不能苛求作家應該選擇什麼樣的創作方向，但當下鄉村社會正處在劇烈的社會轉型中，鄉村人和鄉村文化的命運都經歷著巨大的變化，其中的波瀾起伏、洄流激蕩，很值得作家關注，也是一個鄉村小說作家不可推卸的責任。莫言之從現實轉向，多少令人有所遺憾。

莫言之如此變化，根本的原因在於他的文學和歷史觀念。莫言很信奉艾略特的這段話：「任何一位在民族文學發展過程中能夠代表一個時代的作家都應具備這兩種特性──突發地表現出來的地方色彩和作品的自在的普遍意義……」〔註 17〕他也非常推崇福克納，試圖像福克納一樣「在當前的時代中尋找某種聯繫過去的東西，一種連綿不斷的人類價值的紐帶」〔註 18〕。正是在這一前提下，莫言這樣體會民間歷史：「在民間口述的歷史中，沒有階級觀念，也沒有階級鬥爭，但充滿了英雄崇拜和命運感，只有那些具有非凡意志和非凡體力的人才能進入民間口述歷史並不斷地傳誦，而且在流傳的過程中被不斷地加工提高。在他們的歷史傳奇故事裏，甚至沒有明確的是非觀

〔註17〕 艾略特：《美國文學和美國語言》，《會唱歌的牆》，人民日報出版社 1998 年版，第 244 頁。
〔註18〕 莫言：《會唱歌的牆》，人民日報出版社 1998 年版，第 244 頁。

念，……而講述者在講述這些壞人的故事時，總是使著讚賞的語氣，臉上總是洋溢著心馳神往的神情。」〔註19〕正是這些觀念，使莫言更著意於選擇鄉村歷史傳奇的敘述，疏離現實和苦難，去側重表現鄉村的浪漫與狂歡精神。

然而，事實其實並不如此簡單。中國鄉村的傳奇故事並不是沒有是非、階級觀念，而是隱藏得比較深而已，可以說，在有著沉重而悠久歷史的中國大地上，每一片鄉村土地都凝結著沉重和苦痛。換句話說，苦難的沉重和幻想的輕靈是鄉村精神的兩個方面，但正如我們在前面分析的，中國鄉村的基調無疑應該是苦難。漫長的底層生涯，鑄就了中國鄉村的苦難特質，即使是幽默，即使是幻想，也自然地帶有一些黑色，包含著沉重的反諷意味，而不像一些西方國家那樣詼諧輕鬆。莫言曾經抓住過這一特質，但也有作品存在著失衡，甚至於存在以幻想取代苦難、掩蓋苦難的情況，他的一些作品也表現出缺乏沉重和力量的輕浮，敘述也顯得炫奇和饒舌。像《長安道上的騎驢美人》、《藏寶圖》等作品，就存在著這樣的缺陷。過於沉溺於純粹的「民間」敘述中，會喪失對現實的敏銳，也會失去對鄉村精神敘述的全面性。

20世紀50年代，孫犁在談到進入城市後創作變得「遲緩」和「拘束」的趙樹理時，曾經將趙樹理比作花木：「從山西來到北京，對趙樹理來說，就是離開了原來培養他的土壤，被移置到了另一處地方，另一種氣候、環境和土壤」。並認為「對於花木，柳宗元說：『其土欲故』」〔註20〕。對於今天的莫言來說，雖然不再存在像趙樹理一樣的外在困境，但在精神上，我們也不應該忽略各種社會思潮（包括一些文學批評理論）對他的影響。這些影響有的可能會促進莫言對鄉村的自覺和深入，但也有可能會使他走向偏離，變得浮淺。至少他應該防止這種趨向。

〔註19〕莫言：《用耳朵閱讀》，《小說的氣味》，春風文藝出版社2003年版。
〔註20〕孫犁：《談趙樹理》，《孫犁文論集》，人民文學出版社1983年版，第290頁。

猶豫而迷茫的鄉土文化守望──論賈平凹1990年代以來的小說創作

一、

　　在 1990 年代以來的中國文學中，賈平凹對傳統鄉土文化〔註1〕的守望姿態是比較突出的。這主要表現在以下三個方面：

　　其一是對傳統鄉土文明的留戀感傷和對現代文明的否定拒斥。1990 年代初以來，中國社會進行了步幅巨大的經濟和文化改革，與傳統鄉土文明關係密切的生活方式和價值觀念受到了根本性衝擊，現代城市文明成為社會的文化主導。對此，賈平凹的反應非常迅捷和激烈。早在 1992 年，文化轉型尚初露崢嶸之際，賈平凹就創作了《廢都》，以預言式的姿態表現了傳統文化即將沒落的命運。作品的題材雖然是城市，但「廢都」的寓意顯然不是現代文明，而是指面臨著消失和沒落命運的鄉土文明。莊之蝶是傳統鄉土文明的代表，他的惶惑掙扎，折射的是鄉土文明的無奈和絕望，他的中風死亡，寓指的是鄉土文明無可遁逃的沒落命運。對於在轉型中失落和躁動的「廢都」文化，作品當然有揭露和批判，但也包含著許多同情與認同。這與作品對洶湧而至的現代文明表達的明確批判和拒絕形成了鮮明對比，也傳達出作品對鄉土文明的回歸和守望基本姿態──作品中有一個寓言式的奶牛說話場景，對其否定現代文明、尋求回歸鄉土的立場作了清晰的表達。此後，隨著文化轉型的

─────────────────────

〔註 1〕　「鄉土文化」是與傳統農業生活方式密切關聯的文化模式，在中國文化範圍
　　　　　內與「傳統文化」大體相近，但它更側重於「鄉土」內涵，與「鄉村文化」
　　　　　距離關係密切。「鄉土文明」則主要針對所對應的「現代文明」意義上。

愈演愈烈，賈平凹的文化留戀和感傷姿態更爲明確。儘管《白夜》《土門》《高老莊》《懷念狼》《秦腔》等作品的立場不盡一致，但它們在傳統鄉土文明和現代城市文明的價值選擇上是相同的。《白夜》的題意是對現代文明的批判，即指「城市就是抹去了白天和黑夜的界線的顛倒混亂的白夜」〔註2〕；《土門》和《高老莊》直面現實中的鄉村城市化，從不同角度還原出傳統鄉村和鄉土文明被現代城市生活和文明侵蝕的進程，並表達了反感和批判的態度；《懷念狼》則以象徵筆法慨歎鄉土野性在現代文明下的改造和消亡；《秦腔》更可以看做是典型的文化守望作品，它以「秦腔」這一「與農業文明相聯繫的精神情感的載體，是傳統文化的精神符號」〔註3〕的命運爲契機，呈現出對鄉土文明無奈的歎息和哀悼，其對現代文明的怨懟和拒斥之情溢於言表。正因爲如此，許多評論者都把 1990 年代後的賈平凹看做是傳統鄉土文明輓歌的吟唱者〔註4〕。

其二是對鄉村文化及其命運的深刻憂慮和關注上。鄉村是鄉土文化最集中和最典型的表現地，1990 年代以來社會文化變遷最深刻也最直接的受影響者就是鄉村。對此，許多作家（如陳應松、羅偉章、孫惠芬等）進行過敘述，表達出對鄉村文化巨大嬗變的感歎。在這當中，賈平凹的姿態是最執著和最強烈的。與其它鄉村書寫者不一樣，賈平凹對鄉村生活的關注點幾乎全部集中在文化領域（除了以「文革」爲背景的《古爐》側重點略有差異，但展現文化的主旨也基本相同）。他雖然也採用寫實筆法敘寫鄉村，但意圖卻不在現實物質生活，而是始終執著於其道德倫理、文化風習，書寫其文化的沒落和凋萎命運。賈平凹曾經說過，他 1990 年代後的創作意在通過「虛實結合」「以實寫虛，體無證有」〔註5〕的象徵藝術方式，以小說的形式展現鄉土文化的形態和精神，從整體上思考鄉土文化的意義及命運。在這個意義上可以說，賈平凹此時期的幾乎每一篇作品都是在傳達一個文化態度，創造一種他個人意義上的文化寓言。正因爲這樣，賈平凹的作品展現了非常豐富的鄉村文化風

〔註 2〕曠新年：《從〈廢都〉到〈白夜〉》，載《小說評論》1996 年第 1 期。

〔註 3〕李星：《當代中國的新鄉土化敘事——評賈平凹長篇新作〈秦腔〉》，載《小說評論》2005 年第 4 期。

〔註 4〕參見郜元寶的《意識形態、民家文化與知識分子的世紀末餘緒》（《賈平凹研究資料》，天津人民出版社 2005 年牌、劉志榮的《緩慢的流水與惶恐的輓歌——關於賈平凹的〈秦腔〉》（《文學評論》2006 年第 2 期）等文章。

〔註 5〕賈平凹：《我心目中的小說》，載《小說評論》2003 年第 6 期。

習，如塤、古琴、目連戲、秦腔、剪紙、嗩吶、燒瓷、巫術，以及算命卜卦、風水相而等等。此外，他的作品和人物命名也都富有文化象徵意味。比如「廢都」「白夜」「仁厚村」「高老莊」「狼」「秦腔」「古爐」等意象都與鄉土文化有關，這些作品中的主要人物名字如「莊之蝶」「子路」「西夏」「白雪」等也都寄託著賈平凹的文化哲學思想，他們的行為是賈平凹文化思想的實踐〔註6〕。這在賈平凹對《土門》的創作意圖闡釋中體現得非常典型：「我不想這部小說故事太強，更喜歡運用象徵和營造一種意象世界來寓言。」〔註7〕

其三是對傳統審美文化和文學形式的執著探索。文學是文化的重要載體，中國傳統審美文化和文學藝術中都寄寓著深厚的傳統鄉土文化精神意蘊。1990 年代以來，賈平凹對中國傳統審美文化和文學形式有非常自覺的追求。正如賈平凹所說，他的創作「注重在作品的境界裏，內涵上一定要借鑒西方現代意識，而形式上又堅持民族的」〔註8〕，許多傳統文學的技法在他的作品中有廣泛的應用。體現在小說結構和敘述方式上，是回到傳統小說對故事及其講述方式的重視，以及對日常瑣屑敘事的回歸；體現在敘述語言上，是對傳統話本小說語言的借鑒和仿傚。這些方面凝聚到審美精神上，是尋求傳統文學的象徵和哲學韻味〔註9〕，是充溢濃鬱的傳統文人精神和藝術氣息。正因為這樣，賈平凹 1990 年代以來的小說審美風格較之以前有了明顯的轉化，按照他自己的說法是「對於整體的，渾然的，元氣淋漓而又鮮活的追求使我越來越失卻了往昔的優美、清新和形式上的華麗」〔註10〕。

賈平凹在 1990 年代所表現出來的文化和文學姿態，既有其個人的氣質因素在內，但更可看做是一種文化的賦予，是他身上所蘊含的鄉村文化精神的反映。也就是說，賈平凹的文化守望姿態在一定程度上反映的是某種現實文化的要求和願望。中國鄉土文明在現代工業文明衝擊下面臨全面崩潰和沒落，作為一種有著悠久歷史和深遠傳統的生活方式和文化，它自然要表達出它最後的抗拒之聲──無論是從文化厚度還是歷史合理性而言，這一反應都

〔註6〕 參見鍾本康的《世紀之交：蛻變的痛苦掙扎──〈土門〉的隱喻意識》（《小說評論》1997 年第 6 期）、蕭雲儒的《賈平凹長篇系列中的〈高老莊〉》（《當代作家評論》1999 年第 2 期）等。
〔註7〕 賈平凹：《土門》「後記」，長江文藝出版社 1999 年版，第 242 頁。
〔註8〕 賈平凹：《我心目中的小說》，載《小說評論》2003 年第 6 期。
〔註9〕 賈平凹：《小說語言》，《當代作家評論》2002 年第 6 期。
〔註10〕 賈平凹：《我心目中的小說》，載《小說評論》2003 年第 6 期。

是很自然的。因爲即使在現代文明蔚爲大觀的今天，鄉土文化也並沒有完全喪失其意義，它既可能對現代文明構成富有啓迪性的參照性補充，也可能具有再生的創造性潛力，促進現代文明的方向性調整和改變。賈平凹在一定程度上是被鄉土文化選擇的一位代言人。對於一個文學家來說，這並非意味著不幸。因爲鄉土文化守望立場也許不合於社會發展的方向，但並不因此喪失文學的意義——它既可能像當年巴爾扎克那樣以爲封建貴族唱輓歌的初衷創作出一部時代史詩畫卷，也可能以獨特的哲學思考呈現出傳統鄉土文明的深刻思想力，爲現代思想和文學創造一個獨特的高峰。

客觀而論，賈平凹的創作在部分意義上達到了這一效果，它們也因此具有了在當前文學中的特別意義。

其一，它們是對鄉土文化頹敗過程的眞實時代記錄。賈平凹的創作建立於作者對現實變化的直接感受基礎上，其部分作品更是直面當下現實生活，雖然作品的側重點不在現實本身，但客觀上卻眞實再現了文化頹敗的現實環境和現實後果，而且它們都普遍鎔鑄了作者眞實的思想感情（包括矛盾和痛苦），是自我心靈與外在社會的融合。這種立足於文化視野上的揭示，較之簡單的現實描摹顯然更深刻也更準確。它們既是對這個時代現實和文化較爲深切的反映，也是作爲鄉土文化代言者的知識分子在文化轉型中的自我體現，折射出他們在文化轉型中的情感和立場，具有歷史和現實、生活和心靈的雙重意義。這其中，作爲 1990 年代最早記錄時代文化劇變狀況的《廢都》，在 20 世紀中國文學和文化史上有著不可忽視的意義。儘管它本身也成爲商業文化的典型作品，但它表現了中國傳統的農耕文明面臨現代工業文明不可避免的頹敗之前的無奈和無力狀況，眞實而清晰地折射、甚至也預言了中國社會在 1990 年代及之後的文化嬗變，具有時代寓言的意味。

其二，賈平凹對傳統文學的借鑑和探索也具有積極意義。中國新文學雖然是在對傳統文學的背叛中新生的，但這並不意味著它應該與傳統隔離，也不意味著傳統文學完全失去了生命力，相反，傳統文學的許多精神、韻味依然具有很強的審美價值，也具有現代轉換的可能性。在批判的基礎上繼承傳統的個性，是新文學獲得深入發展的重要資源。以文學語言而論，口語、西方外來語和文言文，應該是新文學語言的三個基本來源，也是其語言發展的基本方向。但由於種種複雜原因的限制，新文學在繼承和更新傳統方面一直比較薄弱，語言中的文言文因素也幾乎被作家們所拋棄。賈平凹的探索雖然

並未取得完全成功，但卻具有方向性的意義，也取得了一定實效。典型如對話本小說語言的借鑒，其部分作品將之融合於對生活故事的敘述中，將話本語言與方言土語相雜糅，取得了在世態人情敘述上的較大成功，傳達出了傳統白話小說的現代魅力。

賈平凹的作品較直接地揭示了我們時代的內在文化嬗變，他的藝術嘗試也在一定程度上折射出傳統文學和審美精神的現代生命力。這種文化嬗變是我們每一個同時代人都感同身受的，對傳統文學魅力的記憶和期待也依然留存在我們許多人的思想中，因此，賈平凹的作品在同時代大眾中引起了相當普遍的共鳴，擁有著相當廣泛的讀者群體〔註11〕。在當代中國，賈平凹的文學位置是不可忽略，也是具有啓示意義的。

二、

但是，對賈平凹1990年代以來的創作進行全面細緻考察，我們可以發現，賈平凹並不是一個堅定的鄉土文化守望者，他的姿態是猶豫和不徹底的，內涵也有著矛盾和猶疑，折射出他內在文化態度的迷茫和困頓。

這首先表現在其作品內涵的複雜矛盾和對立上。賈平凹作品雖然對鄉土文明持留戀和感傷的基本姿態，但留戀中也往往交織著懷疑、揭露和批判。同樣，它們對現代城市文明的否定也不徹底，經常混同著曖昧和妥協。這體現在他的幾乎每一部作品上。《廢都》對「廢都」文化整體的質疑，既是對現代城市的也是對傳統鄉土的；《土門》雖然對仁厚村被城市吞併的命運表示遺憾甚至憤懣，對村人的衛護表示認同，並賦予鄉土文化的象徵者雲林爺以許多神秘文化色彩和超凡能力，但是，作品也同樣揭示了村人的顢頇專制，村長成義被賦予江湖大盜的身份就是一個鮮明的表徵；同樣，《高老莊》中子路及其故鄉人的矮小、性能力退化，與來自現代城市的西夏的健碩聰慧形成了鮮明對比，象徵性地表示出賈平凹對鄉土文化的否定和絕望；還有《懷念狼》，主旨其實極為矛盾，狼性的強悍和奸詐雜糅在一起，否定與肯定的意蘊也複雜地交織。這當中可以作為典型分析的是賈平凹小說中的鄉村人物形象。雖

〔註11〕 有英國學者這樣說過：「一個思想家『有影響』，被廣為閱讀、稱頌並得到回應，很可能是因為他的思想和別人相同，而不是因為他啓發了他們。」（瑪里琳・巴特勒：《浪漫派、叛逆者及反動派》，黃梅、陸建德譯，遼寧教育出版社、牛津大學出版社1998年版，第37頁）我以為是有一定道理的，至少它可以說明文學與讀者多種關係的一種。

然賈平凹在整體上對鄉土文化持衛護姿態,但在對具體鄉村人和鄉村文化的認識上基本上秉持五四傳統的啓蒙姿態,他筆下的農民大多具有「阿Q」的精神品性。這一點,與他的整體文化態度是構成著尖銳對立的。與之相應的是,賈平凹在對城市文明的否定中也時常有所保留。如《土門》結尾處梅梅對自己曾經參與守衛鄉村、抗擊城市化的行為已經有所懷疑,《高興》更是基本上放棄了城市批判和守望鄉村的姿態,試圖通過劉高興於城鄉兩極的努力,在鄉土文明和城市文明之間尋找到和諧與妥協點。

其次,賈平凹的文化守望中更多感性的懷戀,卻很少理性的建構。或者說,賈平凹對鄉土文化的沒落和衰微命運更多情感上的哀歎、同情和悲哀,卻缺乏深入而理性的思索,更很少展現出鄉土文化的現代意義和價值,對其作正面的維護。在其泛濫於作品中的情緒化感傷背後,隱藏的是混亂乃至矛盾的思想意識。對此,賈平凹自己也有認識,他這樣談論《土門》的寫作:「在深深的同情裏寫土門的迷惘和無奈,寫他們的悲壯和悲涼,寫一個時代的消亡。」〔註12〕《秦腔》更是如此:「我的寫作充滿了矛盾與痛苦,我不知該讚頌現實還是詛咒現實,是為棣花街的父老鄉親慶幸還是為他們悲哀。」〔註13〕正因為這樣,在賈平凹的作品中,我們可以看到他整體上的文化姿態,卻難以明確他的具體思想,即他到底認可什麼文化內涵,維護什麼價值立場?也看不到他站立在反思高度來分析和批判當前的社會文化變遷。比如他曾經引起熱議的《懷念狼》,主旨其實相當混亂,其中既沒有表現出現代生態意識,也沒有輝映出傳統哲學思想的現代思考精神。在這個意義上更準確地說,與其說賈平凹是一個鄉土文化守望者,還不如說他是一個鄉土文化的哀歎者。

當然,賈平凹的猶豫也是一種立場,具有自己的個性特點,甚至可以說,它在一定程度上蘊藏著一種歷史的清醒和理性,因為它源自賈平凹對鄉土文化沒落命運的認識,以及對鄉土文化缺點的透視,是他對歷史必然性的認識與內心的情感依戀所產生衝突的結果。一個作家選擇什麼立場是他的自由,而且就文學自由和個性的本質來說,不存在什麼立場的正確和唯一。所以,我並不是否定賈平凹立場的合理性,更不是要求他一定做現代文化的背離者,我所針貶的是賈平凹立場的不確定和自相衝突,因為這一立場當中蘊含

〔註12〕 賈平凹:《賈平凹的回信》,見《土門》,長江文藝出版社 1999 年版,第 242 頁。

〔註13〕 賈平凹:《秦腔》「後記」,人民文學出版社 2008 年版。

的是精神的迷茫和困頓，換句話說，我以為在賈平凹猶豫和矛盾的背後，蘊含著他深刻的文化和思想缺失：他始終局限在自己的情感世界中，沒有建立起更高遠和更獨立的歷史觀，實現思想的獨特和深邃——我們試將賈平凹與沈從文做一比較，是非得失體現得更清楚。在1930年代的鄉土變化面前，沈從文同樣有失落和不滿，但他始終擁有比較獨立的文化批判價值觀，並以之營造自己的鄉村理想和文化夢幻。獨立的立場賦予了沈從文深刻的思想和優秀的藝術力量，造就了他偉大文學家的地位。相形之下，賈平凹的思想獨立性卻未達到這一高度。而這，直接影響到他文學創作的多方面內涵。

首先，是理想性的嚴重匱乏。文學不是盲目的理想主義，但是，文學應該具有更深遠的視野，應該帶給人們以深遠的展望和理想。它是超越現實逆境和昇華生存價值的重要前提。但是，在賈平凹的創作表現出來的是強烈的絕望態度，是對鄉村和整個文化未來的徹底虛無情緒。賈平凹的幾乎所有作品最終結局都是失敗的、迷茫的和無望的，其主人公或者是像莊之蝶一樣進入死亡（《廢都》），或者像梅梅一樣夢想回歸母親的子宮（《土門》），像子路一樣在失敗中逃離故鄉（《土門》），以及像引生一樣陷入瘋狂（《秦腔》），完全看不到希望，也看不到未來的正確道路。與此同時，在賈平凹的作品中還彌漫著頹廢虛無的生活和文化態度。賈平凹作品的主人公在劇烈的文化轉型中往往陷入迷茫，甚至是絕望地無力自拔，他們經常選擇借助頹廢的文化或生活方式來麻醉自己、逃避現實。《廢都》中的莊之蝶借與女性的畸形性愛來證明自己存在的意義，《高老莊》中子路借與城市長腿女性的婚姻來獲得自我信心，《秦腔》中的引生以戀物和自戕來抵禦強大的虛無感和無奈情緒，《高興》中的劉高興借對女性高跟鞋的迷戀來緩解自己與城市之間的巨大裂隙……不能說頹廢就不是美的，也不是說頹廢的歷史態度就完全沒有價值，但是，頹廢和絕望的普遍存在還是極大地降低了作品的價值，因為它蘊含的是對於現實的無能為力，是文學力量的逃離。

其次，是對鄉土文化表現的偏狹。這一方面表現在賈平凹筆下的鄉土文化非常單一，缺乏必要的豐富性和廣闊性。鄉村文化是賈平凹文化表現的中心，這一文化聯繫著廣裏的鄉土大地，有悠遠的傳統和豐富的內涵，但賈平凹表現的文化卻是格局狹小、氣度浮躁、內涵蕪雜而凌亂，難以見到真正鮮活鄉村文化的蹤影，沒有呈現出鄉村大地的宏闊深邃、沉靜雍容。他筆下的鄉村文化基本上沒有脫離神秘文化和頹廢文化兩個範疇。他書寫了許多荒誕

或傳奇的鄉村故事，但無論是人變鬼，還是鬼變人、狼變人，以及人鬼獸之相戀相愛，人與動物的語言或心靈交通，都以神秘文化為中心，並且，它們之間內涵都很近似，也基本上停留在故事表層。再就是頹廢文化。賈平凹作品中充斥著畸形的性戀描寫，以及對各種醜陋和變態細節的獵奇式描寫和炫耀式認同，這些內容都充滿著強烈的頹廢文化色彩〔註 14〕。賈平凹很滿意於自己對這些頹廢文化的表現，但其實，頹廢文化的源頭和實質是傳統士大夫文化，是鄉村文化的外來者；另一方面表現在賈平凹筆下的鄉土文化缺乏真切生活實感，顯得虛幻而飄渺。文化雖然是生活中比較虛的一面，但並不意味著它與現實生活無關，相反，真正有生命力的文化就蘊藏在日常生活之中，鄉村文化的展現也必然是生活化的展現。對此，賈平凹也有所意識：「當寫作以整體來作為意象處理時，則需要用具體的物事，也不是生活的流程來完成。……如果越寫得實，越生活化，越是虛，越具有意象。」〔註 15〕但實際上，賈平凹的文化與真正鄉村生活相當隔膜。他雖然寫了鄉村故事，但很少關切到農民最日常、最迫切的生活領域，他的神秘和頹廢文化距離鄉村現實、距離鄉村人的基本精神欲求相當遙遠，甚至可以說與大多數人的日常生活無關。最典型而顯著的表現是賈平凹作品中缺乏真實鮮活的鄉村人物形象。人是生活最基本的內容，也是文化最直接的承擔者，但賈平凹 1990 年代作品中很少塑造有主體性的農民形象。他所塑造的如成義、引生、高興等農民形象往往沒有獨立而完整的性格邏輯，更匱乏自我主體精神，他們完全圍繞著作家的思想理念來行動，他們與其說是獨立的、生活中的人，不如說是作家心中理念的化身和代表。

最後，也影響到賈平凹的藝術成就。其一是缺乏生活的真切感。賈平凹的作品雖然反映的是當下生活，但由於過強的傳統文人頹廢氣息氤氳其中，難以感覺到現實生活的清新與活力，舊文人氣息要遠勝於自然的氣息。包括其小說語言。正如前所述，賈平凹部分作品的文學敘述較好地雜糅了生活口語，體現了生活實感。但在更多情況下卻沒有達到這一點，特別是在對具體生活場景和人物進行描寫時，普遍顯得拖沓、造作、沉滯、陳舊，與所描述的生活場景嚴重脫節。其二是故事敘述上的嚴重模式化。創新和豐富是文學

〔註 14〕 趙學勇、王鵬：《欲望的縱情與狂歡——賈平凹 20 世紀 90 年代以來的欲望敘事》，載《蘭州大學學報》2011 年第 5 期。

〔註 15〕 賈平凹：《我心目中的小說》，載《小說評論》2003 年第 6 期。

的生命所在。但賈平凹作品的許多故事都大同小異，一些細節在不同作品中
重複多次出現（這種重複甚至也出現在反映「文革」生活的《古爐》中）。而
與故事類型模式化相一致，其生活場景描寫也缺乏足夠的變化，許多敘述顯
得虛假而僵硬〔註16〕。其三是內涵模糊，思想混亂。作家思想的不清晰必然
導致作品思想的混亂，賈平凹許多作品的思想意圖模糊矛盾、難以辨析。典
型如《懷念狼》，作品表現了狼的主題，但人與狼究竟應該保持什麼關係、人
究竟應該如何對待狼，始終沒有一個明確的態度，其主題是凌亂無序的。正
因為這樣，對《懷念狼》的評論作品甚多，但主題解讀各異，充滿著對立和
衝突；再如在《高興》中，賈平凹這樣表達對主人公劉高興的人生觀念：「他
之所以是現在的他，他越是活得沉重，也就越懂得輕鬆，越是活得苦難，他
才越要享受著快樂。」表面上看似乎是傳統老莊哲學的體現，但實際上不過
是混亂和迷茫的展露而已。

　　正因為這樣，賈平凹在1990年代以來文學中的整個形象是模糊的，或者
說他有大體一致的精神輪廓，但沒有形成清晰而完整的細緻而貌，沒有呈現
出自己獨特的精神個性。換言之，他是時代文化頹敗的記錄者同時也是被動
的承受者。他如同一個尋不到道路的迷途者，雖然努力向前，但其實卻是在
徘徊，在停頓，甚至在倒退……賈平凹創作的文化姿態，與他的個人生活際
遇、文化教育以及時代文化都有著深刻而複雜的關係。

　　賈平凹出生在1950年代的陝西農村。他童年和少年時期所生活的是一個
傳統的鄉村大家庭，其蘊含的鄉村文化深厚嚴謹，充滿著鄉村情感的質樸和
溫馨。在這個家庭裏，賈平凹深刻地感受到親情的溫暖和慰藉，承受著鄉土
文化的養護和滋潤。但不久，「文革」嚴重改變了他的家庭和生活環境，又因
為身體原因，賈平凹的農務勞作能力不是很強，種種生活的磨難，自然會給
予敏感的賈平凹許多心理創傷，他的性格也逐漸變得內向孤獨。此後，依靠
較好的文化素養，他才避免長期在田間勞作，並最終通過上大學、接受現代
高等教育，離開了農村、進入城市生活〔註17〕。

　　這些經歷，賦予賈平凹與鄉村社會、特別是鄉村文化之間深厚的聯繫，
也使他多年來將創作視域一直停駐在鄉村生活和鄉土文化這塊土地上，他也

〔註16〕　參見張志忠的《賈平凹創作中的幾個矛盾》（《當代作家評論》1999年第5期）、
　　　　李建軍的《消極寫作的典型文本——再評〈懷念狼〉兼評一種寫作模式》（《南
　　　　方文壇》2002年第4期）等文章。
〔註17〕　李星、孫見喜：《賈平凹評傳》，鄭州大學出版社2005年版，第1～8頁。

有意識地將自己的文學創作與鄉村社會作密切的聯繫：「我的情結始終在現當代。我的出身和我生存的環境決定了我的平民地位和寫作的民間視角，關懷時下的中國是我的天職。」〔註 18〕但同時，這些經歷也造就了賈平凹與鄉村關係的某些複雜性，或者說形成了這樣兩個特點：一是與鄉村的聯繫更側重於文化方面，現實關係則要疏淡許多。對於少年的賈平凹來說，鄉村文化的溫情毫無疑問是一種重要的心靈慰藉，也促成了他對這一文化的依戀情感，而在進入城市後，這一情感並沒有淡薄，因為諸如賈平凹多次談到的，他在城市的生活經歷並不很順利，城鄉差距、個人敏感，多方面的因素使城市生活中的賈平凹屢有挫折感，這時候，鄉村文化又成了他的精神慰藉和夢幻之所。歷史與現實的雙重影響，使鄉村文化構成了賈平凹最基本的精神自我，成了他的精神和心靈所繫。相比之下，他與鄉村現實的關係就沒這麼密切了。往昔鄉村生活不太愉快的記憶，以及客觀上與鄉村現實生活的長期疏離，使賈平凹對現實鄉村的感情要淡漠許多。這一點在賈平凹創作中有清晰的體現。如果說在 1980 年代，剛剛開始的鄉村改革對鄉村文化的影響還不是那麼顯著的時候，賈平凹對現實鄉村還有較多的關注、對鄉村改革也表達過一定支持的話，那麼，當改革深入到對鄉村文化構成較強衝擊時，賈平凹就基本上對鄉村改革持批判態度，與鄉村現實也越行越遠。到 1990 年代，賈平凹的興趣點更是完全集中到了鄉土文化及其命運上。賈平凹曾經自述過他的一次鄉村之行，從中可以清晰地看出他對鄉村的熱情所繫基本上是文化，很少有現實：「我在商州每到一地，一是翻閱縣志，二是觀看戲曲演出，三是收集民間歌謠和傳說故事，四是尋吃當地小吃，五是找機會參加一些紅白喜事活動。這一切都滲透著當地的文化啊！」〔註 19〕二是缺乏對鄉村和鄉村文化的足夠自信。賈平凹對鄉村文化有很深的感情，也有一定的鄉土（傳統）文化素養，但對於鄉村及其文化，正如對於自己曾經的農民身份，賈平凹缺乏足夠的自信。這也許與賈平凹比較柔弱的性格有關，但更是由於他所接受的現代文化教育，以及社會現實中的巨大城鄉差距。在現代文化思想中，鄉村和鄉村文化一直處於受批判和待啟蒙的位置，在現實生活中，鄉村和鄉村文化更長期處於社會底層，承受著為人鄙視和忽略的命運。賈平凹顯然沒有走出這種文化的影響——他沒有像當年趙樹理在經歷內心文化劇烈衝突之後依然選擇做

〔註 18〕 賈平凹：《高老莊》「後記」，長江文藝出版社 1999 年版，第 357 頁。
〔註 19〕 賈平凹：《答〈文學家〉問》，載《文學家》1986 年第 1 期。

一個「文攤文學家」一樣——因此,他經常陷入身份和文化上的強烈自卑中。他一方面多次強調「我是農民」,進行強烈的自我批評:「我吃驚地發現,我雖然在城市生活了幾十年,平時還自詡有現代意識,卻仍有嚴重的農民意識。」〔註20〕同時又經常以極端的自傲或偏激的方式(他對鄉村文化獵奇和炫耀式的展示就是這樣的方式之一)來掩蓋這種自卑情緒。

從賈平凹的生活和文化經歷、社會背景中,我們可以部分地窺見其創作姿態和創作特點形成的原因,但客觀來說,文學更是一種精神創造物,作家的生活和文化經歷並不能直接決定其文化態度,作家的甄別、選擇和超越等主體行為在其中起著至關重要的影響。而且,作家的文化立場並不固定,而是可以發展和變化的。所以,對於一個作家來說,其生活與文化身份也許有一定的宿命意味,但最重要的還在於作家的主觀努力和客觀超越。賈平凹的創作也是這樣。

另外還需要指出的是,一個作家的經歷有其獨特的個人性,但在具體的時代環境中,這些經歷也可能會具有一定普遍性。換句話說,賈平凹的創作立場和創作方向既有其獨特性,但也能夠折射出同時代文學的某些共性,具有一定的時代代表性意義。我以為,最突出的有以下兩個方面:

一是作家的思想高度問題。正如前所述,作家的思想高度深刻地影響其文學創作的高度,也直接影響其文學在時代文化中的地位,決定其對社會大眾的影響力。賈平凹是1990年代以來頗受大眾歡迎的作家,這與他敏銳的文化反應和對時代文化變異的著力捕捉有直接關係,這在很大程度上有賴於他與鄉土文化的深厚關係以及由此而形成的文化高度。但也正是思想高度上的缺陷,局限了他創作上更具深度和力度。換一個角度看,賈平凹已經是當前文學中成就很突出的作家了,也就是說,思想高度的匱乏,不只是賈平凹個人的創作症候,也是當前文學很嚴重也很普遍的現象。要提高當前文學的整體成就,也許需要作家們在這方面給予更多重視。

二是如何借鑒和運用傳統文學方法。賈平凹的創作有意識地借鑒和回歸傳統文學,這並非個案,在他背後湧動的是一股頗有聲勢的文學潮流,如莫言、李銳、格非、劉震雲等作家都參與其中。但如同賈平凹一樣,這些努力取得了一定成就,但還沒有達到真正的高峰(一些作家也因此逐漸放棄了這一探索)。顯然,如何回歸傳統文學,以及在多大程度上回歸傳統文學?值得

〔註20〕賈平凹:《我和高興》,見《高興》,作家出版社2007年版,第445～446頁。

探索的空間還很大。在我看來，囿於語言和思想的差異，傳統文學形式在今天已經不可能真正回歸了，能夠回歸傳統的只能是其文化和審美精神，而且，回歸也絕對不能離開與現實生活的深度交融。以語言而論，對傳統白話小說的簡單回歸是不可能真正成功的，因為這種語言已經與現在的生活脫節，不能與現代生活相協調。正因為如此，賈平凹的語言實踐中較成功之處在於其小說敘述，一旦進入到描寫領域，就會出現與生活的嚴重疏離（同樣因為這一原因，賈平凹的語言探索在散文領域所獲得的成功要比小說更突出一些）。所以，這些努力回歸傳統文學的作家們非常值得敬重，但也還有賴於更艱辛、更富創造性的努力，我們可以充滿期待。

如何讓鄉村說出自己的聲音——讀梁鴻《中國在梁莊》《出梁莊記》有感

一、

　　在這麼些年對鄉土文學（鄉村題材文學）的關注和思考中，有一個經常困惑我的問題，就是如何能夠讓鄉村自己說話，讓鄉村表達出其真實的意願和深層的訴求？因爲我以爲，作爲文學書寫，無論是從對書寫對象的尊重角度出發，還是立足於文學創作的藝術角度考慮，反映出書寫對象的生存狀貌，傳達出它的真實聲音，都是一個很重要的目標。這一點，對於一直處於邊緣地位和失言狀態的鄉村來說更是如此。然而，在中國的現代語境中，鄉村書寫遭遇到多方面的困境，牽繫的問題更是方方面面，它們對鄉村書寫產生了嚴重的制約。

　　首先，從鄉村的主體——農民角度來說，由於文化水平、表達能力的局限，更由於社會提供給他們發言場所和機會的限制，他們很難直接開口說話，也難以清晰準確地傳達出鄉村的聲音——儘管他們對鄉村生活的感受是最直接，也是最深入的。而且，即使他們（或者是他們在「文化人」中找到的代言人）有機會開口，因爲受視野限制、表達能力等原因影響，比較容易囿限於相對封閉的視角，難以全面、客觀地表現鄉村——在文學史上，特別是近年來出現的一些由農民作家書寫的作品，就普遍存在這樣的局限。它們擁有生活的本色和質感，但在表述的深度和視野的廣闊上卻有較大缺憾。所以，儘管中國的鄉村一直處於社會底層和邊緣，深受各種統治者的壓榨和欺凌，也形成了自己獨特的歷史和文化態度，但在漫長的文學史（包括傳統文學和

新文學）上，除了少數民歌、曲藝文學作品傳達出鄉村的部分心聲，它更豐富、更深層的內涵一直處在農民自身的敘述之外，遠遠沒有得到應有的體現。

其次，從鄉村的主要書寫者們——鄉土小說作家們來說，也存在著兩個重要的障礙：一方面，雖然鄉土作家們基本上都是從鄉村走出去的，對鄉村有著較深的感情，也有一定的鄉村生活經驗，但由於中國差異巨大的城鄉生活對立格局，作家們一般都只擁有短暫的童年和少年鄉村生活經驗，等到他們成年、有獨立思維能力時，他們已經離開了鄉村。此後，最多只是在節假日時，走馬觀花般「回鄉村看看」。這樣，他們所擁有的鄉村生活經驗往往會與現實鄉村脫節，特別是游子思鄉般的情緒會使他們的鄉村記憶染上濃鬱的感傷和懷舊色彩，現實本身的沉重感卻被濾去，影響他們鄉村敘述的真實性和真切性；另一方面，也是更重要的，在20世紀的中國，以城市為中心的現代性文化佔據絕對優勢，在其視野裏，鄉村文化被蒙上了傳統和落伍的衣衫，處於待啓蒙和待拯救的邊緣位置。作家們都在這種文化環境中成長，又長期生活在這種文化氛圍中，因此，他們既容易感受到來自鄉村的身份自卑，更普遍被城市文化徹底同化，對鄉村文化持完全的否定和貶斥態度。這使作家們很容易陷入感性與理性之間的內在衝突，難以自如地傳達鄉村自我的聲音。

當然，在文學史上，也不是完全沒有作家能夠走出這樣的困境。比較早的如趙樹理。他雖然身兼農民和共產黨員的雙重身份，但農民是他最根本的立場。在1940年代解放區的特殊歷史環境中，這兩種身份具有較多的和諧，因此，趙樹理能夠為農民代言，在一定程度上傳達出農民的現實和文化聲音。只是身份的衝突對他的創作和生活始終都有較大影響，文化視野的局限更在根本上限制了他的文學成就。另一個是與我們同時代的莫言。相對於趙樹理，莫言獲得的成功更大。這在一定程度上與他生活的政治和文化環境有關（當然這並不意味著莫言創作沒有受到外在的掣肘。事實上，更關鍵的因素還是作家主觀上的努力），這使他能夠具有更開闊的視野和更自由的姿態，其鄉村立場能夠更為明確也更為深入，並在廣泛汲取鄉村文化和文學的滋養上，成為中國鄉村一名優秀的「自語者」，最終獲得了世界性的影響和聲譽。

但是，就總體而言，中國的鄉土小說雖然有近一個世紀的歷史，但卻與鄉村始終有著較遠的距離，鄉村的真實狀況沒有得到充分的表現，鄉村的內在欲求沒有得到深入的表達。這一點更典型地體現在當前文學中——由於近年來中國鄉村社會的變化特別迅速，鄉村倫理文化發生了巨大變異，在情感

與理性衝突下的鄉土作家們，創作心態普遍呈現複雜而不穩定的狀態，對鄉村的表現頗為表面和混亂。

以對「農民工」的書寫為例。當前「農民工」的出現已有 20 餘年的歷史，其人數更已達到了幾億人之多，但是，由於不熟悉「農民工」生活等原因，當前文學對「農民工」的敘述雖然很多，但卻普遍存在簡單化和模式化的缺陷，基本上沒有脫離苦難、仇恨、炫富的故事模式。這樣的結果，正如梁鴻所說，「因為被談論過多。大量的新聞、圖片和電視不斷強化，要麼是呼天搶地的悲劇、灰塵滿面的麻木，要麼是掙到錢的幸福、滿意和感恩，還有那在中國歷史中不斷閃現的『下跪』風景，彷彿這便是他們存在形象的全部」〔註 1〕，「農民工」們的真實生活在很大程度上處於被遮蔽和扭曲的狀態，嚴重影響人們對他們的認知：「『農民工』，已經成為一個包含著諸多社會問題、歧視、不平等、對立等複雜含義的詞語，它包含著一種社會成規和認知慣性，會阻礙我們去理解這一詞語背後更複雜的社會結構和生命存在。」〔註 2〕

二、

對於以虛構為基本特徵的鄉土小說，過於要求它真實傳達鄉村聲音，也許存在某些苛求之嫌（反過來說，虛構的小說不管怎麼說還是與現實隔了一層，在鄉村聲音傳達的直接性上也存在一定限制），但是對於寫實類文學，人們就會有更高的期待。對於處於巨大變異中的當前中國鄉村社會，對於鄉村和農民（特別是進入城市多年、已經成為城市生活不可忽略一部分的「農民工」）的生活狀況，人們更存有瞭解其真實面貌的強烈願望。也許正是由於這一閱讀需求的推動，近年來開始興起了「非虛構文學」潮流，其中以鄉村和「農民工」為書寫對象的作品佔據了主要部分。

梁鴻的《中國在梁莊》和《出梁莊記》就是其中值得特別提出的兩部。它們敘述的是作者梁鴻家鄉河南省一個叫梁莊的鄉村故事，記敘了留守鄉村的農民和在城市中奔波的「農民工」的現實生活。它們最與眾不同之處，就是借助對鄉村農民和「農民工」生活的表現，讓鄉村說出了自己的聲音。其中，聚焦於城市打工「農民工」生活的《出梁莊記》是新近出版的作品（花城出版社 2013 年版），本文的論述主要以它為中心。

〔註 1〕梁鴻《出梁莊記》「後記」，花城出版社 2013 年版，第 309 頁。
〔註 2〕梁鴻《出梁莊記》「後記」，花城出版社 2013 年版，第 309 頁。

　　《出梁莊記》讓鄉村說話的意圖是很明確的。首先，也是最直接的，它充分給予了農民自己說話的機會，讓農民在作品中親自傾訴心聲。就篇幅而言，這些來自梁莊的「農民工」們所說的話幾乎佔了全書的一半，而且還不包括那些直接記錄他們生活場景的諸多圖象。而且，作品對他們的敘述基本上保持原貌，很少做出刪減和剪裁，語氣、方言都原汁原味，很有「農民色彩」和地方氣息；其次，作者在給予「農民工」說話機會、與他們交流時，沒有絲毫的俯視姿態，而是站在與農民平等而切近的位置上，保持著對他們的平等和尊重、真誠和親切，以及充分的關懷態度。作者對待他們，就如同對待自己的親人（事實上這些說話者中有相當一部分就是她或遠或近的親人，至少是關係密切的鄰居），其中蘊含著真誠、愛、理解和認同。在這樣的態度下，「農民工」們說起話來就會比較自如，少有掩飾和顧忌，說出的話也真實可信。

　　作品讓「農民工」們自己說話，直接傳達出鄉村的聲音，這是一個方面。與之相關聯的另一方面，作品讓作者也參與到對鄉村的敘述中，成為鄉村自我聲音的一部分。作者梁鴻是一個現代知識分子，在作品中，她始終保持著較強的理性和客觀的高度，以現代的理性眼光來打量和審視他們。這就如作者闡述她所持有的對鄉村的感情，「不是因為個體孤獨或疲憊而產生的憂傷，而是因為那數千萬人共同的命運、共同的場景和共同的凝視而產生的憂傷。憂傷不只來自這一場景中所蘊含的深刻矛盾、制度與個人、城市與鄉村等等，也來自它逐漸成為我們這個國度最正常的風景的一部分，成為現代化追求中必須的代價和犧牲。」〔註3〕作品雖然蘊含著對「農民工」生存和生命狀態的深切關懷，但它主要不是對現實中某一具體人或事的簡單同情或譴責，而更是在於思考鄉村的命運，思考農民和鄉村文化的命運，在思考著不可避免的鄉村城市化進程以及它的代價問題。

　　這兩個方面的敘述，從表面看似乎有矛盾處，梁鴻的知識分子話語與「農民工」們的講述似乎構成了一定程度上的張力。但實際上，它們更構成了一種互補關係，從不同側面共同構成了鄉村的聲音。因為梁鴻的立場雖然以現代理性為中心，但又始終保持對鄉村和鄉村文化某種程度的認同和維護，也就是說，她對鄉村進行的思考中雖然包含著否定、批判和反思，但它是以鄉村的關懷為前提，她不是立足於鄉村之外，而是建立於鄉村之內。

〔註3〕梁鴻《出梁莊記》「後記」，花城出版社2013年版，第309頁。

　　所以，就像它更寬宏的視野是對單一鄉村立場的補充和完善，她的批判所代表著的是鄉村的自我反思和深層憂慮，所說出的是那些文化水平比較低的農民說不出，實際上卻在思考和憂慮著的話語。正如此，梁鴻的聲音與「農民工」的聲音一道構成了鄉村聲音的雙聲道，層次有所差異，實質卻完全一致。依靠著這樣的敘述方式，《出梁莊記》超出了我們常見的對鄉村和「農民工」們的敘述模式，實現了對「農民工」和鄉村世界更深層也更真實的講述。

　　表現之一，是揭示了農民（「農民工」）的深層生活和精神世界。與訪問者梁鴻的親切關係和梁鴻的平等態度，讓梁莊的「農民工」們坦率自如地講述了他們進入城市後的種種生活經歷和遭遇，細緻地表達了他們對城市的複雜感受。「農民工」們的話語非常質樸，在他們的講述中，沒有我們經常看到的傳奇故事，沒有著意的渲染和誇張，但卻真實地展現了這些在城市中掙扎著的農民們的生活面貌，道出了他們的真實心聲。由於作品中發言的「農民工」涵蓋老中青不同的年齡層次，囊括了從企業家到公司職員，以及最底層的搬運工、傳銷者等幾乎所有的工作範圍，來城市打工的時間有長有短，與城市的關係有深有淺，所以，可以說，作品中「農民工」們所講述的這一段段生活，以一個個鮮活的姿態，從一個側面展現了近年來「農民工」在城市的生活過程，是「農民工」們的生活史和心史。

　　其中值得特別提出的，是作品對農民心靈世界的展示。作品中，「農民工」們不只是講述了他們的生活故事，更展現了他們曲折隱秘的內心世界。其中有青年「農民工」在面對城市時難以祛除的自卑和羞澀感（第二章「羞恥」部分），有老年「農民工」對於生活的無助和無奈，有他們在城市中艱難掙扎過程中的強烈失敗感、壓抑感和孤獨感，以及在面對文化衝突和困境時的迷茫和困惑。其中最常見、也是最複雜的，是他們與鄉村、與城市之間的複雜關係。對於城市，他們充滿著嚮往，卻又始終無法融入；對於鄉村，他們情感上難以割捨，又不願意長期留駐——由於長期處於社會底層的歷史和受壓抑的現實，中國的農民們一般都不太擅長說話，更不願意袒露自己的深層心理世界。在一般情況下，我們很難聽到農民（農民工）傾訴自己的心聲。只是在梁鴻這樣的親人面前，他們才放縱了自己，讓我們體會到了那些在城市中漂泊，與我們日夜相伴、卻為我們嚴重忽略的「農民工」們的內在心靈世界。

　　表現之二，是對鄉村文化世界的深度思考。作品寫的雖然是城市中的打工農民，但通過這些「農民工」的生活和心靈敘述，讓我們真切地體會

到了鄉村文化在現實中的變異和發展。「農民工」的生活是複雜的，從空間來說，他們在城市生活應該屬於城市人，但在精神上，他們又與鄉村有著不可分割的關係。他們是當前社會文化從傳統向現代轉型最直接的承受者和體現者，因此，在他們的生活世界中，鄉村文化、鄉村倫理髮生了很複雜的變遷，他們的身上，更深刻地折射著文化變遷的軌跡和脈絡。這其中有與農耕文明有密切關係的傳統儀式的無奈變異（比如對「葬禮」和「算命」兩部分的敘述），也有在現代文明薰染下，農民們在文化選擇上的困惑、迷茫，甚至扭曲與墮落（比如「恩怨」「打官司」部分的敘述），更有在失去鄉村家園之後、難以找到自己生命歸宿和信仰的茫然和無奈（比如「孤獨症患者」「這村落中最後的房屋」等部分的敘述）。應該說，在城市化不可逆轉的今天，鄉村文化的變化和發展是必然趨勢。作品所展現的這些盤桓在城鄉之間的獨特群體的變遷狀況，很能夠讓我們感受到鄉村文化的命運和發展方向。應該說，儘管《出梁莊記》並不是一本以思想為主要特色的作品，但其思考確實是敏銳、深刻而富有啓迪性的。作品能夠對那些看來很簡單的事物如此敏感，如此準確地捕捉到背後的文化內涵、感知其中的文化變遷，作者的思緒沉重而複雜，都充分反映，也得益於作者蘊含強烈鄉村關愛的知識分子精神。

三、

也許有人會說，梁鴻《中國在梁莊》《出梁莊記》的成功與其寫實的文體有關──因為只有這種文體，才可能讓農民（農民工）有更多直接說話的機會。這確實有一定道理，但卻絕非說其成功來得容易。因為要真正深入地反映鄉村和農民（農民工），傳達出鄉村的真實聲音，較之虛構文學，寫實文學有著同樣的難度，甚至還有特別的挑戰。簡單地說，寫實文體要求作者生活感受更切實豐富，要有更具體的調查、統計和數據，其中難免會遇到某些限制和困境。而且，在現行文學和教育體制中，寫實文學既非學術，也不是主流的文學創作，但實際上，它對作者的要求也許更高，既要有生活體驗，又要有思想，還要有寫作能力，絕不是一般人可以駕馭的。

在這個意義上說，梁鴻的書寫梁莊，既是一種個體行為方式，也具有某種方法學的意義。或者換句話說，梁鴻的這兩部作品能夠獲得成功，是主觀和客觀多種因素的結合，既是一種機緣，也蘊含著必然因素。

　　就客觀方面說，首先是梁鴻所生存的鄉村地域、也是她的書寫對象——梁莊。從兩部作品的介紹看，這是一個鄉村文化傳統色彩比較濃鬱或者說傳統鄉村文化保存得比較好的地方。大的家族，相對封閉的環境和文化，賦予了它較多鄉村傳統倫理的溫馨。梁鴻在這樣的文化環境中長大，肯定會對鄉村社會有更深的感情，對鄉村文化的內涵有很深的體會，也就能更敏銳地感受到當前鄉村文化的劇烈變化；二是梁鴻的鄉村之根扎得很深。也許正因為受到其地域文化的影響，梁鴻雖然也通過上大學的方式離開了鄉村，進入到大都市生活和工作，但她始終與故鄉的關係密切，對鄉村的情感依然深厚，與鄉村的親人幾乎沒有間斷聯繫，對鄉村生活的變化也相當熟悉。也就是說，她雖然是一個都市人，但也幾乎同時（至少在精神上）依然是一個梁莊人；三是梁鴻長期從事鄉土文學研究，諳熟中國鄉村社會的歷史和文化，熟悉相關的理論知識，對鄉村問題有持續深入的思考和研究。當然更重要的是在她這樣的年齡，成長在多元文化興起的 1990 年代文化背景下，既接受了現代啟蒙文化的洗禮，但又不至於被某種文化完全限制，而是能夠更獨立、清醒地思想，更客觀、平等地關注鄉村和書寫鄉村。當然，說上述因素是客觀，其實它們與作者的主觀精神緊密結合在一起，或者說，客觀環境造就了作者的許多主觀質素。正因為這樣，梁鴻才能夠不甘於做一個固守書齋的學者，願意深入到鄉村和「農民工」當中，花費巨大的心力來描畫她的梁莊世界，給梁莊一次自我敘述的機會。從這個方面說，《中國在梁莊》和《出梁莊記》也可以說是鄉村借梁鴻這個鄉村之子女對自我聲音的傳達。對於梁鴻來說，它們也應該是一個心靈願望的完成，是對於自己的一個精神慰藉，是一件送給自己的珍貴禮物。

　　個人和社會共同造就了梁鴻的寫作，這一寫作也同時具有社會和個人的雙重意味。它對我們文學創作上的啟示也是兩方面的。

　　首先是文學的觀念或標準問題。梁鴻的寫作方式，在中國現代文學中並非沒有沿承。如出版於 20 世紀 40 年代林耀華的《金翼——中國家族制度的社會學研究》（以下簡稱《金翼》），以及它的追隨者莊孔韶於 20 世紀末出版的《銀翅——中國的地方社會與文化變遷》。它們都是實證性極強，既是社會學乃至超出社會學範圍的著名作品，也是很富感染力的優秀文學作品。但是，我們的文學史都集體將它們排斥在外，完全忽視了它們的文學意義。其實，這些作品中，既有對人、對社會的深切關注，也有對人性的深入揭示，無論是

對生活細節描繪的眞實、細膩，還是語言的準確和優美，它們都達到了相當高的水準（特別是《金翼》），可以說將眞實生活記敘與文學性筆法作了非常巧妙的結合。更重要的是，它們蘊含著對鄉村和農民的眞誠關注，有對鄉村平等和尊重的樸素感情。我以爲，對於鄉村書寫，乃至對於任何文學作品來說，這種感情都是彌足珍貴，也是構成優秀文學的基本品質。我們將它們排斥於文學之外，絕對是文學自身的損失，也反映了我們文學觀念某些方面的缺失。

其次，是作家創作觀問題。自從毛澤東的《講話》受到文學界的普遍淸算之後，大家都集體否認世界觀、創作立場對於文學創作的影響，甚至從根本上否認作家的世界觀存在差異乃至懷疑作家世界觀是否存在。確實，《講話》對作家世界觀和立場對文學的影響強調得有些過分，而且在特殊的情境下，這些因素被加上「改造」的嚴酷枷鎖，對作家們的創作和生存產生嚴重的負面影響，作家們對它的反感態度可以理解。但是，我們因此而否定世界觀（我們當然可以不用這個時代和政治色彩太強的詞彙，可以用「價值立場」或「意識形態立場」之類的詞彙來代替）的存在和對文學的影響，顯然有脫離實際之嫌，也會導致我們對文學認知的偏差。事實上，我們每個人都有自己對世界的基本態度，有我們看待事物的基本價值立場，它們對我們的生活方式、文學方式和審美方式起著非常重要的作用。在我們今天的文學世界中，如同其它領域一樣，其實嚴重地存在著由意識形態立場差異而形成的巨大文學偏向，只不過我們爲宏大的「人類立場」所限，對此視而不見而已。其實，關鍵不在於我們有沒有價值立場，有沒有因此而形成的文學偏向，關鍵在於我們有什麼樣的立場和文學偏向。我們是偏向普通大眾，偏向對柔弱生命的人性關懷，還是偏向權力、金錢和利益集團？而這，將直接決定我們文學創作的價值、高度和意義，也決定我們如何對待身邊的生活。就鄉村書寫而言，正如梁鴻所說：「其實許多時候，生活就在我們身邊，只是，我們從來不願正視它。」〔註4〕

生活始終在那裡，關鍵是我們作家對待生活的態度，對待鄉村、農民和所從事的文學事業的態度，有沒有對它們的熱愛，以及爲之而付出的決心。有了熱愛和決心，我們才可能放下身段，放棄自己的生活和文化優越感，去眞正直面和接近農民（農民工）的生活，讓他們的生活和心靈世界眞正進入到文學中。

〔註4〕梁鴻《出梁莊記》，花城出版社2013年版，第71頁。

　　所以，對於我們的鄉村書寫者們，思想立場確實是個重要、嚴峻而且無法迴避的問題。當然，我們不主張以外在改造的方式來改變作家立場，作家立場主要依靠的是作家的文學素養、精神追求和道德自律。個人的思想和文學創作都是作家的一種選擇，選擇是一種自由，也是一種責任。我相信當梁鴻有了更多的後繼者，中國的鄉村書寫會有更大的成就。

「《平凡的世界》現象」透析

在中國文學的接受史上,《平凡的世界》具有某個方面的代表性意義:即以研究者和文學史所代表的學術界與評論者和讀者大眾之間存在著巨大的觀點分歧。該作甫一出版,就得到了評論家們非常明確的肯定,很快又獲得由政府頒發、評論界主持的權威獎項——茅盾文學獎,可以說是得到了文學評論界的最高榮譽;同樣,讀者對《平凡的世界》也有普遍的認可,該作剛問世時讀者的反應非常熱烈,一些電臺和報紙進行了轉載與轉播,並組織聽眾與讀者討論。而且,這種熱情一直延續到十多年後的今天,在近幾年進行的多次讀者調查中,《平凡的世界》的受歡迎程度在中國當代文學類、甚至在整個中國文學類中都名列前茅,不少大學生更是將該作列為自己最喜歡和最珍愛的文學作品。這樣的閱讀熱情在中國新文學的接受史上是不多見的。

然而,與評論界和讀者意見截然相反,學術界始終沒有給予《平凡的世界》以明確的肯定,當代文學研究者中很少有人談論這一作品,更缺少對作品的深入研究和積極評價。以至於在 20 世紀 90 年代以來出版的各種中國當代文學史中,幾乎沒有一部給予《平凡的世界》以重要位置,不少重要的文學史著作(如洪子誠《中國當代文學史》,朱棟霖、丁帆、朱曉進主編的《中國現代文學史》,王慶生主編的多卷本《中國當代文學》)甚至根本沒有提及該作品,也沒有提及作者路遙。

《平凡的世界》不是像張恨水、瓊瑤、金庸式的通俗文學作品即使是它們,近年來也引起了廣泛的爭議),而是絕對屬於正規的嚴肅文學,因此,對它評價的嚴重分歧現象一直受到人們的關注,一些學者和文學愛好者也表

不了自己的困惑和追問﹝註 1﹞。應該說，《平凡的世界》不完美但也遠非一無
是處，在人們對它頗為極端的褒揚和貶斥中，折射著時代文化和文學批評觀
念的多元格局，也蘊涵著價值趨向和批評姿態上的一定問題。《平凡的世界》
的評價現象不是一個孤立的事件，而是具有一定的普遍意義，對這一現象的
思考，有助於我們深化對當代文學創作和文學史寫作的認識。

　　評價一種文學現象的基礎是看作品本身。應該說，《平凡的世界》能具有
如此廣泛而持續的影響力，自有其不可忽略的優點。我以為，它最突出的長
處，在於對現實生活（具體說就是對社會變革時代的鄉村大眾）的熱切關注。
路遙是一個來自於農村、也始終關注農村的作家，《平凡的世界》和他的另一
部作品《人生》在讀者大眾中（尤其是在農村青年中）都產生了很大的共鳴，
就是因為它們真實而具體地反映了改革開放以後農村的廣闊現實，尤其是揭
示了在這個農村社會中最深刻而徹底的變遷中，農民渴望改變自己命運的追
求精神──這種精神的表現是現實的，但其底蘊則是幾千年中國農民始終屈
服在社會的底層的頑強身影。路遙對農民表不了真正的理解和同情，也部分
地揭示了現實的冷酷和艱辛。

　　與這一關注相聯繫的，是《平凡的世界》對書寫對象──農民強烈而真
誠的愛心，並將這一感情毫無保留地融入作品中。正如路遙自己所說的：「作
為正統的農民的兒子，……我對中國農民的命運充滿了焦灼的關切之情。我
更多地關懷著他們在走向新生活過程中的艱辛與痛苦，而不僅僅是達到彼岸
後的大歡樂。」﹝註2﹞《平凡的世界》投入了作者強烈的主觀感情，並且以無
保留的方式表現出來從而對讀者產生了很強的感染力。一個顯著的例子是作
品經常將作者的感情和思想融注在人物性格和思想中，並對人物的命運和生
活表現出深切的關懷。作品的主人公孫少平兄弟在得到作者特別的理解和關
注之餘，他們的口中也經常表達出對人生的深刻思索：我們活在人世間，最
為珍視的應該是什麼？金錢？權力？榮譽？是的，有這些東西也並不壞。但
是沒有什麼東西能比得上溫暖的人情更為珍貴──你感受到的生活的真正的

﹝註 1﹞ 可以作為代表的如：李建軍《文學寫作的諸問題──為紀念路遙逝世十週年
　　　　而作》，《南方文壇》2002 年第 6 期；梁向陽《路遙研究述評》，《延安大學學
　　　　報》2003 年第 1 期。
﹝註 2﹞ 《路遙全集》（散文隨筆書信），廣州出版社、太白文藝出版社 2000 年版，第
　　　　67 頁。

美好，莫過於這一點了。」〔註3〕這可以說是人物的語言，同時也是作者的心聲，二者的思想情感交融到了一起。客觀來說，這一方法的藝術效果有利有弊，但它對於讀者的感染力卻是毋庸置疑的。尤其是在客觀化寫作正成為 20 世紀下半葉中國創作潮流的時候，這種帶有強烈主觀色彩的創作展示出自己特別的藝術效果。

正是這兩點，使《平凡的世界》贏得了眾多讀者，尤其是青年讀者的認可，因為自 20 世紀 80 年代開始，在 90 年代進入高峰的中國社會變革，是中國農村歷史上從來沒有過的改變自己命運的機會（也許除了封建時代的各次農民起義，但那畢竟是動亂時代的產物，而且廣大農民承擔的也主要是炮灰的角色），像高加林、孫少平、孫少安這樣渴望依靠自己的努力拼搏，徹底地改變自己的生存環境和命運的農村青年，實在是難以數計。當前生活在大學校園裏的莘莘學子們，屬於這種類型的應該也占到大半。如果說《人生》中高加林的困惑和失敗更多只是加深他們的理性思考的話（也許正是因為這一點，《人生》在當代農村青年中獲得的共鳴就不如《平凡的世界》），那麼，《平凡的世界》中孫少平兄弟的掙扎和成功則成為了他們的精神縮影，也成了他們的信心源泉。共同的生活道路，共同的命運選擇，使這些讀者自然地喜愛《平凡的世界》，像關注自己生活一樣關注人物的起落與悲歡。

而且，《平凡的世界》的價值並非完全局限在現實本身，它也具有某些超越現實關注的意義，像作品表現的激情和理想主義在一定程度上就具有更廣泛的意義，因為當下的中國文學中，表現瑣碎卑微生活的作品佔據了絕對的市場，張揚理想、充滿激情的作品很難找到，但是，生活是不可能缺少理想和激情的照耀的，當前的文學狀況，很容易讓那些渴望逃出生活的平庸和麻木的讀者感到失望（最典型的是年輕大學生，他們正處在對生活有所幻想也有所希望的年齡，從本能上就會排斥那種缺乏理想精神的作品），對《平凡的世界》表不認可和歡迎。

最後，我們還應該提到《平凡的世界》所採用的創作方法——傳統的現實主義方法。在經歷了五六十年代的異化和畸變之後，現實主義方法已經為 80 年代後的大多數作家所不屑，但路遙運用這一方法，卻取得了成功。像在現實生活的客觀描摹方面，在對鄉土鄉情魅力的展現方面，《平凡的世界》表現出了認真的追求，也獲得了獨特的藝術魅力。這一點，固然能強烈感染那

〔註 3〕《平凡的世界》第三部，中國文聯出版公司 1989 年版，第 25 頁。

些來自農村卻又到城市中討生活的讀者們，使他們能眞切地感受到濃鬱的思鄉情緒，撫慰他們漂泊異鄉的心靈，同時也能給城市青年讀者一種新鮮感，在欣賞到鄉村異域風情美的同時，也瞭解到更豐富的生活世界。

上述特點，是《平凡的世界》受到眾多讀者喜愛和關注的原因，也如一面鏡子一樣，反映出它同時及之後的許多其它創作的不足，折射出對它表不忽略和冷漠的當代文學史界在評價觀念上的某些誤區。

首先，《平凡的世界》對社會的關注意識與熱情映照出當前文學對現實的淡漠和激情的缺乏。自 80 年代後期起，現實關注精神就退出了文學舞臺的主流（除了張平和周梅森等人的反腐作品。儘管這些作品有自己的不足，但它們的現實關注熱情還是有其積極意義，而它們也遭受到與《平凡的世界》相似的讀者歡迎、學術界不認可的命運）。如果說 90 年代初的「新寫實小說」尙體現出作家們對以往虛假現實主義的不滿和矯正欲望的話，那麼，此後文學向徹底個人化的轉變，對現實進行排斥和疏離，則是對作家責任感和文學與現實關係的一種背離與割裂。文學越來越走向個人和自我，卻失去了文學最根本的對人的關注。文學和社會的關係是一種相互的關係，缺乏對社會和大眾關注的作品自然難以得到大眾的認可。90 年代文學日益被社會所遺忘，部分原因是商業文化的衝擊，但文學遠離現實，淡漠於人們大眾現實中的苦難和追求，也應該承擔部分原因。

由此，《平凡的世界》還折射出當前文學界對現實主義排斥的盲目和極端化傾向，它證明出，現實主義作爲一種創作方法並沒有喪失自己的價值。雖然方法的改變和多元是文學的發展，但絕對沒有必要、也沒有理由簡單地鄙棄某一種創作方法。正如文學不可能離開生活、離開讀者，以眞實再現生活細節爲特點的現實主義不可能喪失其存在的意義。卡夫卡、喬伊斯的偉大，並不會損害到托爾斯泰、左拉的光榮。當然，需要指出的是，我們講的現實主義不是在五六十年代文學中泛濫的那種廉價的歌頌和典型化，而應該是對生活切實的刻畫與描摹，是對於生活潛流的捕捉和把握。當代中國作家們所要做的，應該是擺脫以往現實主義僵化和虛假，拋棄「典型」的圍限，去尋找生活深層的眞實與意義，而不是簡單地鄙夷和拋棄。現實主義的復興，將眞正振興當前的中國文學。

再次，我們要對當前文學創作和文學研究中的技術化和文化化傾向表示質疑。20 世紀後期的中國文學是越來越向技術化方向發展，文學研究也走向

追求時髦的文化批判話語、忽視文本的潮流，情感這一在傳統文學中佔據重要地位的因素更是受到極端的鄙視（80 年代的先鋒文學是一個極端，其流弊一直延續至今）。其實，這是對於文學本質的一個忽略和誤解。正像中國從古至今的許多民歌，儘管形式並不完備，感情表達也相當外顯，但憑藉其感情的眞誠和純粹，卻擁有著任何人都無法否認的藝術價値和感染力。過分的感情泛濫固然是缺陷，但以技術取代情感，將情感作爲文學的一大缺點，無疑也相當偏頗。文學從根本來說是人類心靈的寫照，文學史不應該是技術史，而是人的心靈史、精神史，文學研究也應該以文本爲中心和基礎。許多研究者輕視《平凡的世界》，就是認爲它停留在以情感人階段，沒有表現出更複雜的技術價値。這種評價顯然是過於狹隘，也過於理性了〔註4〕——事實上，在中國新文學史上，因感情色彩問題而受到文學史冷遇的作品不只《平凡的世界》一部，巴金的名作《家》也有類似的遭遇——既受到廣大讀者的熱愛，也承受著某些學者「感情過於泛濫」、「結構不夠嚴謹」的許多微詞。它反映的是文學史界同樣的問題。「《平凡的世界》現象」的出現，與讀者和評論界也不能說沒有任何關係。因爲平心而論，《平凡的世界》遠非完美，評論界和讀者對它一片讚美之聲，卻缺少必要的清醒的批評，自然體現了評論界和讀者接受上的缺陷。

　　首先，從審美上來說，《平凡的世界》故事應該說是比較老套的，尤其是人物命運和愛情描寫，都帶有很強的虛幻浪漫色彩，「英雄美女」、「遇難呈祥」以至大團圓的結局，都顯得頗爲理想化，雖然情節也有跌宕起伏，卻缺乏深刻的人性揭示和命運拷擊，缺乏對現實冷峻的審視，可以說，它還不具備眞正深刻的現實主義力量。從現代性方面來說，作品的思想也有明顯的不足，如對女性形象品格的塑造和褒貶，如男主人公的理想模式等，都缺乏現代精神的映照，而是體現出傳統文化的才子佳人特徵。《平凡的世界》中的理想和浪漫具有撫慰鄉村游子精神的作用，卻不能給予他們更強大更現代的精神力量，在傳統和現代之間找到一個更理性更穩固的支點。

　　讀者們對作品故事的普遍肯定，一方面反映了那些在人生道路上抗爭的青年讀者（尤其是來自農村的青年人）尋求理解和安慰心理的饑渴，折射出

─────────────────

〔註 4〕這一點在整個中國文學史的書寫中都很突出。像勃蘭兌斯《十九世紀文學主流》這樣偏重感性的文學史是不入當今許多研究者的法眼的。但它完全有理由作爲文學史的一種重要形式存在。

這一抗爭的艱難和社會對於他們的冷漠,同時也反映出這一代青年人還缺乏明確自主精神的建構,當他們在尋找自己命運時,還存在著對生活依賴和幻想的心理。

同時,它也反映出社會審美心理的簡單和粗糙。在經歷了「文革」和「十七年」虛假浪漫主義文學教育後的精神缺陷,中國的大多讀者還沒有徹底從以往的那種虛假的文學環境中解脫出來,培養出真正的現實主義審美心理。讀者對《平凡的世界》審美模式的普遍認同,與當前文學中流行的那種虛假情感、粗製濫造的「散文」現象,體現出同樣的審美缺陷。

其次,在創作精神上,《平凡的世界》也有一定的缺失,尤其是在主導精神上,它還沒有完全從傳統的「服務者」角色中走出來,帶有較強的政治功利色彩,這一點,影響了作品的向更深入的人性世界開掘,也局限了它的思想深度。

評論界對《平凡的世界》無條件的溢美,也反映出在當前的文學環境中,文學評論還沒有完全真正地建立起自己的自主性,尤其是像諸如茅盾文學獎等各種主流文學評獎活動中,意識形態影響還很強烈,許多文學評論者還沒有完全站在文學本身的角度,承擔的主要是政治代言人的角色。同時,它也反映出當前文學中,評論界和學術界相互之間缺乏溝通,各自為政,沒有達到很好的和諧。

當然,對於上述批評,讀者也有充分的理由將皮球踢回來:因為在現實中找不到比《平凡的世界》更切合他們心理需求的作品,他們才最終選擇了它。畢竟,在當下文壇,像《平凡的世界》這樣關注現實、能夠使他們產生共鳴的作品已經是微乎其微,比它更好的,更能表達他們的心願又能引領他們走向更高的思想境界和美學理想的作品,就更是難覓蹤影了。所以,綜合起來說,《平凡的世界》的創作和評價中所折射的,是創作界、文學史界和評論界以及讀者等多方面的缺失,滲透的是當代中國文學的某些精神和現實困境。